Les amants papillons

Alison Wong

Les amants papillons

Traduit de l'anglais (Nouvelle-Zélande)
par Michelle Herpe-Voslinsky

Traduit avec le concours du
Centre national du livre

LE GRAND LIVRE DU MOIS

Titre original : *As the Earth Turns Silver*

ISBN : 978-2-286-06411-2

À mon père Henry Wong – qui n'a pas vécu assez longtemps pour voir ce livre achevé –, à ma mère Doris Wong et aux générations qui les ont précédés; à mon fils Jackson Forbes et aux générations qui lui succéderont.

Wong Chung-shun, 1896

Prologue

C'est un endroit désolé où prêchent les fantômes blancs de Jésus. Ils prêchent l'amour, ils parlent d'un dieu mort par amour, pourtant dans la rue les gens s'apostrophent, jurent et crachent, et puis le dimanche, ils vont chanter dans la maison de Jésus.

Leur dieu aussi est un fantôme blanc. Voyez les images. Il a la peau pâle, un grand nez et un rayon de lune autour de ses longs cheveux bruns. Comme nous, les *Tongyan*, il possède plusieurs noms – nous avons un nom de naissance, un nom d'adulte, et parfois encore un nom d'étudiant ou un nom choisi. Les fantômes blancs appellent leur dieu le Saint-Esprit. Ils savent qu'il n'est qu'un fantôme. Ces hommes sont pareils à leur dieu, comme ils sont pareils à leurs animaux. Leur dieu, ils l'appellent Père. Nous n'avons pas besoin de les nommer, ces *gweilo*. Ils savent qu'ils ne sont que des fantômes.

Yung dit que nous n'avons pas besoin de comprendre leurs paroles; nous n'avons pas besoin d'interpréter leur ton. Le sens est là, dans le clignement des yeux, la légère moue de la lèvre, dans les muscles du visage, la façon dont ils se durcissent pour marquer leur mépris. Le corps a son propre langage, dit-il, aussi fluide que la poésie, aussi rude que la polémique.

Yung s'y connaît en mots. D'après lui, le langage du corps peut être utilisé comme une arme.

À présent que Yung est ici, je n'ai pas besoin de payer un homme du pays. L'un de nous deux peut aller au marché pendant que l'autre tient la boutique ; l'un peut ranger les bananes pendant que l'autre pare les légumes. Maintenant qu'il est là, je peux économiser pour faire venir mon épouse. Économiser l'argent du voyage et de la taxe. Cela prendra des années.

Lorsque Yung est arrivé, nous ne nous sommes pas reconnus. On ne s'était pas vus depuis plus de dix ans. Il en a dix-huit à présent et les livres lui ont troublé le cerveau. Il a de grands rêves, des rêves impossibles. Il ne comprend pas la vie, il ne comprend pas ce pays. Il a trop de sensations en lui, comme les animaux sauvages capturés et enfermés dans un zoo. Il aime parler, et il parle vite, bien plus vite qu'il ne comprend. Il est très jeune – mon cadet de quinze ans. Mon frère est comme un fils, un fils unique un peu idiot.

PREMIÈRE PARTIE

Wellington
(1905-1909)

Un shilling

Ils venaient d'emprunter Tory Street, après le poste de police de Mount Cook, Chung-shun et son jeune frère Chung-yung, en route pour Haining Street où ils prendraient de la soupe aux *wontons* et aux nouilles. Un dimanche, en fin de matinée, le soleil qui brûle avec la chaleur des fruits mûrissants, le vent pas trop vigoureux pour une fois. Yung sifflait une chansonnette populaire, sans se soucier des règles des *gweilo* selon lesquelles il était mal vu de siffler, de chanter autre chose que des cantiques et de jouer du piano le dimanche. Shun se contentait de froncer les sourcils. À cause de sa jambe qui le faisait souffrir, le jour de la semaine où la boutique était fermée avait perdu tout sens pour lui. Il ne savourait pas le calme, l'absence de poussière et de gravier qui d'habitude tournoient sur la route, assaillent les yeux et recouvrent la peau, les habits, les cheveux. Il ne remarqua pas l'homme qui approchait.

Yung, lui, vit l'homme arriver. Même de loin il y avait quelque chose d'étrange dans sa démarche, comme une raideur. Quand ils furent proches, l'homme concentra son regard sur Yung et un large sourire édenté s'étala sur sa figure. Il le regarda venir jusqu'à eux, s'arrêter trop près (une odeur d'urine refroidie, de vêtements jamais lavés) et dire, les joues creuses: « File-moi un shilling. »

Yung retint son souffle, recula d'un pas, et étudia l'homme. Il était plus petit d'une bonne dizaine de centimètres, très maigre, et il avait des yeux bizarres. Ses mains étaient cachées dans les poches de son manteau trop grand pour lui, et un instant Yung se demanda s'il ne dissimulait pas une arme.

« Pour quoi faire ? » lui demanda-t-il.

Yung le voyait réfléchir. « T'auraiiis paas un peu d'maunay ? » articula l'homme lentement, les joues pendantes, les lèvres happées par les gencives. « Maun-nay ? »

Yung sourit. « J'en ai d'la mau-nay », répondit-il. Il tapa sur sa poche, faisant tinter les pièces.

L'homme retira les mains des siennes, leva les poings. « File-la-moi ou j'vais… »

Yung rit. *Maun-nay.*

Il fit demi-tour et se dirigea vers le commissariat en fredonnant. Il aimait ce solide bâtiment de brique rouge, le décor noir et blanc formant des arcs au-dessus des fenêtres et des portes, les empreintes de flèches imprimées dans la brique. S'il ne pensait pas aux prisonniers qui les avaient gravées, il trouvait cela amusant, la façon dont les briques étaient placées au hasard, la flèche parfois pointée vers l'intérieur et cachée au regard, parfois vers l'extérieur, d'autres fois vers la droite ou encore vers la gauche ; tels des indices laissés sur le lieu d'un crime, un endroit pollué par les reporters, les curieux, les policiers maladroits.

Il entra dans la fraîcheur du bâtiment, traversa le carrelage géométrique, dépassa l'escalier et se dirigea vers la pièce où l'agent Walters était assis à son bureau dans les profondeurs de l'édifice. Ils se connaissaient bien. L'agent passait souvent devant la boutique pendant sa patrouille de nuit et Yung lui offrait une banane ou une poire bien mûre, rassuré de savoir la police dans les parages.

L'agent Walters se leva de son bureau et quand ils ressortirent dans la rue ils virent l'homme partir en vitesse dans la direction opposée et disparaître dans Frederick Street. L'agent le suivit mais le perdit bientôt.

Quand il revint, la figure rouge et respirant lourdement, il demanda à quoi ressemblait l'individu. Yung le décrivit: la quarantaine, non, la trentaine, (les *gweilo* paraissaient toujours plus âgés que les *Tongyang*), grand à peu près comme ça – il fit un geste de la main –, des cheveux blonds, pas de dents... Shun évoqua son gros nez rouge.

«Shun Goh, dit Yung, utilisant le terme poli pour s'adresser à son aîné, tous les *gweilo* ont de gros nez rouges.» Il se tourna vers l'agent. «Un nez comme le vôtle, poursuivit-il, et là...» Il toucha le côté droit de sa mâchoire, voulant décrire une cicatrice mais sans connaître le mot. «Lui tlès stupide», ajouta-t-il.

Après le départ de l'agent, Shun fit des reproches à son frère, avec de grands gestes. Pourquoi avoir dit au *gweilo* qu'il avait de l'argent *la*? Pourquoi avoir secoué ses poches? Est-ce qu'il était fou? Quand il était parti, le *gweilo* l'avait harcelé lui aussi pour avoir de l'argent!

Yung avait envie de rire mais il devait se montrer respectueux. Il essaya d'expliquer – l'homme était inoffensif après tout, un simple d'esprit, rien de plus – mais Shun ne l'écoutait pas. Comment Yung pouvait-il être aussi bête? Deux mois plus tôt seulement, Al Chan s'était fait rosser dans la rue. Ne savait-il pas que c'était dangereux?

Yung ferma ses oreilles. Déjà il composait une strophe. Sur un homme sans dents doté d'une moitié de cervelle, sur des flèches qui se contredisent si bien que l'on ne sait de quel côté aller.

La terre des Maori

Parfois, sous le poids et la nature des attentes de son frère, Yung se sentait mortellement fatigué.

Debout devant les bacs, à l'arrière de la boutique, il examinait ses mains tachées de rouge. Il sortit la dernière betterave de l'eau, abaissa vivement la lame, une fois, deux fois, et regarda les feuilles aux tiges fines, la longue extrémité de la racine, mince comme une queue de rat mouillée, tomber dans la caisse. Puis il jeta la betterave dépouillée sur les autres, emporta la bassine émaillée dans le lavoir et versa le tout sur la masse violacée dans la grande marmite en cuivre. L'eau mettait une demi-heure à bouillir, et pendant une heure encore, des vers blanchis, des scarabées, des araignées montaient lentement à la surface du liquide rouge et boueux.

Il retourna laver les bacs, y versa la moitié d'un sac de carottes, les couvrit d'eau puis se saisit du balai et, d'un mouvement de haut en bas, les brassa pour les nettoyer dans le liquide de plus en plus trouble. Une fine couche de sueur se forma sur son front, il sentait l'humidité de son gilet de corps blanc, de sa chemise, de ses aisselles. Il relâcha sa prise, reposa un instant ses bras, puis enfonça de nouveau le balai. Autrefois ses mains étaient sensibles, des mains qui ne connaissaient que le pinceau du calligraphe, le broyage du bâtonnet d'encre avec de l'eau. Elles étaient encore douces et pâles, pas brunes ni craquelées comme celles de son frère aîné, mais à présent des cals s'étaient formés sur ses paumes et la pulpe charnue de ses doigts. Il se rappelait la première fois qu'il avait fait ce travail, poussant et tirant en cadence le manche du balai, la brûlure, le frottement sur sa peau et comme elle se plissait.

Il retira les bondes, regarda les eaux s'engouffrer en gargouillant, fit un pas en arrière tandis que les tuyaux se vidaient sur le ciment. Il sortit les carottes nettoyées, les jeta dans un panier en bambou, versa le reste du sac dans les bacs et les remplit une nouvelle fois d'eau. Depuis combien d'années était-il là à faire bouillir des betteraves, à laver les carottes, à préparer choux et choux-fleurs ? Huit ans ? Neuf ? Presque dix.

Debout sur le pont du *Wakapitu* qui entrait poussivement dans le port, il avait été surpris par le paysage. De la roche et de l'argile poussiéreux dans lesquels les hommes avaient taillé des fondations. Où ils avaient essayé d'accrocher leurs cabanes en bois et de protéger leurs routes goudronnées des vents de l'Antarctique. Des collines couvertes de broussailles et de feuillages touffus descendaient vers les baies. Des navires emplis de charbon ou de bûches de la côte ouest, ou de cargaison humaine venue de Sidney, se pressaient dans le port. Wellington, une ville faite de bois, de vent et de poussière.

Shun Goh lui apprit que les *gweilo* donnaient à ce pays un nom étrange et mystique. Le nom du peuple à la peau sombre, le peuple de cette terre. Les Maori, lui expliqua-t-il, s'éteignaient. Dans cinquante ans ils auraient disparu, comme un mouchoir blanc efface la sueur d'un visage. Ils deviendraient une légende, transmise de mère en fils, tels les oiseaux géants dont on parlait ici. Des oiseaux farouches qui ne pouvaient voler. Les *Moa*, disait-on, comme une complainte… Les *Maori*… leur absence une désolation.

Dans les premiers temps, Yung crut voir un Maori, mais l'homme qui vendait des lapins de porte en porte était en fait un Syrien. Celui qui vendait des légumes un Hindou. Les hommes à la peau sombre, ceux qui habitaient Haining Street, c'était toujours des Syriens ou des Hindous.

Au fil des mois, des années, il vit des Maori en effet, de positions et d'aspects aussi différents que chez les *gweilo*. Quand le duc et la duchesse *gweilo* vinrent en visite, les *Tongyan* décorèrent une immense arcade avec des drapeaux devant la boutique de Chow Fong dans Manners Street : *Les citoyens chinois vous souhaitent la bienvenue.* Tout le monde s'aligna le long du parcours, *gweilo*, *Tongyan* et Maori.

« Qui c'est, ces Maoli ? » demanda Yung à Mrs Paterson, de la boulangerie voisine, songeant à ces hommes fiers avec leurs beaux chapeaux haut de forme, leurs costumes noirs bien repassés et leurs chaînes de montre en or, qu'il avait vus accueillir les membres de la famille royale *gweilo*, et dont il apercevait quelquefois des groupes près du Parlement.

« Ils sont du Nord, répondit Mrs Paterson, ils viennent adresser une pétition au gouvernement.

– C'est quoi adlesser une *pétition* ?

– Ils veulent qu'on leur rende leur terre», expliqua-t-elle, puis elle demanda le prix des carottes.

Parfois Yung croisait des pêcheurs ou des colporteurs de patates douces et de cresson maori. Ils portaient de vieux habits de fantômes et de lourdes bottes, ou bien s'enroulaient dans une couverture de l'armée attachée par une corde ou une ceinture autour de la taille, parfois même ils se contentaient d'une couverture autour des épaules. Mais quelle que fût leur condition, ils ne criaient pas d'injures et ne tiraient jamais sur sa tresse. Ils lui souriaient, une cigarette à la main, comme à un frère.

La première fois que Yung les vit, il se tourna vers Shun, cherchant un signe. Mais son frère ne sourit pas. «Fais attention», dit-il. *Sois prudent.* Yung regarda les dents tachées de tabac, les marques bleu-vert gravées sur les visages sombres. L'un des hommes était jeune, peut-être de son âge, et une barbe broussailleuse cachait en partie ses tatouages; Yung le regarda dans les yeux et sourit, juste du coin des lèvres, puis il suivit son frère, sans trop savoir quelle contenance prendre.

Yung enfonçait le balai dans l'eau brune. Presque dix ans, et c'est à peine s'il avait parlé à un Maori. Il avait peut-être fièrement levé son chapeau pour saluer une vieille femme – comme il avait vu les hommes fantômes saluer les femmes *gweilo* qu'ils croisaient – ou bien à quelques-uns, il avait souri en guise de bonjour. Une fois seulement, un Maori était entré dans la boutique.

Le visage de l'homme était entièrement tatoué et il se tenait si droit, si dignement, avec son chapeau haut de forme et son costume noir impeccable, un mouchoir blanc bien plié dans la poche de sa veste, que Yung n'avait su que dire. Il pouvait l'imaginer dans une automobile noire et brillante, saluant les foules au long d'un défilé.

L'homme avait légèrement incliné la tête.

« Bonjour.

– Bonjoul, monsieur. »

L'homme avait souri, montrant une dent en or. Il examinait les fraises et les raisins.

Il ne veut que les meilleurs fruits, pensa Yung. Les plus chers.

« Flaises elles ont poulli. Pas bonnes, dit-il. Laisins meilleule qualité. Tlès suclés. » Il fit quelques pas, choisit la plus belle grappe – chaque grain rebondi, juteux, d'un noir violacé. « Goûtez, je vous plie », dit-il en la lui tendant.

L'homme accepta un grain et le plaça délicatement dans sa bouche. Il sourit encore. « Très bon, assura-t-il, j'en prendrai deux grappes. » Puis il jeta un nouveau coup d'œil sur les fruits. « Comment sont les ananas ? »

Yung porta un ananas à son nez et le renifla. Il tira doucement sur l'une des feuilles, puis reposa l'ananas sur la pile. Il en prit un autre, le sentit aussi et quand il tira sur une feuille, elle se détacha. « Un bon ananas, dit-il. Mûl et suclé. »

Quand il lui tendit les fruits emballés, l'homme le remercia.

« Bonne chance », lui souhaita Yung.

L'autre le regarda sans comprendre.

« Poul votle pétition, expliqua-t-il.

– Oui », fit l'homme.

Ils se saluèrent en inclinant presque le buste avant que le Maori sortît dans le vent du Sud.

Quel *gweilo* l'avait jamais traité avec autant de respect? Combien l'avaient seulement regardé dans les yeux?

Tous les jours il travaillait à la boutique. Tous les jours, sauf le dimanche, des fantômes blancs entraient et sortaient. Il leur tendait des légumes enveloppés dans du journal ou des sacs en papier remplis de fruits. Ils posaient l'argent sur le comptoir en bois et il leur rendait la monnaie. Bonjour. Bonsoir.

Yung soupirait. Il aurait aimé parler. Il aurait aimé comprendre. Mais comment le faire savoir? Son anglais s'améliorait. Mais combien de clients l'invitaient vraiment à s'exprimer dans son langage hésitant?

Le dimanche et certains après-midi, ou le soir, quand son frère lui laissait du temps libre, il allait chez un autre membre du clan – dans une autre boutique de fruits et légumes ou dans une blanchisserie – ou bien il descendait Haining Street, Taranaki, Frederick ou Tory. On appelait le quartier *Tongyangai*: le quartier chinois, où habitaient ceux de la dynastie Tong. Ils se réunissaient dans une échoppe, une gargote ou un tripot, ou même dehors par les chaudes nuits d'été, pour échanger des nouvelles en buvant du thé. Son meilleur ami Ng Fong-man, le cousin Gok-nam, tous étaient là. Tous sauf les femmes. Les Chinoises, les épouses. Quand il se rendait chez les marchands de légumes, les blanchisseurs, les maraîchers, chez qui il militait pour recevoir du soutien et des dons pour la Révolution, combien de femmes voyait-il? Qui pouvait payer la taxe ou même le voyage?

Yung ferma les yeux. Il tâchait de se rappeler le visage de sa femme, la façon dont elle plissait le front, concentrée, lorsqu'il écrivait la première ligne d'une strophe et qu'il la défiait de la compléter. Il essayait de se rappeler sa voix, son rire…

Tout le monde était là dans Haining Street, même des *gweilo*, à engager des paris, ou après le travail, coude à coude avec les *Tongyan*, à vérifier si leurs tickets de *pakapoo* étaient gagnants. *Aaaaiyaa. Aaaaiyaa.* Les coups de poing sur les tables. L'odeur de la soupe de porc. Le grésillement de l'ail et du gingembre. Les fantômes blancs épaule contre épaule, visages familiers sans nom. Les seuls rapports qui existaient entre eux, des caractères à l'encre verte sur des tickets blancs.

« Les betteraves sont cuites *la*! Qu'est-ce que tu fabriques? Pourquoi les carottes ne sont pas dans la boutique ? »

Yung sursauta. « Ça vient *la*! » Il versa les dernières carottes dans le panier. Regarda la nuque de son frère disparaître de nouveau à l'intérieur, sa peau rasée, luisante, la longue tresse huilée qui pendait dans son dos.

Rêver de Sun Yat-sen

Shun Goh lui avait donné le reste de l'après-midi; il avait le temps d'aller chez Fong-man boire une tasse de thé, faire une partie de cartes et peut-être discuter politique. Yung était soulagé d'échapper à son frère, d'être dehors. En général, le printemps était venteux, parfois pluvieux, mais aujourd'hui il n'avait pas besoin de tenir son chapeau pour l'empêcher de s'envoler. Le bleu éclatant du ciel le faisait presque cligner des yeux.

Il marcha autour du Bassin de la Réserve où il avait vu des hommes habillés de blanc funèbre jouer à un jeu étrange avec un morceau de bois et une balle. Un jour, il avait vu la balle frapper trois bâtons plantés dans le sol et tous les hommes avaient crié en levant les mains en l'air, tous sauf celui qui tenait le morceau de bois plat. Aujourd'hui, il n'y avait que des enfants qui se laissaient rouler en bas des rives herbues et, sur la pelouse, une troupe de garçons dont l'un tenait un bâton. Il continua par Webb Street, puis tourna à droite dans Cuba, savourant la chaleur de la journée, l'affrontement entre une charrette à cheval et un tramway, les entrelacs bruyants, incessants, de l'humanité.

Il s'arrêta devant la boutique du poissonnier, qui avait empilé des lapins très haut dans sa vitrine ; quelques-uns, pendus au-dessus de l'entrée, formaient un petit rideau. Lorsqu'il entra, les queues des lapins lui caressèrent la figure, la douce fourrure contre sa peau fleurant l'herbe et le gibier. Du lapin cuisait dans une marmite en terre. Un shilling pièce, ou peut-être seulement dix pence. Il se lécha les lèvres et poursuivit son chemin, fredonnant une chanson dont il ne se rappelait pas vraiment le titre, une chanson qui avait perdu ses paroles mais pas sa mélodie. Il fredonnait comme s'il avait devant lui tout le temps du monde, saluant de la main Mr Paterson, le boulanger, qui passait sur sa charrette, respirant l'odeur de levain du pain chaud, et à cet instant seulement il se rendit compte que des enfants le suivaient.

Il se retourna et vit les gamins, une demi-douzaine, peut-être davantage, de sept à dix ans, un petit gros, les autres plutôt maigrichons, chacun coiffé d'une petite casquette en tweed, les genoux sales. Le plus grand tenait un bâton.

« Ching Chong le Chinois, chantaient-ils. Né dans un bocal, baptisé dans une théière, ha, ha, ha. »

Yung poursuivit son chemin. Soudain, il sentit que son chapeau était jeté au sol, sa tresse se dénouait, s'étalait dans son dos, des mains la saisissaient, la tiraient. Des éclats de rire, puis une nouvelle main tira d'un coup sec.

Il fit demi-tour et les chargea. « Cochons ! Merdes de chien ! criait-il en chinois. Tombez morts dans la rue ! »

Les gosses prirent la fuite en riant. Il aurait voulu les poursuivre, les empoigner, leur plaquer la figure dans la boue. Le grand, celui qui avait flanqué son chapeau à terre, le rouquin ou, mieux encore, le petit gros, il aurait été plus facile à attraper.

« Ignore les barbares, disait toujours son frère. Ne leur donne jamais de prétexte pour se venger. »

Mais il en avait assez. Il était instruit. Il était respecté. Chez lui, en Chine, il aurait pu être fonctionnaire. Même ici, les gens venaient le voir pour qu'il lise et écrive leurs lettres, leurs vœux de Nouvel An. Il allait accueillir les arrivants à la descente du bateau, pour les aider à la douane et au bureau de l'immigration.

Un soir que son frère était parti pour Haining Street, deux jeunes galopins avaient fait irruption dans la boutique et s'étaient mis à lancer les choux dans tous les sens. Il était entré dans une telle fureur qu'il les avait jetés dehors, tous les deux, dans la rue. Il voyait encore la poussière retomber autour d'eux. Ils n'étaient jamais revenus.

Yung sourit. Son frère ne l'avait jamais su. Il ramassa son chapeau et l'épousseta, refit sa natte et se couvrit, puis il repartit.

Il avait pris ce chemin tant de fois déjà, passant devant la boutique du drapier, la pharmacie, traversant les rails du tram, et pourtant, ce soir-là seulement son attention fut attirée par le salon du barbier. Les poteaux de la véranda d'abord, la peinture en spirale bleue, blanche et rouge, et au-dessus de la porte une barre horizontale, peinte de la même manière, d'où pendait l'enseigne : *S. Gibson.* Dans la vitrine on voyait l'affiche d'un homme en costume et chapeau, la pipe à la bouche : *Le plus agréable des tabacs pour la pipe.*

Yung appréciait la vue d'un bel étalage, l'esthétique des couleurs, des formes, des séries. Disposés sur les étagères il y avait des boîtes en fer bleu de Capstan, de Marcovitch Black and White, les coffrets jaune citron de State Express 555. Puis venaient des allumettes dans des boîtes en forme de cartons à chapeau miniatures, et d'autres, faites de cuivre et de fer-blanc, cylindriques ou rectangulaires, ainsi qu'un pot à tabac en céramique brune sur lequel des mots étaient inscrits. Yung ne les voyait pas tous et ne les connaissait pas tous non plus – *Juste après la Création... meilleur que le tabac... l'ami du célibataire* (Que signifiait célibataire ?), mais il reconnaissait les boîtes et les paquets que son frère et lui vendaient dans leur boutique de fruits et légumes. Il admirait les bols à raser en porcelaine, chacun présenté avec son blaireau, les coupe-ongles chromés, les rasoirs Rolls, les coupe-cigares, les longs cuirs de barbier, les bouteilles de lotion antipelliculaire et une pierre à aiguiser Black Beauty Razor, dont l'étui était décoré d'un long poisson bleu.

L'étalage était séparé de l'intérieur par une cloison en bois. Depuis la porte sur la rue il ne voyait qu'une seconde porte vitrée, avec les mots SALON POUR MESSIEURS gravés dans le verre. Il recula quand la porte intérieure s'ouvrit et qu'un homme émergea de la lumière jaunâtre, enfumée. Quand ils se croisèrent, Yung remarqua comme sa coupe était nette, comme il était rasé de près. Il dégageait une odeur de tabac et de cannelle. Un autre client entra dans la place, et une nouvelle bouffée de tabac lui parvint avant que la porte se refermât.

Yung apercevait son reflet dans la vitrine, son front fraîchement rasé, mais rien de sa tonsure ni de la natte enroulée sous son chapeau. Cette natte, il l'avait depuis aussi longtemps que remontaient ses souvenirs. Quelques Chinois coupaient la leur. Certains pour mettre fin aux brimades, d'autres en l'honneur de la Révolution. Même au pays, des hommes coupaient leur tresse et ensuite, ils devaient porter des chapeaux ou des perruques quand ils sortaient, sans quoi ils risquaient d'être arrêtés et exécutés.

Yung rêvait de la fin de la dynastie. Il rêvait d'une Chine nouvelle et puissante, libérée de la corruption, libérée de la domination mandchoue et étrangère. Il rêvait que Sun Yat-sen dirige un jour la nouvelle République, un homme de Heung Shan qui parlait l'anglais, et pas seulement le dialecte pékinois des gens du Nord, mais aussi sa langue, leur langue, le cantonais. Ce soir, il rêvait d'une coupe de cheveux pareille à celle de l'homme qu'il avait vu sortir de la boutique.

Mais dans les salons *gweilo,* on ne coupait pas les cheveux des Chinois, tout le monde le savait ; et même s'il trouvait le courage, la hardiesse, qu'arriverait-il alors ? Il s'installerait dans un siège, attendant qu'un barbare lui passe la lame sur la joue, sur le menton, en travers de la gorge. La pièce serait envahie de fumée. Il serait entouré de fantômes de l'océan qui le regarderaient, l'observeraient, dans un après-midi privé de lumière naturelle, avec seule la lueur jaune des manchons à gaz. Il songea à Fong-man, roué de coups dans sa boutique, dans cette même rue. Il s'abandonnerait dans le siège et sentirait la lame lui trancher la gorge, et s'il ne ressortait pas, personne ne s'en apercevrait.

Ce soir-là, Yung prit les ciseaux dans le tiroir de la cuisine. Les lames sifflèrent puis crissèrent en mordant dans sa natte ; sa tête devint curieusement légère, les cheveux tombèrent mollement de sa nuque. Il prit la lourde tresse dans sa main, se sentant incroyablement libéré, et pourtant comme amputé d'un membre, comme si déjà l'épée s'était abattue sur son cou. Il ne savait que faire. Il regarda dans le miroir, celui qu'il utilisait de temps à autre pour s'épiler le visage. Il ne se reconnaissait pas. Il avait l'impression d'être devenu plus pâle ou peut-être plus rose – car c'était la véritable couleur des barbares, pas blanc mais rose, un peu comme les cochons domestiques. Il étudia sa figure, ses cheveux. Il avait l'impression que même son nom avait changé. Il rangea la natte au fond d'un tiroir et la recouvrit de ses effets les plus intimes.

Pourquoi avait-il regardé dans la vitrine de ce salon? Pourquoi n'était-il pas simplement allé chez Ah Fung, le barbier de Haining Street, comme tout le monde? Pourquoi voulait-il toujours ce qu'il ne pouvait pas avoir?

Il ravala sa honte. Les parties rasées mettraient du temps à repousser, mais demain il irait. Il demanderait à Ah Fung de rectifier sa coupe. Il achèterait de la lotion capillaire. Il sortirait dans la rue, élégant et bien coiffé, dans une odeur de lotion et de cannelle.

Les oignons

Edie McKechnie fouillait dans la pile de bois à la recherche de cloportes, d'araignées, de scarabées, de tout ce qui gigote avec des tas de pattes, quand son frère, Robbie, rentra en courant à la maison avec ses amis : le grand Billy, ce m'as-tu-vu, le meneur de la bande ; Wally, avec son air d'avoir toujours mangé une brioche de trop ; d'autres gamins encore, aussi sales que stupides.

« Tu veux voir un truc, Edie ? » demanda Billy.

Edie leva les yeux puis l'ignora. Elle souleva un morceau de bois. Dessous, dans la poussière de bois humide, elle trouva quatre cloportes. De l'ongle, elle en retourna un sur le dos, observa les pattes garnies de cils clairs qui ondulaient, la carapace grise et molle qui s'enroulait.

« Regarde ! » hurla Billy.

Pour la première fois, Edie remarqua que Billy tenait un bâton quand il le brandit et fit voler d'un coup la casquette de Wally.

« Hey, fit celui-ci en se précipitant pour la rattraper.

– Laisse-moi essayer, laisse-moi essayer ! » supplia Robbie.

Lorsqu'il s'empara du bâton pour viser la tête de Wally, Edie s'aperçut que tous les habits de son frère étaient couverts de taches, qu'il y avait de l'herbe et Dieu sait quoi dans son épaisse tignasse rousse.

« Ouille ! espèce de pignouf ! hurla Wally. J'vais t'casser ta sale caboche !

– T'y arriveras pas ! » Robbie rit et se sauva, Wally et les autres à sa poursuite.

« C'était Robbie ? » Leur mère se tenait sur le seuil, le visage empourpré à force d'appliquer le fer sur des draps, des chemises, des jupons et des jupes ; quand il refroidissait, elle l'échangeait contre un fer chaud sur la cuisinière.

« Il est reparti avec Wally et Billy.

– Oh zut ! J'ai besoin de lui pour couper du bois. Tu ferais mieux de rentrer m'aider à préparer le dîner. »

Edie baissa les yeux. Ses cloportes avaient disparu, même celui qu'elle avait retourné sur le dos. Elle reviendrait plus tard avec un bocal. Elle s'essuya les mains sur sa jupe, se leva et rentra dans la maison, essayant de se rappeler ce que les cloportes mangeaient pour dîner.

Katherine McKechnie avait mal au cou et aux épaules. Elle ressentait encore les effets d'avoir transporté la lessive mouillée la veille et d'avoir soulevé ce jour-là les lourds fers à repasser. En hiver, la cuisinière et les fers, sans parler du travail, lui tenaient chaud, mais à présent la sueur collait son corsage et ses jupons à sa peau.

Debout devant la paillasse, elle trancha les deux bouts d'un oignon puis l'éplucha. Elle aurait dû commencer plus tôt, au lieu de finir de repasser des chemises dont Donald n'aurait pas besoin avant jeudi ou vendredi... Aïe ! Elle examina son ongle. Dieu merci, pas de sang.

Elle cligna des yeux. À quoi Dieu avait-il pensé en créant les oignons? Elle essuya des larmes du dos de sa main, hacha rapidement les morceaux, les fit glisser dans la graisse chaude et rejeta un deuxième oignon au fond du garde-manger. Elle lança un coup d'œil à Edie.

«Attention... Si tu te coupes un doigt il ne va pas repousser, tu sais... Tiens...» Elle prit le couteau des mains de sa fille et lui montra encore une fois. «Mets tes doigts à l'abri. En coupant, ta main doit suivre la carotte, mais pas trop près du couteau... Oui, c'est mieux... Quand elle devient trop petite, laisse-la et commences-en une autre. Je finirai.

– Maman?

– Oui?

– Qu'est-ce que ça mange, les cloportes?»

Katherine leva les yeux du rognon qu'elle détaillait en tranches. «Eh bien, je ne sais pas. Que mangent les autres insectes?»

Edie s'arrêta de couper. «Ce ne sont pas des insectes, maman.

– Quoi?

– Les insectes ont six pattes.»

Katherine fixa sa fille. Elle n'avait même pas sept ans. «Où as-tu appris ça? demanda-t-elle.

– Tu sais, ce livre qu'on a pris à la bibliothèque.»

Katherine rit. Bien sûr. Les deux enfants étaient en avance pour lire. Comment en serait-il autrement, avec un père journaliste, *un pourvoyeur de mots,* comme il aimait à le déclarer. Mais c'était Edie, la plus jeune, qui semblait la plus empressée, elle entraînait Katherine à la bibliothèque de Newtown, choisissait des romans de Jane Austen ou de George Eliot – elle ne les comprenait pas vraiment, sans doute – et aussi des livres éducatifs avec de belles illustrations en couleurs sur n'importe quel sujet: l'ornithologie, l'histoire égyptienne, l'architecture étrusque. Robbie, pour sa part, semblait se complaire à la lecture des exploits de Revolver Dick ou de Jim, le Tueur de la Prairie. S'il avait été assez grand, les soirées de jeux à la bibliothèque auraient été l'un de ses passe-temps favoris. Mais on les avait supprimées pour cause de «tapage et vandalisme». Katherine eut un sourire amer. Avec quelques années de plus, il eût sans doute été l'un des principaux coupables.

Elle disposa les morceaux de bœuf et de rognon dans la cocotte, et regarda Edie en face d'elle. «Alors combien de pattes ont-ils, les cloportes?

– Quatorze.» Edie sourit. «J'ai compté.

– Et comment tu les appelles, si ce ne sont pas des insectes? On te disait ça dans...?»

La porte d'entrée claqua et Robbie surgit du couloir dans la cuisine. Il se pencha sur la casserole fumante. «Steak et rognons... Je peux manger quelque chose?» Il tendit la main vers la boîte de biscuits.

Katherine la lui écarta d'une tape. «Va couper du bois et rapporte-le, alors tu pourras prendre une tranche de pain avec du jus de rôti.» Elle considéra sa figure malpropre, les taches d'herbe et de boue sur ses habits, ses ongles en deuil. «Mais d'abord lave-toi les mains. Je ne veux pas de traces partout.»

Après qu'il fut sorti, Edie demanda: «Tu crois que les cloportes aimeraient le pain?

– Je ne sais pas, chérie. Les fourmis en mangent. Les oiseaux aussi.» Elle remarqua qu'un morceau avait été arraché à la miche. «Et les vilains garçons.»

Une heure plus tard, Robbie reposa sa fourchette après la première bouchée. «Je n'ai pas faim», dit-il.

Katherine soupira. «Tu n'aurais pas dû manger autant de pain, tu ne crois pas? J'avais dit *une* tranche.»

Donald McKechnie recracha dans son assiette. «Pas étonnant que le gamin ne puisse pas manger. Combien de temps tu as cuit ça? Cinq minutes? Combien de fois faut-il te le dire?

– Eh bien, tu ne devrais peut-être pas insister pour avoir du steak et des rognons le mardi. Le repassage me prend toute la journée, ça ne me laisse pas beaucoup de temps pour cuisiner.

– Alors mets le dîner à cuire le matin, femme! N'as-tu donc rien dans le crâne?»

Katherine examina la figure rouge de Donald, sa moustache frémissante. Dans le crâne, elle avait plus de dents que lui, c'était certain. Comment disait-il, déjà? Gavé jusqu'aux dents du fond? C'étaient les dents du fond de Donald, ou plutôt leur absence, le problème. Elle imagina sa bouche pleine de ragoût coriace et tendineux, sa mâchoire qui travaillait, travaillait, du jus qui coulait du coin de sa bouche, de ses oreilles. Elle baissa les yeux et retint un sourire.

«Mange-le demain», marmonna-t-elle sans rencontrer son regard.

Elle emporta l'assiette dans la cuisine et remit le ragoût dans la cocotte, découpa la dernière tranche du rôti de dimanche, la fit cuire jusqu'à ce qu'elle se détache de l'os (heureusement, les jours de lessive, ils mangeaient les restes du rôti) et la posa sur le reste de sauce dans l'assiette de Donald. Elle aurait pu lui expliquer que Mac n'avait plus de rognons, qu'il lui avait conseillé de revenir l'après-midi. Elle aurait pu lui demander d'attendre encore une heure pour dîner, au lieu d'exiger qu'ils passent à table à six heures. Elle rajouta une cuillère de sauce sur le rôti et remporta l'assiette.

Donald racontait à Robbie un incident survenu au travail. « … et alors cette tête de linotte… »

Katherine les entendait rire mais elle ne savait pas pourquoi et elle s'en moquait. Elle se sentait fatiguée. Si fatiguée.

Elle l'avait rencontré au mariage de sa sœur. Elle avait remarqué la façon dont les gens écoutaient ses histoires, dont ils riaient de ses plaisanteries. La façon dont les femmes ne pouvaient s'empêcher d'être coquettes avec lui. Même sa mère et sa sœur. Elle le regardait, fascinée, presque horrifiée, se déplacer dans la pièce, un vapeur qui fend les eaux, laissant derrière lui un sillage.

Avait-il senti son regard sur lui ? Il leva le sien vers elle, s'excusa et se fraya un chemin à travers la piste de danse.

Il lui dit que l'éclat de sa robe faisait ressortir la lumière de ses yeux, comme les ailes d'un *Doxocopa cherubina*. Un papillon, ajouta-t-il. Du Venezuela. Ou du Pérou. Avait-elle entendu parler de ces contrées? S'il était unique, c'était à cause de ses ailes irisées. À première vue, il était d'un joli vert tout simple, mais au second coup d'œil, de haut en bas, c'était comme à travers un prisme – des bandes chatoyantes de bleu et de vert.

« Et le blanc de mes yeux ? avait-elle risqué. Est-ce qu'ils vous rappellent le papillon du chou ? »

Il l'avait fixée, surpris, et elle avait rougi. Elle se détourna pour partir, mais il la retint par le bras – sa main fit courir un frisson sur sa peau. Il la regarda intensément et lui dit : « Vous devriez venir voir ma collection. Elle est très modeste, mais le *Doxocopa cherubina* mérite que l'on s'y arrête. »

Moins d'une semaine plus tard, il lui faisait faire le tour de son salon, s'arrêtant devant chaque corps ailé dans son cadre. « Katherine, dit-il. Kate... » La paume de la main posée sur son dos, il la guidait d'un spécimen à l'autre, lui expliquant que les papillons et les mites appartenaient au même ordre – mais les papillons étaient bien plus beaux. Plus tard, elle découvrit qu'il les avait achetés à un entomologiste qu'il avait interviewé pour le *Post*. Il avait appris par cœur les noms latins, le pays d'origine, ainsi que les signes distinctifs des mâles et des femelles.

Le *Doxocopa cherubina* était toujours épinglé et encadré sur le mur de leur salon. À couper le souffle, comme il disait, si on regardait ses ailes de haut en bas, et non de bas en haut. Immobile, le papillon avait bien le souffle coupé.

En regardant son mari mâcher la viande tendre et la sauce, et le chou-fleur bouilli jusqu'à ce que ses boules grisâtres s'écrasent dans la bouche comme de petites cervelles, Katherine vit soudain clairement – mais ne l'avait-elle pas toujours su, sauf dans un moment d'égarement? – que toutes les femmes de Donald étaient des *Lepidoptera*: elles se brûlaient les ailes à sa flamme ou faisaient simplement partie de sa collection silencieuse.

« ... la sauce n'est pas mauvaise, tout compte fait... » Katherine sentit le regard de Donald.

« … mais, pour l'amour du ciel, mets-y plus d'oignon ! Tu n'as donc rien appris quand maman est venue chez nous ? Qu'elle repose en paix ! Dieu bénisse son âme ! »

Katherine ramassa les assiettes et les emporta dans la cuisine, celles de Donald et d'Edie proprement saucées, la sienne et celle de Robbie à peine touchées. Elle entendait Donald descendre le dictionnaire transmis de McKechnie père à McKechnie fils. « Procrustéen, disait Donald, Robbie, que signifie *procrustéen* ? »

Le doigt de Katherine la brûlait, un filet de sang s'était formé sous son ongle. Elle racla les assiettes, remit la nourriture intacte dans la cocotte. Et laissa les oignons pourrir dans le garde-manger.

Un beau spécimen de gentleman britannique

Quand Donald rentra à la maison aux petites heures du matin, empestant le whisky et le tabac, Katherine tira l'édredon sur son visage et feignit de dormir.

«J'ai rencontré un homme fascinant cette nuit», dit-il, la parole lente et inarticulée. Katherine imagina un escargot géant, doté de la moustache cirée de Donald, glissant mollement à travers la chambre. *Mais les escargots ne viennent pas se coucher saouls,* pensa-t-elle. *Je suis injuste envers les escargots.*

«... Terry est un splendide spécimen du genre humain, poursuivit-il. Et ne va pas te faire des idées... On a pris quelques verres avec...»

Quelques ?

Donald débita les noms de membres *éminents* du Parlement, comme il les qualifiait.

Katherine attendit, mais avant de pouvoir ajouter autre chose, Donald s'était écroulé sur le lit, émettant des ronflements sonores et fort *disharmonieux.*

Elle sourit. Donald connaissait-il ce mot? L'avait-il trouvé dans son dictionnaire? À présent, ce genre de mots ne lui venaient qu'en son absence. *Disharmonieux.* Le son d'un chant d'oiseau, encore plus beau qu'*harmonieux.*

Le son de la contradiction. C'était comme s'éveiller dans la nuit et pour la première fois, avoir les yeux grands ouverts. Comme cesser d'être amoureuse.

Pendant des jours, Donald ne sut parler de rien d'autre que de Lionel Terry. *Terry, diplômé d'Eton et d'Oxford. Terry, descendant de Napoléon Bonaparte. Terry combattant les sauvages Matabeles dans le Transvaal. Terry, ami de Cecil Rhodes et de Paul Kruger. Terry le poète et Terry le peintre.* D'ailleurs, comment Donald pouvait-il se souvenir? N'avait-il pas été ivre, ce soir-là? Déjeunait-il avec le *splendide spécimen* un jour sur deux? (Et n'était-ce pas le terme que l'on employait pour décrire des choses mortes? Des choses que l'on collectionnait pour les épingler sous verre?) Katherine balayait autour de Donald avec la brosse du foyer, lui faisant déplacer un pied, puis l'autre. Elle balayait devant la cheminée et revenait, revenait, avec la perversité d'une petite mouche obstinée, mais rien ne pouvait refroidir l'enthousiasme de Donald.

« Il a marché de Mangonui à Wellington chargé seulement d'une canne et d'un sac à dos. Je te parie un shilling que tu ne sais même pas où se trouve Mangonui, hein? Il a pratiquement parcouru North Island d'un bout à l'autre, Kate ! »

Katherine avala sa salive. Il ne l'avait pas appelée Kate depuis des années.

« Un sacrément bon poète aussi, il m'a donné l'un de ses pamphlets. » Il l'agita dans sa direction, mais elle s'excusa pour vider la pelle.

« Oui, vraiment, un bel exemple de gentleman britannique ! » reprenait-il quand elle quitta la pièce.

Katherine se méfiait des gentlemen britanniques. Ils avaient l'accent qu'il fallait et d'excellentes manières, mais elles dissimulaient un certain nombre de vices. Bon débarras, ces ordures, pensa-t-elle en regardant la poussière de charbon et la cendre tomber dans la poubelle en formant un petit nuage.

«Je l'ai invité à dîner pour dimanche», cria Donald du salon.

À son arrivée, Katherine examina Mr Terry. Il mesurait au moins un mètre quatre-vingt-quinze. Athlétique. Bel homme. Il se tenait très droit – visiblement il était passé par l'armée. Elle dut reconnaître, à contrecœur, que c'était vraiment *un splendide spécimen du genre humain,* même si son abondante chevelure était déjà devenue grise.

«Mrs McKechnie, s'exclama-t-il, quel plaisir!» Il sourit. «Est-ce du rôti de mouton que je sens en train de cuire? Je suis convaincu que vous êtes une excellente cuisinière, Mrs McKechnie, mais malheureusement je ne mange pas de viande. Nos penchants carnivores sont une obsession malsaine qui ne font que créer du désordre dans nos constitutions.»

Les mots manquaient à Katherine. Jamais elle n'avait entendu parler de quelqu'un qui ne mange pas de viande. Elle ne put qu'ordonner aux enfants de mettre la table.

Terry ébouriffa les cheveux de Robbie. «Laissez le garçon nous rejoindre au salon», dit-il.

De la cuisine, Katherine entendait leurs éclats de rire. Edie reniflait.

«Mouche-toi, Edie. Ce n'est pas joli pour une jeune fille de renifler comme un chien.» Katherine se mordit la lèvre. Elle entendait la voix de sa mère, les mêmes mots, exactement le même ton. Elle ne voulait pas ressembler à sa mère, grands dieux !

Elle regarda Edie s'essuyer les yeux et se moucher dans un mouchoir brodé. Elle soupira, posa légèrement la main sur l'épaule de sa fille.

« Si tu te dépêches de mettre la table, tu pourras les appeler tout de suite pour dîner. »

« Mrs McKechnie, demanda Terry en entrant dans la salle à manger, puis-je vous demander où vous achetez vos légumes ? Chez un honnête Britannique ou chez les païens ? »

Katherine dut reculer d'un pas, car Terry la dominait de toute sa taille. « Les légumes des Chinois sont moins chers et plus frais », répondit-elle.

Terry sourit. Sa lèvre supérieure frémit. Il la regarda dans les yeux, puis, comme la vedette d'une production théâtrale, il commença à réciter, d'une voix sonore, assurée, embellissant chaque parole par son maintien, les mouvements de ses mains :

« Vois s'avancer, sombre, implacable, comme un fléau venu de l'enfer,

« La terrible malédiction de Mammon, sur la terre de l'homme blanc pour y demeurer ;

« Le Mongol, l'Éthiopien, monstres sans nom, brutes humaines de tous les horizons,

« Vomis des sombres bourbiers de la terre ; porteurs de peste, d'épidémies et de crimes.

« Couverts de haillons et d'odeurs immondes, lugubres, décharnés, les membres atrophiés.

«Leurs figures ressemblent à celle du macabre chacal cherchant des cadavres au sein des ombres;

«Vois la horde de monstres abjects, ivres de drogues, conçus dans le péché, démons abominables,

«Franchissant en masse les remparts de ta nation; pillant les richesses de ta terre.»

Il sortit des pamphlets de la poche de son costume et les donna aux enfants. Katherine vit le visage de Robbie s'éclairer, devenir rouge d'excitation, tandis que sur celui d'Edie se peignait un mélange de fascination et d'incertitude.

Soudain, de façon inexplicable, elle aurait voulu que les carottes contenues dans le récipient entre ses mains ne soient pas coupées et bouillies, mais toujours crues et entières, aiguisées comme des flèches. Pendant un long moment elle se vit renverser sur Terry une pleine casserole d'eau et de carottes; elle imaginait l'expression stupéfaite de l'homme, couché, trempé, cloué au sol, une demi-douzaine de carottes en travers du torse, enfoncées jusqu'aux lames du parquet. En même temps, elle entendait l'accompagnement grêle, endiablé du piano, et elle pouvait suivre en noir et blanc les mouvements rapides et saccadés de son cou, de ses bras, de ses jambes, tandis qu'il s'efforçait de se relever. Elle faillit pouffer d'un rire nerveux, étonnée de son imagination débridée. Au lieu de cela elle posa le plat sur la table et désigna un siège à Terry pendant que Donald découpait le mouton.

Terry demanda à Robbie de donner un pamphlet à sa mère. Katherine sourit à contrecœur. Personne ne le remarqua. Terry avait le don de la poésie. Donald et lui auraient suffisamment de sujets de conversation pour en faire profiter toute la famille.

« Nous ne pouvons pas faire disparaître la haine naturelle entre les races par la civilisation », discourait Terry tandis que Katherine faisait passer les légumes autour de la table. « Nous devons mettre fin à cette pratique insensée d'importer des races étrangères… Non, merci. Je suis certain que vous êtes une parfaite cuisinière, Mrs McKechnie, mais je ne mange pas de nourriture souillée par les Chinois… L'emploi de main-d'œuvre étrangère est une injustice criminelle à l'égard du travailleur britannique. C'est la cause principale de la pauvreté, du crime, de la dégénérescence et de la maladie à travers tout l'Empire… »

Donald leva son verre. « Oyez, Oyez !

– Robbie, poursuivit Terry, d'où viennent la lèpre et la peste bubonique ? »

Comme Robbie ne savait que répondre, Terry expliqua : « Mais voyons, de ces affreux païens, mon fils. Les Mongols et les Noirs sauvages… »

Katherine serra les dents. Robbie n'était pas le fils de Terry. Mais Donald sourit, hocha la tête, tapota Robbie dans le dos.

Terry étala du beurre sur une tranche de pain cuit à la maison par Katherine. Il se tourna vers Donald : « La présence d'Asiatiques dans ce pays met en péril les droits de nos compatriotes. Nous devons prendre des mesures draconiennes avant qu'il ne soit trop tard…

« Du très bon pain, Mrs McKechnie », remarqua-t-il en mordant dans sa tranche.

Revenant vers Donald, il enchaîna : « Quant aux Maori, jamais dans l'histoire du monde on n'a vu deux races vivre ensemble dans le même pays sans que l'on assiste à la dégradation et au déclin de l'une ou de l'autre. La race la plus faible est toujours condamnée... »

Katherine s'efforça de réfléchir à certaines des idées de Terry. Après tout, les hommes politiques ne disaient-ils pas précisément la même chose – que les Maori avaient besoin de protection, qu'ils étaient menacés d'extinction ?

Terry prit une nouvelle tranche de pain. « Les Maori sont maintenant dans un tel état de dégénérescence physique, mentale et morale que sans une séparation complète et totale, leur race ne pourra être préservée. Je ne vois pas d'autre solution pratique que d'échanger toutes les terres appartenant aux Maori contre des îles comme Stewart Island et les Chathams... »

Katherine se demanda combien de territoires les Maori avaient encore en leur possession. Et combien de Maori restait-il pour les entasser sur Stewart Island et les Chathams ?

« Une proposition intéressante, dit Donald. Mais comment obtenir le résultat escompté, voilà la difficulté. »

Terry avala une bouchée de pain. « McKechnie, mon ami, rien de valable ne s'obtient sans un dur travail et quelques sacrifices... Quant à ceux qui adultèrent la race, on devrait aussi les transférer sur des îles lointaines, croyez-moi. »

Ceux qui adultèrent la race ? Katherine n'avait jamais accordé une seule pensée au mélange des races, mais cette expression lui semblait absurde. Elle écouta l'exhortation de Terry et tira un large trait noir sur chacune de ses paroles.

« Les pétitions que j'ai adressées aux membres du Parlement, au commissaire des Douanes, au ministre des

Affaires indigènes, et cætera, et cætera, n'ont servi à rien », poursuivait Terry.

Il refusa le rôti de mouton, les légumes, jusqu'au pudding de Katherine, à base de pain et de beurre. Le sucre, précisa-t-il. Il ne mangeait pas de nourritures étrangères. Il ne buvait même pas de thé. Katherine alla lui chercher du lait dans le garde-manger. Elle ne savait pas si elle devait s'inquiéter pour cet homme ou le plaindre.

Le lendemain matin de bonne heure, avant que les autres soient levés, Katherine chercha les tracts. Elle savait que Donald avait le sien, mais Terry n'en avait-il pas laissé trois autres ? Elle en trouva deux et les donna en pâture, avec joie, au feu de la cuisinière à charbon, remplit la bouilloire et la posa dessus. Comme elle savourerait son porridge ce matin, son thé au lait bien sucré !

Un sac de cacahuètes

La nouvelle se répandit de boutique en boutique, de la blanchisserie à l'épicerie et au marché aux légumes. Il y avait eu une fusillade à Naseby l'année précédente, puis le meurtre de Ham Sing-tong à Tapanui quelques semaines auparavant, mais cette fois c'était dans Haining Street. C'était là qu'habitait le cousin Gok-nam, et où Shun et son frère Yung se rendaient le dimanche pour manger des *wontons* et du cochon rôti, boire du thé et échanger des ragots.

Joe Kum-yung ne faisait pas partie du clan, mais avec un total d'environ trois cents Chinois à Wellington, chaque individu était un frère pour les autres, surtout s'il se faisait tuer à bout portant. Yung entendit raconter par Fong-man, qui le tenait de Joe Toy, que Kum-yung rentrait à pied chez lui lorsqu'un homme avait surgi par-derrière et lui avait tiré deux fois dans la tête. Personne n'avait pu bien voir l'assassin. C'était un dimanche soir. Il faisait nuit. Haining Street était presque déserte. L'homme au revolver portait un long manteau gris. Il était grand. Un *gweilo.* Quand Joe Toy arriva, son cousin gisait devant le numéro 13 dans une sombre mare de sang, les cacahuètes d'un sac en papier répandues autour de lui.

Shun se demanda si les serrures sur les portes étaient sûres. Kum-yung, un infirme maintenant après une carrière de chercheur d'or sur la côte ouest, vivait en Nouvelle-Zélande depuis trente ans. Ses compatriotes avaient réuni l'argent pour son retour en Chine, pour le rendre à sa femme, mais cet idiot s'était installé plus au nord sur la côte pour s'essayer à la profession de maraîcher. Et il avait tout perdu ! Il n'était de retour à Wellington que depuis quelques semaines. Pourquoi n'était-il pas rentré au pays quand il en avait eu l'occasion ?

Shun frotta sa mauvaise jambe. Il exhorta son frère à ne pas sortir après la tombée de la nuit. À ne pas sortir du tout, à moins que ce ne soit absolument nécessaire.

Mais la nouvelle du meurtre venait à peine de passer par trois cents bouches qu'éclata une information encore plus étrange, encore plus fascinante. Un homme s'était livré à la police. L'assassin était en détention.

Le procès

Le matin du procès, une foule commença à se rassembler de bonne heure, impatiente de voir Lionel Terry amené de la prison de la ville. Donald courut plus qu'il ne marcha le long de Lambton Quay, et le temps qu'il arrivât à la Cour suprême, ses aisselles étaient humides et sa chemise collait à son dos.

« Il fait sacrément chaud pour novembre, dit-il en rejoignant un groupe de journalistes.

– On a toujours ça à Auckland, lui répondit l'un d'eux en riant, mais pas ce fichu vent ! »

Thompson, avec qui Donald avait travaillé à l'*Evening Post*, lui offrit une cigarette. « Il paraît que tu l'as rencontré, ce Terry?

– Ouais, c'est un chic type. »

Thompson craqua une allumette et l'éleva, l'abritant de la brise. « Tu avais la moindre idée qu'il allait faire une chose pareille ? »

Donald tira sur sa cigarette, rejeta la fumée. « Fichtre non ! Il n'aimait pas les Chinetoques, c'est certain. Un fléau, il disait. Il voulait qu'on les renvoie. Qui ne le veut pas ? Mais… » Donald secoua tristement la tête, tira sur sa cigarette et souffla un long panache de fumée. « En tout cas il sait se faire entendre… »

Ils demeuraient sur les marches du tribunal, se balançant d'un pied sur l'autre et discutant de l'affaire tandis que la foule grossissait, de plus en plus bruyante et, en se répandant à travers la rue, menaçait d'obstruer Stout Street.

Quand les grilles s'ouvrirent enfin sans que Terry eût fait son apparition, Donald et la presse ainsi qu'une masse de spectateurs se précipitèrent sur les portes de la salle d'audience ; d'autres encore se faufilèrent vers la galerie du public par les escaliers abrupts situés de chaque côté. Donald trouva un siège dans la section réservée à la presse. Il n'y avait pas assez de place et quelques reporters se retrouvèrent assis dans l'assistance avec des Chinois. Les portes se refermèrent alors que des centaines de personnes étaient encore amassées dans la rue.

Peut-être était-ce à cause de cette foule excitée, des bavardages, de l'odeur aigre de la sueur refroidie et de ce bois sombre et sale partout : oppressé, Donald leva les yeux ; là-haut, les murs paraissaient plus pâles, d'un blanc cassé, une faible lumière filtrait par les fenêtres du deuxième étage. Il ne s'agissait pas, songeait-il, d'une erreur inexplicable, d'un délit mineur. Son ami était jugé. Pour meurtre.

Le crieur aboya, la foule fit silence et se leva. Le Président de la Cour suprême, sir Robert Stout, entra et s'installa à sa place.

Donald sortit un crayon et un bloc de sa poche.

En voyant Terry arriver du quartier des cellules, dressé de toute sa taille entre ses gardiens, un mouchoir blanc bien plié dans la poche de sa veste, Donald pensa qu'il possédait une dignité peu commune parmi ceux qui fréquentaient le banc des accusés. Terry était plus pâle que dans son souvenir, plus maigre aussi, mais très calme. Quand il rencontra son regard, Terry lui sourit en lui faisant un léger signe de tête.

Il avait refusé la présence d'un avocat. Si quelqu'un était capable de se défendre avec honneur, c'était bien Terry, et pourtant un vague malaise nouait l'estomac de Donald. Le greffier lut l'accusation et demanda à Terry comment il comptait plaider.

Terry leva le menton, toisa l'homme. Il récusait le terme « coupable ». Il n'avait rien à dire sauf que son acte était juste et justifiable.

« Cela signifie non coupable », traduisit Son Honneur.

Non coupable. Les mots résonnaient dans l'esprit de Donald. Tandis que l'on constituait le jury, il écoutait les noms, des noms britanniques de bon aloi, examinait chaque visage, spéculant sur les vues de chacun. Comment auraient-ils pu ne pas s'accorder sur l'existence du problème asiatique ?

Le ministère public ouvrit les débats en interrogeant Charles William Harris, qui s'était trouvé dans Taranaki Street le 24 septembre à sept heures trente-cinq du soir. Harris avait entendu un coup de feu venu de Haining Street et vu un homme debout sur le trottoir. Il perçut un éclair, entendit un second coup de feu, puis l'homme avança vers lui. Il était grand et portait un long pardessus léger. À ce moment seulement, il remarqua qu'un Chinois gisait sur le trottoir à sept ou huit mètres de l'endroit où l'homme s'était tenu auparavant.

Terry observait, implacable. Il n'avait pas de questions pour Mr Harris, ni pour le témoin suivant, l'agent Fitzgerald.

À présent, Joe Duck, un résident de Haining Street, prêtait serment. *Joe Duck. Quel nom était-ce là ?* Donald vit le mépris sur le visage de Terry alors que l'interprète craquait une allumette, la tendait à Duck et marmonnait des paroles inintelligibles en attendant que celui-ci soufflât dessus pour l'éteindre.

Duck avait des discussions interminables avec l'interprète.

« Il nous faut un interprète pour l'interprète », lança le Procureur.

Donald, Terry et la moitié de la Cour ricanèrent.

Si l'on en croyait l'interprète, le Chinois avait vu un homme en manteau léger faire feu avec un pistolet dans Haining Street. L'homme qui avait tiré était parti. Celui qui était tombé était Joe Kum-yung.

Pour la première fois, Terry posa des questions. Joe Kum-yung était-il plus grand que Duck ? Combien Duck mesurait-il ? Combien de pieds anglais y avait-il dans cinq pieds chinois... ?

Donald sourit. *Déconcerte cet imbécile en lui posant des questions hors de propos.*

Le docteur Ewart déclara que la mort avait été causée par la blessure au cerveau provoquée par la balle.

Puis Ngan Ping, de Molesworth Street, jura sur la Bible et parla sans interprète. Un vendredi soir, Terry était venu au 5 Haining Street alors que Ping et d'autres Asiatiques jouaient aux cartes.

« Vous jouiez pour de l'argent », accusa Terry.

Oui. Sape sa crédibilité – et celle de tous les Chinois – en révélant sa nature criminelle.

« Pas du jeu d'argent, répondit le Chinois. Que de la monnaie chinoise. Impossible la dépenser ici.

– Êtes-vous chrétien ? demanda Terry.

– Oui.

– Vous croyez que la Bible est meilleure que votre propre religion ? »

Ha ! Tandis que Terry poursuivait son interrogatoire, il rappelait à Donald un petit garçon qui arrache les ailes, puis les pattes, à une mouche.

À présent, l'agent Young et l'inspecteur Ellison rappelaient que Terry était venu de lui-même au commissariat et qu'il avait livré son revolver. Il avait abattu un Chinois pour attirer l'attention sur les graves maux provoqués par l'immigration étrangère. Il avait signé une déclaration écrite.

Bon sang !

Horace Clare Waterfield, secrétaire privé de Son Excellence le Gouverneur, produisit la lettre que Son Excellence avait reçue par la poste le matin après que Joe Kum-yung eut été abattu. La lettre, signée « Lionel Terry, sujet britannique », déclarait que pour protéger les droits des Anglais contre l'immigration il avait « estimé nécessaire de mettre à mort un Chinois » ce soir-là dans le quartier connu sous le nom de Haining Street.

Fichtre !

Terry contre-interrogea le docteur Martin quant à la nature de la blessure, et le ministère public n'eut plus rien à ajouter.

Terry refusait de recourir à des preuves. Il n'avait rien à avancer, si ce n'est une courte déclaration.

Donald s'inclina en avant dans son siège.

Après avoir sorti une épaisse liasse de papiers, Terry s'adressa au jury. Il protestait contre le fait que Sa Majesté fût mise en position de protéger des étrangers d'une autre race et non naturalisés, débuta-t-il. Il était surpris du nombre de témoins et de fonctionnaires asiatiques. Manifestement il restait encore à mesurer l'énorme différence entre le sens de la vérité chez les Européens et chez les Asiatiques. Le témoignage des Chinois, en particulier celui de Ngan Ping, le chrétien, était proprement de nature asiatique et il soupçonnait l'interprète chinois d'être plus rusé qu'honnête. Bien qu'en tout autre cas il eût refusé de répondre à une accusation qui concernait autant d'étrangers – il jeta un coup d'œil à Donald –, il avait attiré cette accusation sur lui-même dans le but de protester contre ce mal en particulier.

Pas tout à fait déraisonnable.

Terry réfuta avec emphase être la victime d'un quelconque délire ou que son intellect eût été affecté par une insolation ou aucun autre malaise.

Non !

Donald avait les yeux fixés sur Terry. Bien sûr il était d'accord avec lui au sujet des Chinois, mais là il s'agissait d'une accusation entraînant la peine capitale. Il serait sûrement plus facile d'excuser son geste par quelque trouble sous-jacent. Quelque chose d'aussi innocent qu'une insolation.

Terry poursuivit par une longue explication de son point de vue. Le gouvernement devait renvoyer les étrangers sur d'autres rivages, pour que la Nouvelle-Zélande soit un pays propice à l'installation des Blancs… Plus de cent mille personnes dépendaient des Asiatiques pour les produits alimentaires de première nécessité… L'ennemi trafiquait la nourriture, polluant la source d'où le pays dérivait sa force…

Donald essayait de se concentrer. Il avait toujours apprécié les discours de Terry, mais cette fois son esprit commençait à s'évader. La « courte » déclaration de Terry était remplie de mots de plusieurs syllabes et de raisonnements juridiques sibyllins. Elle était trop longue.

«J'ai assassiné un Chinois en effet, probablement Joe Kum-yung, disait Terry, mais ce meurtre a été commis pour remettre en question la loi relative à la protection des étrangers… »

Donald étudia le visage du Président. Comment allait-il interpréter ces paroles? En tant que membre de la Ligue antichinoise, Son Honneur devait bien haïr les Chinois lui aussi.

« Comme il est naturellement impossible pour des personnes de races distinctes de posséder des caractéristiques identiques, il devient également impossible que les lois concernant les personnes d'une race gouvernent celles d'une autre race. »

Eh bien, ma foi… Donald tapa sur son bloc avec son crayon.

« Comme les lois qui représentent une race ne peuvent s'appliquer à une autre race, il est donc contraire à la loi que des hommes de deux races distinctes, ou plus, puissent résider ensemble dans le même pays. »

Mmmm…

« Il ne peut donc y avoir de loi qui accorde protection à une race non naturalisée dans des possessions britanniques, ni qui reconnaisse sa présence en aucune manière.

« En réponse à l'accusation que j'ai tué *cet* étranger » – Terry fit une pause, regarda Donald, le jury – « le Chinois, étant de race étrangère, n'est pas un homme dans l'acception du terme. »

Donald ferma les yeux. Les rouvrit. Il avait rencontré peu de personnages aussi charismatiques que Terry possédant sa maîtrise de la rhétorique. Il convenait, bien sûr, qu'une action décisive était réellement nécessaire. Mais l'audace de l'individu !

Tandis que le Président résumait l'affaire, Donald saisit son crayon. La loi s'appliquait à tout être humain en Nouvelle-Zélande, déclarait Son Honneur. Il n'y avait pas de réponse à l'accusation.

Dieu ! Voilà que le Président de la Cour suprême, qui haïssait lui aussi l'élément asiatique, devait protéger les Chinois !

La seule question qui se posait, poursuivit Son Honneur, était de savoir si le prévenu était conscient de la nature de son geste, s'il était responsable de ses actes. Les jointures de Donald blanchirent. Il n'existait aucune preuve d'aberration mentale, ajouta le Président, le prévenu lui-même l'avait réfutée clairement. Il se tut, promena son regard sur la salle. Par conséquent, le jury avait le devoir de déclarer le prévenu coupable.

Donald avait envie de sauter sur ses pieds et de crier : « Cet homme est quelqu'un d'honorable. Vous le savez, Votre Honneur. Vous approuvez sa position. Je vous ai vu aux réunions. C'est un Britannique. Un gentleman… Peut-être un peu égaré… » Pourquoi diable Terry avait-il récusé toute forme d'incapacité mentale ? Il aurait pu s'agir d'une insolation, non ? Pourquoi avait-il refusé le secours d'un avocat ?

Tandis qu'on emmenait Terry, la tête haute, impassible, Donald croisa son regard.

Le jury se retira. Donald soupira, sortit sa montre de gousset. Une heure moins sept. Il se leva et jeta un coup d'œil à la foule de spectateurs sur la galerie. Son regard tomba sur une femme coiffée d'un chapeau insensé, encombré de raisins, d'ananas et d'un fouillis de rubans bleus – bon sang, s'il avait dû s'asseoir derrière elle, elle l'aurait entendu! –, et lorsqu'elle bougea, il aperçut soudain Robbie. Le garçon faisait encore l'école buissonnière, mais pour une fois Donald s'en moquait. Il aurait agi de même, s'il avait été à sa place.

Il sortit dans le jour aux yeux bleus et la brise légère, alluma une cigarette et marcha de Stout Street à Whitmore, de Ballance à Lambton Quay, puis revint à l'entrée principale dans Stout. Après être allé soulager sa vessie, il se dépêcha de regagner la salle du tribunal.

Le jury reparut à une heure vingt-cinq et rendit son verdict: «COUPABLE, assorti d'un vif appel à la clémence…»

Donald n'entendait pas tous les mots.

«… pas responsable de ses actes… souffrant… d'une forme de folie… sa haine intense… le mélange de Britanniques et de races étrangères…»

Le greffier demanda à Terry s'il avait quelque chose à déclarer. Y avait-il une raison pour qu'il ne reçût pas la sentence de mort?

Terry, se tenant très droit, la voix forte et claire: «Rien, à moins de répéter ce que j'ai dit précédemment, que mon geste était juste et justifiable.»

«Prévenu Lionel Terry, dit alors le Président, l'appel à la clémence du jury sera dûment communiqué à Son Excellence le Gouverneur… La Cour prononce la sentence que vous soyez emmené… à la prison de Sa Majesté à Wellington, et de là au lieu de l'exécution» – Donald brisa la mine de son crayon sur son bloc – «où vous serez pendu par le cou jusqu'à ce que mort s'ensuive… Que le Seigneur ait pitié de votre âme!»

Un silence tomba sur le tribunal. Tous les regards étaient dirigés vers Terry, qui se tenait immobile, un grand calme dans ses yeux clairs.

On fit sortir Terry et Donald le suivit du regard. Il resta assis sur son siège tandis que d'autres se levaient pour discuter avec animation. Il écrirait sur son ami – qu'il avait envoûté la cour par son éloquence, qu'il avait tout risqué pour l'honneur de sa race, qu'il s'était tenu la tête haute, un chevalier errant tout droit sorti des pages d'un roman du Moyen Âge.

Ni continents ni mers

Impuissante, Katherine voyait Robbie ne plus respirer, ne plus vivre que pour Lionel Terry. Son père lui commentait ses articles avant même qu'ils fussent publiés. « Qu'en penses-tu, Robbie ? C'est assez saignant pour toi ? »

Robbie voulait signer la pétition qui circulait dans tout le pays, mais son père lui disait : « Quand tu seras plus grand, ton tour viendra, mon fils. »

Donald essaya de persuader Katherine de signer. Il s'emporta, et pour la première fois, il jura contre elle. Elle lui tourna le dos et sortit de la pièce, sentant chaque mouvement de son corps, le poids de ses bras, de ses jambes. Elle tremblait, le regard de Donald lui brûlait la nuque. Elle percevait sa rage noire, sa stupéfaction, son incrédulité.

La pétition récolta des milliers de signatures, mais finalement elle ne fut pas nécessaire. Le gouvernement avait déjà décidé. La condamnation de Terry fut commuée en une peine de prison à perpétuité.

Le père et le fils suivirent religieusement la progression de Terry de la geôle de Wellington à Lyttelton, de Lyttelton à Sunnyside (hôpital pour les aliénés, mon cher! les journaux ne disaient plus «asile de fous»), de l'asile à ses évasions à travers la campagne. Donald et Robbie échangeaient des histoires, les embellissant chaque fois qu'ils les racontaient: vraiment, on aurait cru qu'il était devenu quelque moderne Robin des Bois, à voir la façon dont les gens en parlaient, dont ils venaient à sa rescousse.

«Les aventures de Terry ajoutent du piment au journal, c'est certain, disait Donald en se versant un autre whisky. On pourrait publier une série de dessins humoristiques, Robbie. Terry nageant dans le Waimakariri. Terry dans la cabane abandonnée de Burnt Hill mangeant des légumes crus et de l'herbe...»

Au moins, ce n'étaient pas les légumes d'un Chinois, pensa Katherine.

Ils étaient tous assis au salon, Edie lisait un livre, Katherine reprisait un énième trou dans une chaussette de Robbie qui ne méritait même plus le nom de «chaussette». C'était plutôt une masse de reprises reliées ensemble par quelques pauvres bouts de laine. Donald ne pouvait-il donc pas lui donner plus d'argent?

«Pourquoi pas un dessin montrant le type d'Oxford quand il lui donne son mouchoir et sa casquette à carreaux, avec la légende: *Bravo Terry, continuez comme ça!*»

Zut. Katherine suça son doigt à l'endroit où elle s'était piquée avec une aiguille.

«On pourrait aussi voir Terry faire une conférence sur le problème des étrangers devant une foule à Sheffield... Bien sûr, ils ont fini par le reprendre, ils l'ont remis à Sunnyside, mais on n'arrête pas les braves. Il paraît qu'à sa dernière évasion, dans tout Canterbury, les Chinetoques ont fermé leurs boutiques et n'ont même plus osé travailler dans leurs jardins. Ça, ça ferait un bon dessin. »

Katherine soupira. Puis elle écouta Donald lire une lettre à voix haute, une de plus.

Mon ami,

Au cours de ma récente excursion, j'ai vécu des moments grandioses parmi les montagnes et les rivières, même si l'eau était un peu froide. J'ai dû m'offrir une bonne course en montée pour rendre le sourire à ce que ces imbéciles de carabins appellent « les globules rouges ». Je ne comprends pas pourquoi les gens choisissent de vivre sur le plat alors qu'ils pourraient aisément vivre en altitude où l'air est plus pur et la vie infiniment plus saine...

La maison de fous est mortellement ennuyeuse. Il me manque la conversation de compagnons intelligents, c'est le pourquoi de mes nombreuses excursions. Vos encouragements continuels et votre solide soutien me sont d'un grand réconfort. Transmettez, je vous prie, mes meilleurs souhaits à tous nos amis communs.

Bien à vous, comme toujours,

Lionel Terry

« On doit lancer une pétition pour la libération de Terry, Robbie, dit Donald. L'asile d'aliénés n'est pas un endroit pour un type de cette envergure. Il suffirait à rendre fou un homme sain d'esprit. » Il était assis, les doigts joints, concentré, Robbie, près de lui, parfait reflet de son père.

Quand Katherine rangea son panier à couture pour aller préparer le dîner, elle remarqua qu'Edie, abandonnant la lecture de *L'Histoire de la Terre*, observait tranquillement la scène. Katherine n'avait pas besoin de lui dire que les femmes (et les jeunes filles) bien élevées ne lisaient pas le journal de Donald. Elle reléguait tous les exemplaires abandonnés sur une pile près de la cheminée. Les histoires de médecins cupides, de nourritures avariées dans les restaurants ou de femmes déchues partaient toutes en flammes.

Néanmoins, Katherine se faisait du souci. Non seulement à cause de l'influence de Donald, mais aussi en raison de la conduite parfois étrange d'Edie. Un jour, à la bibliothèque, Katherine l'avait surprise, grimpée sur l'échelle, prête à prendre *L'Anatomie de Gray: descriptive et chirurgicale.* Elle avait sept ans, pour l'amour du ciel! Bon, presque huit. Comprenait-elle quelque chose à ce qu'elle lisait, ou aimait-elle simplement les illustrations et tous ces mots impossibles? Heureusement qu'elle n'avait pas laissé tomber le livre. Katherine n'était pas d'humeur à se disputer avec la bibliothécaire. Elle ne tenait pas non plus à avoir à expliquer à Donald pourquoi ils devaient payer pour un ouvrage de valeur endommagé. Ce matin-là il avait mis sa chemise en ronchonnant: même un Chinois repassait mieux qu'elle. En faisant redescendre Edie, en la grondant et en lui donnant une tape sur la main, Katherine entendait la mère de Donald crier de sa tombe, d'une voix qui était comme une corde autour de sa gorge. *Une fille si butée,* disait-elle, *si particulière! Corrige-la maintenant, Donald, avant qu'il soit trop tard. Quel homme voudra d'elle si tu n'étouffes pas ses mauvais penchants dans l'œuf? Ils ne peuvent qu'attirer le malheur.*

Seule dans la cuisine, Katherine tranchait le sommet d'un oignon et fixait les anneaux translucides, d'un vert crémeux. Elle y voyait une souche d'arbre – la fin de la vie, tous les anneaux de son histoire. Elle jetait une pierre et observait les cercles dans l'eau.

Il était plus facile de ne pas penser. De ne pas sentir. L'intelligence n'était peut-être pas un bienfait. Plutôt une épreuve pour le caractère.

Elle regardait le visage d'Edie, les longues boucles de cheveux roux, la constellation de taches de rousseur sur son nez retroussé, ses grands yeux noisette. Elle trancha la base de l'oignon et ses yeux s'emplirent de larmes. Elle se reconnaissait dans sa fille.

Elle retira la peau, tint l'oignon nu dans sa main. Un bref instant elle vit un globe tronqué, sans continents ni mers, un monde qui avait perdu sa forme. Ainsi que toutes ses frontières.

En remontant à la surface

Aux petites heures du lundi matin – ce moment du jour et de la semaine où le sommeil est le plus profond et la vie la plus vulnérable –, Katherine se réveilla, puis, s'étirant entre les draps blancs et froids, se rendormit aussitôt. Plus tard dans la matinée, alors qu'elle chauffait la lessiveuse, un agent vint la voir. Il lui annonça que Donald, en état d'ivresse, était tombé à l'eau et s'était noyé.

Katherine ne prit pas le temps de pleurer. Elle remercia l'agent et le congédia poliment, envoya les enfants à l'école avec des pommes et un sac de biscuits. Elle ajouta deux cuillères à soupe de kérosène dans la lessiveuse, et laissa les draps bouillir dans l'eau jaunie de savon.

Toute la journée, elle démêla puis frotta à s'en arracher la peau du linge de corps, des robes, sept chemises blanches, avant de les plonger dans l'eau bleuie. Quand elle eut fini d'épingler la lessive sur la corde à linge, il commença à pleuvoir. De l'intérieur, elle regarda tomber la pluie en nappes obliques, les cinq paires de pantalons – marron, bleus, noirs – gonflées d'air froid.

Chaque soir, il rentrait avec le *Post* et le dévorait, s'imbibant de whisky et grillant la moitié d'un paquet de cigarettes avant le dîner. Une troupe de rabat-joie, disait-il, se moquant de l'Union des Femmes Chrétiennes pour la Tempérance, ou de ces trois femmes qui venaient de traverser les Alpes du Sud par le Copland Pass. « Si mesdemoiselles Perkins et Barnicoat passaient plus de temps à développer leurs aptitudes féminines, elles trouveraient peut-être des maris. Quant à Mr Thomson » – Donald riait à gorge déployée – « comment diable a-t-il fait pour choper une femme pareille ? »

Katherine voyait une colonne de cendres tomber de sa main tremblante. *Que la maison brûle*, pensait-t-elle, mais elle entrait dans les volutes de fumée blanche et les écrasait sous sa chaussure.

Plus tard, quand il se mettait à table, les mains et les revers de ses manches encore tachés de l'encre du journal, Donald exposait ses victoires de la journée. Les dernières, dans une guerre de mots. Alors que Katherine servait en dessert du *sago* avec des pommes ou des bananes cuites, il souriait et adressait un clin d'œil à Robbie. Il sortait un mot qu'il avait choisi à l'avance dans l'encyclopédie de son esprit. « Robbie, épelle-moi *protubérance.* »

Robbie guettait du coin de l'œil, comme pour saisir les lettres noires au passage. « P, dit-il, R... O... »

Donald fournissait les lettres manquantes, corrigeant celles qui étaient incorrectes. « Eh bien, qu'est-ce que cela veut dire, fils ? »

Robbie réfléchissait un moment, le front plissé par une foule de questions. « Quelque chose de très dur, père. »

Donald riait et félicitait son fils pour son excellente réponse. Puis son regard tombait sur Edie.

Elle enroulait la nappe blanche autour de son doigt. La bouche légèrement écartée, la lèvre inférieure tremblante, comme si un mot, ou peut-être simplement l'espoir d'un mot, pouvait glisser de sa langue et tomber, sans qu'il s'y attende, dans les mains de son père. Et pourtant elle se taisait et ne regardait que sa mère.

Katherine ne supportait pas de se reconnaître ainsi dans sa fille. Elle contemplait par la fenêtre un petit coin de ciel – un bout de tissu bleu-gris, cousu et recousu comme pour cacher un trou. Elle hésitait. Se retournait pour voir Donald éclater d'un rire féroce. Qu'avait-elle dit? Que répète-t-on sans arrêt quand personne ne vous entend?

À présent, elle regardait ses vêtements vides sur la corde à linge. Il ne rentrerait pas à la maison. Elle n'aurait plus à deviner le sens des mots – des mots qu'*il* avait choisis –, à subir ses moqueries. Ni à dire à tous ceux qui lui posaient la question qu'il était journaliste, négligeant de parler de *Truth.* Elle n'aurait plus à retrouver Robbie, le samedi après-midi, en train de lire les scandales dans le journal reçu des mains de son père. Elle regarda le fauteuil de Donald, ferma les yeux. Qu'allait-elle dire aux enfants?

Cette nuit-là, Katherine, couchée du côté gauche du lit, sentit la place vide auprès d'elle. Robbie avait cessé de sangloter. Seuls se faisaient entendre le ferraillement d'un tram glissant sur les rails de Riddiford Street, le roulement sourd d'une charrette à cheval, le cri rauque d'un ivrogne qui passait, rentrant du *Caledonian*, des *Tramways*, ou de quelque bar désolé.

Elle se réveilla étalée en travers du lit, remplissant de son corps l'absence de Donald. Respirant les draps fraîchement amidonnés, deux gros oreillers écrasés sous elle. *Rien ne reste de lui, rien de conjugal.* Elle se tourna, son visage frôla l'oreiller de Donald. Même avec sa nouvelle taie blanche, une odeur faiblement familière. *Son* odeur.

Il venait quand elle fermait les yeux – un tâtonnement brutal de certaines parties du corps. Puis il roulait loin d'elle et s'endormait, la laissant mouillée, sa sueur soudain refroidie sur elle. La première nuit, elle était restée couchée dans le noir, saisie, un *oh* silencieux sur le visage. Plus tard, elle apprit à réduire son esprit à une mince ligne noire. Elle lui disait qu'elle avait ses règles, deux semaines et demie sur quatre. Ou bien elle était enceinte – il ne voulait sûrement pas qu'elle fasse une fausse couche.

Au bout de deux années de mariage, sa mère lui avait dit: «Katie, il est temps que tu t'y mettes. Est-ce que Donald ne mérite pas un fils?» Elle parlait tranquillement, comme une femme qui avait porté neuf enfants, dont cinq avaient survécu.

Et c'est ainsi que Robbie était né. Et dans la même année, Edie. Une autre grossesse avait suivi. Des vomissements le matin. Des douleurs insoutenables. Le transport précipité à l'hôpital à l'arrière d'une charrette. Puis la douce sensation d'étourdissement que procure le chloroforme.

Quand elle se réveilla, le médecin lui dit qu'il avait retiré l'embryon. Katherine cligna des yeux et regarda ailleurs.

Le docteur s'éclaircit la gorge pour lui annoncer qu'il n'y aurait plus d'enfants.

Katherine se mordit la lèvre. N'était-ce pas ce qu'elle souhaitait ?

Elle vomit.

Le médecin attendit qu'elle eût fini, puis il lui expliqua que ses trompes étaient bouchées par du tissu cicatriciel – pas seulement du côté gauche où l'embryon s'était implanté. Elle avait dû avoir une inflammation pelvienne dans le passé. Il se tut un instant, lui recommanda d'être prudente, lui lança un regard qui la fit rougir.

« Je suppose, Mrs McKechnie, ajouta-t-il, que vous ne voulez pas faire l'objet d'un article dans le journal de votre mari. »

Katherine ouvrit les yeux. Le soulagement de se réveiller dans la demi-lumière, la lente ascension vers l'été. Elle faillit rejeter les couvertures. Puis elle se souvint. Elle se rallongea, regardant la nuit pâlir, les rayons du soleil se glisser à travers les stores, et poser, curieusement, une fenêtre de clarté sur le lit. C'était un plaisir, décida-t-elle. Un luxe à saisir. À savourer avec gourmandise.

Tous les matins elle s'était levée à cinq heures trente, laissant Donald dormir encore une heure. Elle vidait les cendres froides sur un exemplaire de *Truth*. Frottait la grille à la mine de plomb et cirait le foyer. Elle craquait une Vesta à la tête rouge pour allumer le feu d'une nouvelle journée.

Aujourd'hui, elle allait brûler la Bible. Pas la version autorisée par le Seigneur, mais le *Livre de la cuisine et du ménage journaliers de Mrs Beeton*. Celui que la mère de Donald avait envoyé en apprenant leurs fiançailles.

Tous les jours, avant de partir travailler, comme s'il avait appris par cœur les préceptes de Mrs Beeton, Donald inspectait son col et les revers de ses manches, et pourvu qu'il ne découvrît pas la plus petite trace de saleté ! Il lui donnait seulement cinq shillings à la fois, exigeant qu'elle justifiât chaque penny dépensé, et en rentrant à la maison il passait la main sur les meubles : s'il trouvait de la poussière, elle avait droit à une réprimande.

Tandis que la lumière du soleil se glissait lentement vers le haut du lit, sur son visage, dans son esprit, Katherine se souvint du dictionnaire – celui dont la tranche était dorée, celui qui était passé du père McKechnie à son fils, l'arme qu'il avait aiguisée contre elle. Elle avait bien envie de le brûler en même temps que les pages brunies de Mrs Beeton – et pourtant elle avait peur.

Des biscuits brisés

Assise au premier rang de l'église, Katherine se demandait avec quelles femmes de l'assemblée Donald avait couché. Mrs Paterson, l'épouse grassouillette du boulanger, qui s'était montrée si compatissante ? « Ma pauvre, pauvre chère, ne cessait-elle de dire, quelle terrible, terrible perte ! » Geraldine McCorkindale du bureau, une jeune fille de dix-huit ans aux lèvres boudeuses ? Ou peut-être la jolie brunette assise dans le fond, ses mains fines serrant un mouchoir humide sur son ventre qui s'arrondissait ?

Elle ferma les yeux. L'odeur du muguet fleurissait dans son esprit. Elle écoutait les amis de Donald lui rendre un dernier hommage – un homme entièrement dévoué à sa famille ; un forgeron de mots passionné, un véritable journaliste ; un fervent joueur de cricket (qui ne l'avait vu au Bassin, avec son fils, certains samedis après-midi ?) ; un bon vieux camarade, toujours prêt à prendre un verre et à raconter de belles histoires.

Elle avait besoin d'entendre les gens parler de sa vie, de sa mort tragique, prématurée. Pour donner une forme, de la solidité, à son absence. Elle regarda son cercueil, la profusion de fleurs. Qu'est-ce qui a plus de couleur, se demandait-elle, la vie d'un homme, ou sa mort? Drapée de noir, elle était assise toute droite, silencieuse, tantôt voulant, tantôt ne voulant pas, s'obliger à y croire.

Plus tard – après les innombrables tasses de thé et les adieux polis – Katherine rentra à la maison avec ses enfants, Edie les yeux secs et tout à fait muette, Robbie en larmes et serrant la montre de gousset de son père, arrêtée à trois heures cinq, l'instant précis où il avait touché l'eau.

Depuis la disparition de Donald, toutes les fenêtres étaient demeurées closes, comme ses yeux morts. Chaque journée en était assombrie comme par de l'eau qui se referme. Et pourtant, quand elle releva tous les stores, son état d'esprit ne s'allégea pas. Après le plaisir du début, couchée dans le lit à se prélasser dans un tumulte de vilaines pensées, la tristesse l'avait emporté, comme il se devait, le soulagement cédant la place à une peur grandissante.

Elle prit du blanchissage et de la couture à domicile, ainsi qu'une succession de pensionnaires insupportables. Edie dut apprendre à faire mieux la cuisine, la couture, le lavage et le repassage. Un temps, Robbie vendit des journaux, ce qui déplaisait fort à Katherine, mais comment s'en sortir autrement? Quand elle dut renoncer à avoir des pensionnaires, il lui fallut trouver un endroit plus petit, plus modeste: une villa délabrée de trois pièces dans Adelaide Road, sans salle de bains ni eau chaude. Edie partageait une chambre avec sa mère.

Ils avaient reçu un peu d'argent de la part des collègues de Donald au journal et de Mr *Truth*, John Norton en personne, mais il ne dura pas très longtemps, après la dépense des obsèques. Ils touchaient quelques shillings par semaine du Comité d'entraide et de charité, mais Katherine détestait la façon dont l'inspecteur passait ses doigts sur le chambranle de la porte et sur la grille du foyer, dont il s'assurait qu'elle n'achetait rien d'extravagant – du beurre ou des oranges –, dont il se renseignait auprès des voisins pour savoir si des hommes peu recommandables venaient lui rendre visite.

Parfois Katherine avait haï Donald d'être vivant; à présent, quand les factures arrivaient, elle aurait pu le haïr d'être mort. *Je suis profondément désolée,* écrivit-elle après avoir délibérément envoyé une enveloppe vide, et reçu un rappel poli mais ferme. *C'est le choc de tout cela. Je ne sais pas comment je vais pouvoir me remettre du décès soudain de mon pauvre mari. Je vous prie de trouver le chèque ci-joint.*

La première fois qu'elle entra dans la boutique de fruits et légumes un peu plus loin dans sa rue, le Chinois ajouta quelques beaux fruits gratuits dans son sac de pommes tavelées, choisies parmi les moins chères. Elle sentit la chaleur lui monter au visage et sortit rapidement. Ensuite elle ne se rappela même pas si elle avait eu la politesse de le remercier.

Parfois ils allaient à la soupe populaire, et de nouveau Katherine avait honte. Qu'allaient penser les voisins? Et sa mère? Pourtant les enfants avaient besoin d'être nourris, et mère Mary Aubert et les sœurs étaient bonnes – il n'y avait jamais la moindre condescendance.

Robbie trouva un emploi de commis de boucher, après l'école, un travail pour lequel il était beaucoup trop jeune, mais c'était par faveur spéciale de Mac Mackensie, qui avait bu nombre de bières en compagnie de Donald en son temps. Mac apprit à Robbie à balancer le panier de viande d'un bras et à mener sa monture de l'autre. C'était un boulot que Robbie adorait, surtout quand il faisait la course avec les garçons de chez *Kuch & Preston*; de temps en temps on les gratifiait d'un os de mouton, d'un jarret ou de rognons, et de toute façon cet argent aidait à payer le loyer.

Ils mangeaient du pain et du jus de viande, ou bien du pain et de la confiture, des biscuits brisés, des navets, des carottes et du chou, des pommes au rabais ou parfois des bananes trop mûres, les bons fruits que le Chinois leur donnait, et de la viande une ou deux fois par semaine. Katherine se désespérait en silence, consultant fiévreusement les offres d'emploi dans le journal. Elle se présentait à des bureaux, des fabriques, des comptoirs de magasins, et même allait frapper de porte en porte pour trouver du travail.

Les pommes

Quand elle était entrée dans sa boutique, Yung faisait reluire ses pommes, les frottant avec un chiffon gris jusqu'à ce que leur peau devienne d'un rouge engageant. Pour chacune, il prenait un sécateur, coupait les queues à la même longueur, puis il entourait le fruit dans du papier de soie vert, comme dans un nid. Et il les plaçait une par une sur l'étalage en bois, parfaite pyramide de rouge et de vert.

En levant les yeux, il vit la robe noire, l'ample poitrine, la longue jupe large serrée à la taille. Noir. Comme pour une vieille femme. Ou une veuve. Ses longs cheveux auburn étaient relevés sous le chapeau, quelques mèches touchées de gris s'en échappaient, emmêlées par le vent.

« Bonjoul », dit-il.

Levant les yeux des légumes, elle parvint à produire un sourire fatigué. « Bonjour », répondit-elle.

Il fut étonné. Sa voix était plus profonde qu'il ne l'aurait cru. « Calottes tlès bonnes. Tlès flaîches. Tendles.

– Vraiment ? » demanda-t-elle. Elle regarda de nouveau les choux, choisit la moitié la plus grosse de la pile.

Il prit une pomme qu'il avait déjà fait reluire, puis le couteau à éplucher sur l'étagère derrière la caisse et en coupa une tranche pour elle et pour lui.

« Pomme tlès bonne, dit-il en mordant dans sa tranche. Selvez-vous. »

Elle hésita. Enfin elle croqua de petites bouchées, les mâchant lentement, délibérément, comme si elle goûtait le fruit pour la première fois, et il crut voir ses yeux se fermer un instant et ses lèvres se retrousser en un léger sourire, mais elle ne prit pas le reste de la pomme ni le couteau qu'il avait laissé pour elle.

Elle acheta le demi-chou, une botte de carottes attachées par de la ficelle de lin, et trois pommes tachetées prises dans le baquet au rabais. Elle ne le regardait pas en face et il comprit qu'elle était gênée de n'avoir acheté aucune des pommes de qualité qu'il lui avait offertes.

Il emballa le chou, puis les carottes dans du papier journal et rapidement, tranquillement, ajouta le reste de la pomme, ainsi qu'une autre entière. Il remarqua son air de surprise, suivi d'un bref regard interrogateur. Ses yeux verts et tristes étaient soulignés par des ombres. Elle le remercia et il la regarda sortir dans la rue, les mèches de ses cheveux tourmentées par le vent.

Elle venait à la boutique le lundi et le jeudi. Chaque fois, elle était très polie. Parfois elle souriait, alors de fines rides apparaissaient autour de ses yeux et sur son nez constellé de taches de rousseur. Ses dents étaient très blanches.

Un après-midi, dès qu'elle fut ressortie, Mrs Paterson dit, exprimant sa commisération par un claquement de langue : « Elle achète du pain de la veille aussi, vous savez. La pauvre petite. Vous voyez, la maison à la peinture écaillée ? La barrière cassée et le portail qui tombe ? Elle a deux enfants et visiblement pas de quoi les nourrir. Quelle tristesse, ce qui est arrivé à son mari ! Donald McKechnie était un homme si séduisant. »

Ainsi donc, quand son frère ne le voyait pas, Yung ajoutait un bon fruit à ceux, tachés ou abîmés, que Mrs McKechnie avait choisis. Si elle achetait trois poires trop mûres, il ajoutait une pomme croquante et luisante ; si c'était trois bananes un peu trop tigrées, une orange bien juteuse. Il prenait le couteau à éplucher et lui proposait de goûter des fruits qui venaient d'arriver, et même si l'un d'eux avait déjà été coupé et laissé par une autre cliente, il lui offrait toujours un fruit entier. Quand il lui tendait ses achats, il lui disait gaiement : « Bonne joulnée, Mrs McKechnie », souhaitant qu'aujourd'hui la chance lui sourirait.

Les parages de Haining Street

Sous une lame descellée du parquet de sa chambre, Robbie stockait un petit tas de pièces – minuscules farthings, threepence, larges pennies de cuivre – pris dans le bocal que sa mère cachait dans le buffet, ou bien de petites sommes qu'il gardait de son salaire hebdomadaire. Il dérobait une, deux, trois pièces au plus par semaine : sans faire de bruit, la nuit, lorsqu'elle était dehors occupée à suspendre le linge, ou quand elle allait faire des courses.

Et puis le vendredi il prenait un tram, debout sur le marchepied avec les hommes et les garçons plus âgés. Le samedi, il achetait un exemplaire de *Truth* et l'emportait au Bassin pour le parcourir. Là, il s'adossait au tronc d'un palmier et lisait les derniers racontars.

Il aimait la couleur des mots. Ils sautaient de la page avec la voix de son père. Des histoires de divorces et de femmes déchues, de Chinetoques nauséabonds ou de Juifs. Robbie ne comprenait pas tous les mots – que voulait dire *nauséabond* et que signifiait *parages… les parages de Haining Street*? – mais il comprenait le plus important. C'était le monde. Le monde de son père.

Robbie, tout en mâchonnant des brins d'herbe et en partageant les pages du *Truth* avec Wally, se souvenait de son père au Bassin, lançant un chinois[1], marquant un six comme il aurait descendu un whisky. Parfois, au cours des longues journées d'été, ils venaient là pour voir les clubs s'exercer ou pour marquer quelques points, ou bien, certains samedis après-midi, ils s'asseyaient sur les pentes herbues, son père fumant des cigarettes, Robbie suçant des berlingots ou des bonbons à la menthe, pour regarder Wellington jouer contre Canterbury ou Otago, et une fois la Nouvelle-Zélande contre l'Australie.

Wally n'aurait pas su lancer la balle (ni manier la batte), fût-ce au péril de sa vie, et même la lecture de *Truth* l'ennuyait. Au bout d'un moment, il reposait le journal: « T'as pas envie de chewing-gum ? » demandait-il.

Ils se levaient et partaient en courant par les sentiers sinueux, longeaient la palissade et les tourniquets en bois, croisaient le cheval blanc de Mr Strong – celui qui tirait le rouleau géant dans le parc – et, franchissant la grille, ils se retrouvaient dans la rue.

À l'épicerie *Fitchett*, Wally achetait un paquet de chewing-gums pour un demi-penny et une petite boîte en bois de poudre acidulée. Dans la poudre, enveloppé dans du papier de soie, il trouvait un petit gadget en fer-blanc. Il tirait son sifflet de sa poche, y ajustait sa trouvaille. Puis il soufflait. Le son était extra.

Mrs Fitchett fronçait les sourcils.

Robbie achetait quelques berlingots et une pochette-surprise, dans laquelle il fouillait, espérant trouver une pièce de trois pence. Rien que des sucettes. Il donnait à Wally deux ou trois berlingots; Wally lui donnait un peu de sa poudre et une tablette de chewing-gum.

---

1. Au cricket, type de lancer de la main gauche. (*Les notes sont de la traductrice.*)

Ensuite ils traversaient le terrain des Casernes, et après avoir contourné l'énorme mur de briques, ils prenaient Buckle Street puis Taranaki. Ils croisaient Haining Street, Frederick, Ingestre et Jessie Streets. *Les parages de...* Robbie ne tournait pas la tête. Il croquait une sucette et regardait droit devant lui, dans Taranaki, les garçons bouchers se faire la course à cheval, les trams rouler sur les rails, les receveurs danser sur les marchepieds, les colporteurs, les poissonniers et les messieurs en canotier.

Sur le quai face à la mer, ils rencontraient des files de charrettes à cheval, des hommes qui chargeaient des caisses, des barils, des jarres en terre, tout en sifflant et en criant. Ils trouvaient un endroit où s'asseoir sur la jetée et laissaient pendre leurs jambes au-dessus de l'eau, avec dans la bouche le goût du sucre, de la menthe et de l'air salé. Un vent frais leur soufflait l'odeur du poisson dans la figure; des mouettes planaient dans le ciel, donnaient un coup d'aile et tombaient, plongeant sur les bateaux. On déchargeait un vapeur de la côte ouest qui transportait du charbon. Les énormes paniers de roseau descendus au treuil dans la cale en ressortaient pleins de charbon, des hommes couverts de poussière noire franchissaient lourdement les passerelles, renversaient les paniers dans les charrettes, puis les remontaient vides à bord, dans une nuée de ténèbres.

Robbie sortit un chewing-gum de sa poche et le mit dans sa bouche. «C'est quoi *parages*», demanda-t-il, sa voix à peine audible couverte par le cri des mouettes. «*Les parages de Haining Street?*»

Wally sourit. «Pourquoi on n'irait pas jeter un coup d'œil? T'es déjà allé par là-bas? Ça sent si fort l'opium qu'on couperait l'air au couteau. Ça te donne la chair de poule, tous ces Chinetoques – mais tu fais des rêves extra. »

Robbie cessa de mâcher. « Papa disait que si jamais t'allais dans Haining Street, tu te ferais kidnapper, et après on te ferait bouillir dans une lessiveuse pour te transformer en gingembre confit. »

Wally rit. « T'as peur, hein ? Allez, chiche. » Il regarda Robbie du coin de l'œil et sourit. « J'y vais aussi, pour être sûr que tu vas pas te débiner. »

Ils repartirent en sens inverse, le long du quai, reprirent Taranaki, avec ses boutiques de fruits et légumes, ses blanchisseries, ses comptoirs de prêteurs sur gages, traversèrent Ghuznee, Ingestre et Frederick Streets. Enfin ils s'arrêtèrent au coin de Haining et plongèrent le regard dans la rue étroite et poussiéreuse. De chaque côté, des petites maisons en bois, certaines à un étage, d'autres de plain-pied, quelques-unes avec des barrières, d'autres sans. « D'infâmes cloaques, avait décrété le père de Robbie, des taudis sans nom. » Les maisons ne semblaient pas si différentes de celles de Te Aro. Les mêmes toits rouges, les mêmes fenêtres à guillotine. Aucune trace des rats ni des égouts à ciel ouvert dont il avait entendu parler.

Devant l'une des maisons, deux garçons étaient accroupis, penchés sur quelque chose.

« T'es prêt ? demanda Wally. *Ready… ? Go !* »

Et ils se lancèrent, courant aussi vite qu'ils le pouvaient, en plein milieu de la chaussée vide, osant à peine regarder autour d'eux. Les gamins sur le trottoir levèrent les yeux, et Robbie comprit qu'ils jouaient aux billes. Il sentait leur regard sur sa nuque, les visages jaunes qui les observaient. Il courait, courait, laissant Wally de plus en plus loin en arrière. Il régnait une odeur étrange. Une odeur de cuisine, de viande et de légumes, des parfums sucrés salés, aigres-doux. Cela lui donnait faim et lui tournait le cœur en même temps. Mais il continuait de courir, courir, soulevant de la route des nuages de poussière, les yeux fixés droit devant lui.

Au bout de la rue il attendit, haletant, que Wally le rejoigne en soufflant.

« Tu as (ouf) senti (ouf) l'opium ? demanda Wally en s'arrêtant à son niveau.

– Ouais, mentit Robbie.

– Ça venait de ces maisons sans fenêtres. Tu les as vues ? Elles étaient toutes barricadées.

– Bien sûr », répondit-il, en regardant en arrière. Il n'était pas certain de les voir. « Mais tu en as fait, des rêves ? demanda-t-il.

– Non, et toi ?

– Naan, j'courais trop vite. Mais t'y es resté plus longtemps, tu les feras peut-être ce soir.

– C'est ça que ça veut dire, *parages*, affirma Wally en souriant. C'est ces rêves que tu fais à cause de tout cet opium. »

En remontant Adelaide Road pour rentrer chez lui, Robbie sortit son chewing-gum de sa bouche. La masse violette avait perdu sa saveur – maintenant il était tout juste bon à être plaqué sur la chaise d'Edie, à coller des choses ou encore à en faire des projectiles. Ils arrivaient en vue des *Frères Wong Chung* sur la droite. Il sortit sa fronde de sa poche et visa la vitrine. Là. Un gros tas violet sur le verre. De loin, on aurait dit un morceau de prune pourrie, qui faisait tache dans la vitrine au milieu des oranges, des bananes, des pommes d'un rouge éclatant.

Wally rit. « Touché. » Il ramassa une pierre. « Tiens. »

Robbie hésita.

« Vas-y, Robbie. Montre-leur. »

Robbie regarda le chewing-gum collé sur la vitrine. C'était la boutique où se rendait sa mère. Il n'y était jamais entré, ne savait pas à quoi ressemblaient ces Chinetoques, mais il l'avait vue y entrer et en ressortir. Parfois, en plus des navets, des pommes de terre ou des fruits tachés, elle rapportait une banane sans une seule marque, ou une pomme rouge, si brillante qu'elle paraissait avoir été astiquée au Miror. Elle coupait le beau fruit bien sucré en deux, lui en donnait une moitié, l'autre à Edie, et pour elle, elle prenait un mauvais fruit dont elle enlevait les parties gâtées. Edie protestait, le bon fruit aurait dû être coupé en trois, disait-elle, et comme sa mère l'ignorait, ni l'un ni l'autre ne finissaient leur part. « On n'a plus faim », prétendaient-ils, s'efforçant de cacher leur envie, jusqu'à ce qu'enfin elle cédât et se mît à couper le fruit en trois.

« Robbie ? »

Robbie vit l'expression d'impatience sur la figure de Wally. Sa main tendue. Il prit la pierre – elle était lourde, trop lourde – et il tendit la fronde.

« En plein dans le mille ! » hurla Wally, riant et gesticulant.

Robbie entendit le craquement, le tintement du verre, et vit le trou béant, irrégulier, de la taille de la pierre.

Un Chinois fit irruption de la boutique, encore vêtu de son tablier blanc, et regarda la rue dans les deux sens. Criant de vilains mots qui résonnaient, fendaient l'air, il jurait, brandissant le poing. Mais ils couraient, dans le crottin de cheval, laissant derrière eux la charrette de

Fraser le laitier, puis l'épicerie *Sutcliffe*, ils couraient. Couraient.

Devant la maison, Wally se courba, les mains sur les genoux, son rire déchiré par l'effort. « T'as vu... l'air qu'il avait... sur la figure ? soufflait-il. Formidable... Mince alors... formidable.

– Hilarant, si tu veux mon avis, dit sobrement Robbie en soulevant le portail brisé.

– Attends... il m'a... flanqué un... point d'côté... c't idiot. »

Déjà Robbie grimpait les marches qui menaient à la porte d'entrée. « Tu crois que c'est comme ça qu'ils font les Chinetoques ? C'est vrai, on voit jamais de femmes, si ? Tu crois qu'ils font que... » Il rit, mimant avec son corps des poussées obscènes.

« Vous feriez mieux de faire attention, les garçons. Vous savez que maman n'aime pas qu'on dise des grossièretés. »

Robbie se retourna. Il n'avait pas vu Edie accroupie près de la barrière. Elle devait creuser la terre, jouer avec des vers, couper des araignées en morceaux, ou s'affairer à l'une de ses occupations habituelles. « Rapporteuse ! » Il lui fit un pied de nez. « Peau de vache ! »

– Robert McKechnie ! » Sa mère se tenait sur le seuil, un panier au bras, visiblement pour aller faire des courses. « Encore un vilain mot dans ta bouche et je te la lave à l'eau et au savon ! Et maintenant excuse-toi auprès de ta sœur ! »

Edie lui tira la langue.

Robbie jeta un coup d'œil à Wally, narquois. Il lui rendit son sourire. « Je suis vraiment désolé, Edie, de t'avoir traitée de PEAU DE VACHE... »

Il eut à peine le temps de voir l'expression méprisante d'Edie : une main l'attrapa par le col, un bras le souleva et il fut moitié porté, moitié traîné dans la maison. *Qu'est-ce que… ?* Il agitait bras et jambes et à force de gigoter finit par se libérer. Mais lorsqu'il regarda autour de lui, Wally avait disparu. Il tira la langue à Edie, mais pour une fois elle ne réagit pas. Elle était pâle, la bouche ouverte.

Il se retourna. Sa mère s'était effondrée sur le seuil, la main sur les yeux. Un instant il ne bougea pas, incapable de comprendre ce qui s'était passé. Puis il s'aperçut qu'elle tremblait. « Maman ? » Il courut vers elle.

Il la prit dans ses bras, la sentit s'accrocher à lui, sentit les sanglots enfouis en elle. Il leva les yeux. Edie, debout à côté d'eux, passait doucement sa main sur le dos de Katherine, et des petits sons rassurants sortaient de sa bouche, les mêmes, il s'en souvenait, que ceux produits par sa mère quand il était tombé dans l'escalier et qu'elle l'avait doucement relevé et bercé dans ses bras.

Si le vent tourne

Katherine préparait les déjeuners des enfants pour le lendemain – des tranches de pain tartinées de confiture ou de graisse de rôti, des brisures de biscuits, une demi-pomme – et les posait dans des sacs en papier brun sur la table de la cuisine. Elle mettait la table pour le petit déjeuner, laissait du pain, de la confiture, et enfin montait l'escalier pour aller se coucher.

Elle restait éveillée à écouter Edie dormir à son côté, ses propres battements de cœur, et les heures s'écoulaient lentement. Elle se réveillait avec un mal de tête, les membres lourds, chaque mouvement comme à travers de l'eau. Certains matins elle se levait pour préparer aux enfants du porridge saupoudré de sucre, d'autres fois ils montaient l'embrasser dans son lit avant de partir pour l'école.

Parfois, elle ne se levait pas avant le début de l'après-midi. Elle s'obligeait alors à sortir du lit et à faire quelques pas dans Adelaide Road. *Si elle en trouvait la force,* elle cherchait du travail. D'autres fois, elle regardait les vitrines, convoitant des objets qu'elle ne pouvait pas s'offrir. Elle pouvait aller chez les Paterson chercher du pain de la veille. Non qu'elle aimât particulièrement Mrs Paterson – la vieille toupie montrait plus d'affection pour Donald qu'il ne paraissait convenable – mais elle n'était pas méchante et au moins c'était quelqu'un à qui parler.

Katherine avait eu de bonnes amies à l'école. Cependant, elle avait perdu contact avec Matilda Mulroney quand celle-ci était partie pour Melbourne avec sa famille. Il y avait eu Minnie Ferguson aussi, qui avait épousé un fermier qu'elle avait suivi dans le Waikato. À l'école Gilbys, Katherine avait appris la dactylographie, la sténographie et la comptabilité. Elle y avait connu Felicity Baker et elles s'étaient bien amusées ensemble, mais Felicity avait épousé un comptable et ils s'étaient installés à Wanganui.

Parfois, faute de mieux à faire, Katherine entrait chez les *Frères Wong Chung*. Les gens disaient que les Chinois étaient tous pareils, mais ces deux-là, on ne pouvait les confondre avec personne. L'un était jeune, à peu près du même âge qu'elle. Et il était grand. Exceptionnellement grand pour un Chinois. Ses cheveux étaient coupés court à la mode occidentale, et il avait des dents blanches et régulières – rien à voir avec les caricatures affublées de dents de lapin que l'on voyait dans les journaux. Katherine n'avait rien contre l'autre Mr Wong, mais il ne souriait jamais, jamais du moins comme si c'était sincère ; et même, les rares fois où elle payait le prix fort, souvent les fruits qu'il lui donnait devenaient mous et se gâtaient en quelques jours.

Le jeune Mr Wong avait un beau sourire chaleureux qui lui fermait à demi les yeux et lui adoucissait le regard. Et il aimait s'attarder à converser avec les clients. Quand elle entrait dans la boutique, elle le trouvait en plein bavardage avec Mr ou Mrs Paterson ou avec Mr Krupp de la pharmacie d'en face. Tout visage amical, semblait-il, était pour lui la proie rêvée. Son accent était fort et son anglais limité, mais il aimait gesticuler, rire, se montrer compatissant. Et il ne parlait pas seulement du vent et du temps qu'il faisait, toujours un bon sujet de conversation à Wellington.

Un jour il désigna à Katherine une photographie dans un journal. « Qui cet homme ? demanda-t-il. Les gens en pallent. »

Elle regarda l'homme dans son automobile, lut la légende. « Il est le premier à avoir fait le tour de North Island, répondit-elle. En auto. »

Il sourit. « Vous conduile automobile ?

– Moi ? dit-elle en riant. Vous plaisantez !

– Plaisanter ?

– Vous me faites rire. »

Il la regarda dans les yeux et un sourire plissa sa figure. « Vous asseoil dans automobile ?

– Non, fit-elle en riant de nouveau. Je ne me suis jamais assise dans une automobile.

– Automobile, c'est bien, dit-il en enveloppant son chou. J'aime conduile automobile.

– Vous avez déjà conduit une auto ? » Combien y en avait-il à Wellington ? On pouvait les compter sur les doigts de la main.

« Un joul », conclut-il en lui tendant les légumes.

Elle sortit dans le vent du sud. Elle l'imaginait avec son large sourire, ses doigts fins autour du volant. Depuis combien de temps n'avait-elle pas ri ? Sa mère disait que si le vent tournait elle resterait comme ça, avec le même air idiot sur la figure. De nouveau, elle rit.

Que le vent tourne. Pour une fois, qu'il tourne.

Une femme financièrement indépendante

Katherine alla chez *Sutcliffe*, posa un penny sur le comptoir et emporta le *Post* à la maison. En buvant un thé au lait, elle étudia les offres d'emploi :

Cherche dame prête à donner punitions corporelles aux quatre filles d'un veuf. Bon salaire. Indiquez âge et expérience.

Bonne à tout faire recherchée pour tâches légères par monsieur respectable. Pas de candidature irlandaise.

Femme financièrement indépendante recherche secrétaire.

Après être sortie diplômée de l'école Gilbys, Katherine avait pris un emploi dans les bureaux de *Kircaldie & Stains* et avait rapporté son propre argent à la maison chaque semaine. Mais les femmes mariées ne faisaient pas carrière. Elles laissaient la place à des filles plus jeunes, encore célibataires, ou à des hommes qui avaient des familles à faire vivre. Il aurait été honteux pour Donald de ne pas pouvoir subvenir à leurs besoins.

À présent, Katherine ne se sentait capable de rien faire, encore moins d'assumer un rôle de secrétaire. Pourtant, certains avaient des rêves. Un instant, elle vit le visage souriant de Mr Wong et ses doigts autour d'un volant. Elle posa la tête sur la table, fixant les caractères brouillés. *Femme financièrement indépendante.* Ces mots évoquaient un monde nouveau et étrange, un monde qui ne pouvait devenir réel qu'après que l'on en eut franchi le seuil.

La maison était située dans Wellington Terrace, une immense villa neuve, à deux étages, avec un balcon au premier, une tourelle et une hampe de drapeau. La bonne accompagna Katherine au-delà d'un magnifique escalier construit en bois de kauri et la fit entrer dans le bureau.

Mrs Margaret Newman, épouse d'Alexander Newman, membre de la Chambre des députés pour Lambton, était la fille unique de feu sir Harold Salmond, l'éminent avocat. Assise face à la porte, elle fit signe à Katherine de prendre un siège en face d'elle et lui offrit du thé.

Des flammes bondissaient dans la cheminée. Les fleurs aux couleurs éclatantes, les feuilles et les vrilles du tapis, le mobilier sombre en bois tourné, le bambou et les palmiers disposés dans la pièce formaient des motifs insensés aux yeux de Katherine. Il ne faisait pas froid à l'intérieur, pourtant elle sentait ses mains trembler. Elle les tenait sur ses genoux, incapable de lever la tasse à ses lèvres.

« Ce doit être difficile pour vous, disait Mrs Newman, depuis la mort de votre mari. Dites-moi, quel âge ont les enfants ? »

Elle approchait de la cinquantaine, une femme mince aux cheveux châtains striés d'un peu de gris. Pour la première fois, Katherine la regarda bien en face. Elle avait de beaux traits bien dessinés, des pommettes saillantes et des yeux gris qui lui faisaient un regard ferme mais non dénué de bonté.

Mrs Newman lui parlait de femmes et d'enfants démunis. De veuves, ou bien de femmes abandonnées par des gredins. D'autres, qui ne pouvaient pas se permettre de quitter leurs maris violents, abrutis par la bière. Dans sa jeunesse, Mrs Newman avait participé au mouvement des femmes, fait campagne aux côtés de Kate Sheppard et de Lily Atkinson, écrit des lettres aux journaux et aux hommes politiques. Katherine était-elle inscrite sur les listes électorales ?

« Oui », répondit celle-ci. Et pourtant, par le passé, ce n'avait pas été si facile. Donald trouvait que le droit de vote pour les femmes était une idée ridicule. Il soutenait Seddon à ce sujet, comme il l'avait fait pour presque toutes ses positions politiques. Mais même le Premier ministre n'avait pu résister à la pression interne de son propre parti. À l'élection suivante, Donald avait changé d'avis. Oui, bien sûr, Katherine devait voter. Cela ferait deux votes pour les libéraux.

Mrs Newman sourit, but une gorgée de son thé. « Un morceau de gâteau ? » suggéra-t-elle.

La gorge de Katherine était si serrée qu'elle pouvait à peine parler. Comment pourrait-elle manger du gâteau ? Elle essaya de refuser poliment.

« Vous avez travaillé dans les bureaux de *Kircaldie & Stains* ? J'ai justement acheté cette jupe et ce corsage chez *Kircaldie* la semaine dernière… Oh, merci. Mais si on veut ce qu'il y a de plus récent dans la mode européenne, c'est beaucoup mieux à Sidney. J'y vais chaque hiver rendre visite à ma sœur. »

Le climat là-bas, plus sec et plus chaud, était meilleur pour l'asthme de Mrs Newman ainsi que pour les douleurs qu'elle avait commencé à ressentir aux mains. Elle y séjournait toujours plusieurs semaines, et pendant ce temps Katherine devrait travailler tout au plus deux heures par jour. Juste assez pour pouvoir ouvrir le courrier, parcourir les journaux et lui télégraphier s'il y avait quelque chose d'urgent. Katherine serait toujours payée à plein temps, bien sûr, trois livres par semaine, et elle n'aurait pas à se soucier des factures…

Katherine était stupéfaite. C'était autant que ce que Donald avait gagné. Elle travaillerait beaucoup moins d'heures et pourrait quand même acheter de la viande tous les jours, et du beurre et des oranges. Ils pourraient s'installer dans une maison plus grande avec de l'eau courante chaude et froide, une palissade peinte et un portail qui ne s'écroulerait pas.

« Vous pourrez prendre des vacances, disait Mrs Newman, aller voir votre mère à Masterton, peut-être. »

Katherine hocha la tête. Elle ne dit pas qu'elle ne passait jamais plus de quelques jours chez sa mère. Ses remarques continuelles, ses commentaires sur la triste mort de Donald lui donnaient toujours désespérément envie de retourner chez elle à Wellington. Dieu merci sa mère, qui s'était remariée, était partie vivre ailleurs.

Mrs Newman reposa sa tasse. « Amenez votre fille après l'école pour jouer du piano. Je paierai les leçons. Une jeune demoiselle doit savoir jouer avec facilité. Bien sûr, si votre fils est tenté lui aussi, il est le bienvenu. » Elle se leva. « Aimeriez-vous commencer la semaine prochaine ? »

Derrière son bow-window, Margaret Newman regardait Katherine fermer le portail en fer et redescendre la côte. Elle aurait sans doute pu trouver une secrétaire plus expérimentée, mais elle ne savait pas résister au plaisir d'organiser et d'améliorer la vie des gens. Elle y voyait une sorte de mécénat, sa propre expérience dans le domaine de l'eugénisme. Il valait mieux bien payer Katherine, même si c'était plus que ses qualifications ne le justifiaient, que de l'abandonner aux bonnes œuvres. Après tout, elle avait le même âge que sa propre fille aurait eu. Et il y avait des enfants en jeu. La fille de Katherine lui paraissait vraiment intéressante.

Au début, Katherine se déplaçait dans la maison avec raideur, se tenant aussi loin que possible des murs, des tables et des buffets. Mrs Newman lui avait dit que l'aquarelle au-dessus du piano représentant des Maori était de Dorothy Kate Richmond et l'huile du port de Wellington de Jimmy Nairn. Et celles-ci avaient été peintes par Isabel Field et Frances Hodgkins – elles étaient sœurs, vous savez. Le mobilier était si bien ciré que Katherine craignait de le rayer ou d'y laisser ses empreintes. Elle avait peur de taper trop lentement, de faire des fautes d'orthographe, de classer les papiers dans le mauvais dossier, mais Mrs Newman était étonnamment patiente. Elle lui montrait pas à pas ce qu'elle attendait d'elle et lui donnait le temps de prendre le pli.

Mrs Newman lisait tous les principaux journaux. « Katherine, regardez-moi ça ! » s'exclamait-elle en riant aux éclats. Katherine riait aussi, quelquefois moins parce que l'histoire ou le dessin étaient drôles qu'à cause de

Mrs Newman elle-même. Comment une femme aussi digne pouvait-elle produire un son qui ressemblait au braiment d'un âne ou même, parfois, au grognement d'un cochon ?

Katherine se réveillait le matin pressée d'aller travailler, heureuse qu'enfin quelqu'un appréciât ses efforts, que son travail servît la cause des femmes et celle des enfants.

Edie était impatiente de jouer du piano et d'emprunter des livres à la bibliothèque de Mrs Newman. Mais Katherine avait beau cajoler Robbie, tout ce qui le tentait, c'était de se balader avec Billy et Wally et de jouer au cricket au Bassin.

Katherine commençait à aimer la maison, à s'intéresser à son mobilier somptueux. Son meuble préféré était la table d'Ashford, dans l'entrée. Elle s'arrêtait toujours pour l'admirer lorsqu'elle arrivait au travail et de nouveau en repartant quelques heures plus tard. Elle était en marbre noir incrusté de volubilis, de coquelicots et d'iris. Les fleurs resplendissaient, et Katherine admirait la façon dont les couleurs passaient subtilement d'une teinte à l'autre.

Lapis-lazuli, jaspe, cornaline, agate, marbre. Des mots magiques. Ils évoquaient d'autres mondes, des mondes où les fleurs ne se fanent jamais, où rien jamais ne meurt. Katherine aimait la forme circulaire de la table : pas de bords acérés, une impression de complétude. Et il y avait autre chose qu'elle aimait, qu'elle n'avait pas remarqué au début. La table présentait une fine craquelure. Deux en fait. L'une courait du bord du marbre jusqu'aux fleurs incrustées, et l'autre jusqu'au bord opposé. Elle aimait ces lézardes parce que tout le reste dans la maison semblait si parfait.

Un jour, Katherine questionna Mrs Newman à propos de ces fissures, et elle vit le visage de son employeuse s'assombrir de colère. C'était la faute de l'une des bonnes. Mrs Newman l'ignorait à l'époque, mais cette bonne avait ciré la table avec de l'huile tous les jours. De l'huile, pour l'amour du ciel ! Sur une table de marbre ! Cette fille avait eu de la chance de ne pas se faire renvoyer !

Mrs Newman soupira. Ce n'était pas facile de trouver de bons domestiques de nos jours.

Katherine loua une petite maison de deux étages comportant quatre pièces, un peu plus bas dans Adelaide Road. Ils avaient chacun une chambre, une salle de bains avec l'eau courante, et une grille qui ne sortait pas de ses gonds. Et dans le jardin derrière la maison, curieusement, il y avait un vénérable rata, un reste du bush des origines qu'on n'avait pas coupé pour faire du feu. Robbie cloua des barreaux au tronc et prit l'habitude d'y grimper pour s'asseoir sur une branche en surplomb. Parfois, quand elle l'appelait pour dîner, Katherine le trouvait là, assis sur sa branche, les jambes pendant dans le vide, en train de lire un roman à quatre sous ou d'espionner les jardins des voisins.

Un matin, une semaine après leur installation, Katherine se réveilla de bonne heure. Il faisait à peine jour, mais le vent secouait la maison et elle ne pouvait plus dormir. Elle se leva, enfila sa robe de chambre, remonta le store. Les enfants dormaient encore.

Elle tira une boîte de sous le lit. Elle l'avait remplie après la mort de Donald, avant de quitter leur maison, et ne l'avait plus jamais ouverte. Un par un, elle déballa les objets entourés de journaux – quatre papillons encadrés qui avaient un jour été accrochés dans leur salon. Elle en avait oublié les noms. Tous, sauf celui du *Doxocopa cherubina.* Elle retourna les cadres, ouvrit le dos, libéra les papillons de leur épingle et les posa sur le lit. Ils étaient beaux, gisant sur le couvre-lit blanc. Ils la rendaient triste.

Elle alla à la fenêtre, la remonta aussi haut qu'elle pouvait. Le vent soufflait sur les rideaux de dentelle, sur ses cheveux, son visage. Même enroulé, le store en bois cognait contre l'encadrement de la fenêtre. Elle écarta les rideaux, respira une profonde bouffée d'air froid et retourna vers le lit. Les papillons s'étaient dispersés comme des pétales de fleurs finissantes. Elle les prit et, prenant garde à ne pas toucher leurs ailes, les emporta à la fenêtre. De là elle les regarda s'envoler. Librement. Sans peur, sans pensée. Ses cheveux et la dentelle des rideaux volaient autour d'elle, si bien qu'elle ne vit pas où le vent les entraînait ni où ils étaient tombés.

Elle ferma la fenêtre et revint à la boîte. Il n'y restait plus qu'une chose.

Elle passa sa main sur le cuir. Chaque semaine elle l'avait épousseté dans la bibliothèque, mais elle ne l'avait touché qu'une seule fois, des mois après la mort de Donald, quand elle l'avait emballé pour déménager. Elle s'assit sur le lit, posa le livre sur ses genoux. Effleura les lettres d'or, le brillant sale de la tranche dorée.

Elle l'ouvrit, fixa les colonnes de mots, posa son pouce sur le coin inférieur droit et tourna encore plusieurs pages. Fronça les sourcils.

Çà et là des définitions entières – les mots, leurs différents sens et leurs dérivés – avaient été oblitérées à l'encre noire. Pourquoi ? Pourquoi certains mots et pas d'autres ?

Elle revint en arrière, cherchant une explication. Pourquoi, par exemple, *protubérant* était intact, et *protubérance*, mais pas le mot précédent?

Qui avait fait cela? Sûrement pas Donald. Le dictionnaire avait été le texte sacré d'une religion dont il était le grand prêtre. De son vivant, elle avait presque craint de passer un chiffon sur la reliure.

Soudain, elle s'esclaffa. Se couvrit la bouche. Tint le dictionnaire contre sa poitrine, secouée par un rire silencieux. Il n'y avait qu'une personne assez intelligente pour se rappeler tous ces mots. Des mots engrangés après des années d'interrogations à l'heure du dîner, puis effacés d'un seul trait.

Katherine essuya ses larmes, se leva et emporta le dictionnaire en bas, dans la cuisine. Elle déchira quelques pages, les froissa et les mit dans la cuisinière. Craqua une allumette. Elle en arracha d'autres et nourrit les flammes, qui brûlaient avec une belle intensité, consumant *ses* mots, ceux de Donald. Katherine avait chaud au visage, aux doigts, à la poitrine, une lumière dorée se réfléchissait sur sa peau, dans un grand halo de fournaise. Elle ajouta des brindilles, des branches fines, une petite bûche, et continua d'alimenter le feu, regardant les pages se rider et brûler, la chaleur les transformer en un vieux tissu brun, épais, du velours gris. Elle remua les sombres fragments – mots, idées, souvenirs – dont les bords enflammés se transformaient en cendre, jusqu'à ce qu'enfin elle n'eût plus rien dans la main que la couverture en cuir, la triste reliure vide. Elle ne voulait pas sentir l'odeur de l'animal qui brûle, voir sa pauvre peau s'enrouler et noircir.

Elle la porta dehors et creusa sous le rata, des feuilles tourbillonnant autour d'elle. Elle plaça le cuir dans la terre humide et le recouvrit, puis elle tassa avec la pelle. Lorsque les fleurs tomberaient à la fin de l'été, elles mêleraient du rouge à la terre et s'uniraient à la pauvre âme de l'animal, à sa peau morte.

Elle achèterait un nouveau dictionnaire. Qui ne porterait pas l'histoire de Donald. Un cadeau qu'elle se ferait. Elle le poserait sur l'étagère, dans *son* salon.

Elle rentra dans la maison. Les enfants descendaient l'escalier. Elle posa les mains sur leurs joues chaudes et leur embrassa le front. « Maman ! » protesta Robbie, mais il se laissa faire. « Tu as les mains froides », remarqua Edie, dirigeant son regard vers le jardin. « Qu'est-ce que tu faisais ? »

Katherine sourit. Elle demanda à Edie de commencer à préparer le porridge, à Robbie de mettre la table et monta dans sa chambre.

Elle revêtit une robe bleu vif, la première fois depuis la mort de Donald qu'elle ne portait pas du noir ; elle se regarda dans le miroir de la commode, serra ses bras autour d'elle et rit. Elle alla relever la vitre de la fenêtre et se pencha dans la lumière. Elle se sentait comme un peuplier aux feuilles orangées, qui bruissent dans un ciel d'un bleu éblouissant.

Le joug inégal

La plupart du temps, après l'école, Edie venait chez Mrs Newman où elle s'exerçait avec ardeur au piano.

« Moins vite, maîtrise-toi », lui disait son professeur tandis qu'elle jouait le début de *La Lettre à Élise.*

« Mais je n'aime pas la musique précieuse », protestait-elle. Elle préférait la seconde partie. Les délicats menuets, très peu pour elle. Elle voulait de la grande musique. De la musique difficile. Elle voulait jouer du Rachmaninov, par exemple.

Parfois Edie aidait sa mère à faire du classement, ou bien elle se blottissait quelque part dans un coin avec des livres de la vaste bibliothèque. Mrs Newman lui avait donné à lire *Le Ruban blanc,* et *Le Joug inégal : une histoire de Nouvelle-Zélande,* de Susan Mactier et, aussi, *Mary Liddiard,* de William Kingston.

Mais le jour où sa mère cessa de porter du noir, Edie n'alla pas chez Mrs Newman. Elle rentra à la maison en courant, voulant à tout prix arriver avant Robbie, qui était parti avec ses copains. Elle laissa tomber son cartable sur le sol de la cuisine et sortit dans le jardin.

De la fenêtre de sa chambre, elle avait observé sa mère. Elle l'avait vue dans le jardin.

À son retour, Robbie ne fit pas rebondir son ballon dans l'entrée et ne chercha pas à embêter sa sœur. Il alla directement dans sa chambre, ouvrit la commode et en sortit la montre de gousset de son père. Il s'assit sur le lit, toucha la chaîne en or, les amulettes en péridot. Puis il installa un gros livre à couverture rigide sur ses genoux relevés et se mit à écrire.

« Pourquoi tu ne viens pas avec moi chez Mrs Newman, après l'école ? » lui demanda Edie, debout sur le pas de sa porte.

« Ça risque pas ! J'te parie que tu trouveras pas trois bonnes raisons à me donner ! » Il continua à écrire.

« Mrs Newman a des tableaux comme dans un musée, et des livres que tu ne trouveras pas à la bibliothèque.

– J'ai dit des *bonnes* raisons, et de toute façon ça n'en fait que deux. Pourquoi je voudrais qu'une stupide vieille bonne femme me dise ce que je dois faire ? Mrs Newman a dit ci. Mrs Newman a dit ça. Tu commences à lui ressembler, même dans ta façon de parler.

– Elle nous donne du gâteau au madère, de la génoise et de la citronnade glacée. »

Robbie leva les yeux. « T'as qu'à m'en rapporter. Si tu peux cacher des choux de Bruxelles dans tes poches…

– C'est pas vrai ! C'est toi qui ne manges pas tes légumes.

– Je t'ai bien eue, hein ? »

Edie se mordit la lèvre. « À qui tu écris ? demanda-t-elle au bout d'un moment.

– Ça te regarde pas. C'est pas parce que t'as pas d'amis… Mince alors, si papa te voyait maintenant… »

Le visage d'Edie s'empourpra et se couvrit de larmes.

Robbie baissa les yeux sur sa lettre. Il savait qu'il était le préféré de son père. Pas besoin de remuer le couteau dans la plaie. Mais c'était trop tard maintenant. « Va chez ta Mrs Newman manger tes gâteaux, dit-il enfin. Et ferme-moi cette fichue porte ! »

Bleu

Quand Mrs McKechnie entra dans la boutique après son travail, Yung oublia de la saluer. Il ne l'avait jamais vue autrement qu'en noir et à présent, dans cette robe d'un bleu lumineux, elle paraissait plus jeune. Plus vivante.

Lorsqu'il s'était coupé les cheveux et qu'il s'était mis à porter des vêtements occidentaux, son frère avait froncé les sourcils et marmonné : « Tu ne peux pas rentrer au pays maintenant – tu te ferais arrêter et exécuter par les autorités. » Yung avait souri. Au diable l'Impératrice douairière ! Il se sentait merveilleusement libre.

Maintenant, en voyant Mrs McKechnie, il constatait une transformation analogue chez elle. Elle se tenait très droite et son pas était plus vif. C'était presque comme si – si de la musique éclatait, si elle se laissait aller – elle pouvait se mettre à danser à travers la boutique. Elle sourit et il remarqua ses yeux. La couleur de sa robe les rendait très clairs, plus bleus que verts. Étonnamment beaux.

Yung restait sans voix. Il avait préparé des questions – sur des articles, des photos, des illustrations dans le journal, pourquoi le monde était-il si plein de curiosités ? – mais soudain il avait tout oublié.

Ce fut elle qui engagea la conversation.

« Où est l'autre monsieur ? demanda-t-elle. Je ne l'ai pas vu depuis des semaines.

– Mon frère ? » Il faisait tourner les coins du sac de pommes pour le fermer. « Palti au pays.

– Et quand revient-il ?

– Quelques mois... » Yung se mordit la lèvre. « Il levient avec... femme.

– Oh... On doit se sentir bien seul sans famille. »

Il enveloppa son chou-fleur, s'efforça de sourire en lui souhaitant une bonne journée, mais sans oser la regarder dans les yeux. Elle s'en alla, le bleu de sa robe faisait ressortir le cuivre éclatant de ses cheveux.

Il passa dans l'arrière-boutique, demanda au cousin Gok-nam, qui lavait les carottes, de le remplacer. Il monta l'escalier jusqu'à sa chambre, ouvrit la boîte en bois de santal sur la commode et en sortit la première lettre. Il lut lentement.

Il s'allongea sur le lit et fixa le plafond, écoutant les tramways et les charrettes à chevaux qui passaient dans la rue sous la fenêtre, observant la lumière qui déclinait peu à peu.

Il se leva et prit une flûte en bambou. Il l'avait fabriquée avec amour – comme son père le lui avait appris lorsqu'il était enfant : il avait creusé l'intérieur, percé des trous sur la longueur et taillé un morceau de liège pour en boucher l'extrémité. Souvent le dimanche, ou le soir après la fermeture, si son frère ne cognait pas à la porte en lui disant de dormir, il s'asseyait sur le lit et jouait. Parfois c'était la flûte, parfois les notes poignantes du *erh-hu*, le violon chinois. Il jouait une chanson qui parlait d'amour ou peut-être d'exil, de voyages de milliers de *li*, ou de se réveiller, seul, dans la nuit.

La lettre gisait ouverte sur le lit. Dans ses mains, la flûte était légère, il sentait la tristesse de son corps mince. Il la pressa contre ses lèvres.

Obscurité

Après le retour de son frère, chaque fois qu'il n'avait pas besoin d'être à la boutique, Yung sortait. Il y avait toujours quelqu'un à qui parler, quelqu'un pour vous tenir compagnie, à *Tongyangai.*

Il pouvait aller dans une gargote avec Fong-man manger des *wontons* et des nouilles préparées sur place, ou bien il entrait dans l'un des nombreux tripots pour se mêler à des discussions enflammées ou simplement pour écouter les derniers ragots. Il prenait la théière dans le panier capitonné près de la porte et se versait une tasse, puis il s'asseyait sur le banc avec les autres, le dos au mur, à boire du thé chaud à petites gorgées en regardant *gweilo* et *Tongyan* aller et venir, acheter des tickets de *pakapoo* ou vérifier s'ils avaient gagné.

Par les chaudes soirées d'été, il rejoignait son cousin Gok-nam, ou bien s'arrêtait auprès de quiconque prenait le frais devant sa maison. Ils restaient là, accroupis pendant des heures, à fumer, à se vanter comme des *taureaux furieux*, jusqu'à ce qu'ils ne perçoivent plus que la vive lueur orangée de leurs cigarettes dans l'obscurité, leurs voix désincarnées s'appelant d'un côté à l'autre de la rue étroite.

Parfois il se rendait à la boutique de Fong-man dans Cuba Street pour jouer aux cartes, discuter de politique ou de poésie.

« Qu'est-ce qui te tracasse ? lui demanda un soir Fong-man en distribuant les cartes. À l'heure qu'il est, tu devrais être en train de me raconter ce que mijote ton cousin Hung-sen, de commenter les articles du *People's Newspaper.* Sun a dit ci. Liang a dit ça. Tu peux être ennuyeux comme la pluie, mais crois-le ou pas, j'en ai pris l'habitude. »

Yung l'ignora. Il régnait un curieux silence. On n'entendait que les cartes claquer sur le bois de la table.

« Tu es sûr de vouloir jouer cette carte ? Y a décidément quelque chose qui tourne pas rond quand tu me laisses gagner... » Fong-man joua sa main, et regarda Yung en face. « La femme de ton frère, il paraît qu'elle est jolie... »

Yung jeta ses cartes et se leva.

Les tramways étaient arrêtés pour la nuit, les rues seulement peuplées par des ombres. Il se dirigea vers la mer, le long des boutiques aveugles.

Sa femme à lui aussi avait été jolie... Mais comment disaient les *gweilo ? Plus qu'un joli visage ?*

Il contempla Kelburne et les collines de l'ouest, plongées dans l'obscurité, et par-dessus les eaux noires et huileuses du port, Oriental Bay, en face.

Quel était le mot que Mrs McKechnie avait employé ? Comment avait-elle décrit cela ? Ce vide, cet espace assoiffé autour de lui. Si seulement il pouvait l'exprimer dans une langue étrangère, peut-être pourrait-il le partager.

Petits cœurs

En entrant dans la boutique, Katherine entendit une jeune femme chanter. Peut-être parce qu'elle chantait à pleins poumons, ou parce que le tram, à cet instant, passait en ferraillant, personne ne remarqua ses pas sur le linoléum. Personne ne sortit pour la servir. Katherine se tenait debout au milieu de la boutique, entourée de piles d'oignons à la peau cuivrée, de pommes de terre fraîchement lavées, de choux, de choux-fleurs et de carottes au vert feuillage plumeux. Elle n'appuya pas sur la sonnette du comptoir; elle écouta. La voix était haute et légère, et la mélodie parfaitement familière, quoiqu'un peu fausse; pour l'oreille inexercée de Katherine, les paroles ressemblaient à des bulles de musique qui éclatent l'une après l'autre. Elle écouta, fascinée par un langage qu'elle ne reconnaissait pas et dont pourtant elle comprenait le sens. Elle avait l'impression d'être une enfant qu'on a envoyée au lit et qui pourtant se relève et vient se cacher derrière la porte pour écouter.

Quel était ce chant, elle l'avait déjà entendu dans sa langue? Elle sourit. C'était *Jésus m'aime, cela je le sais,* et elle ne put s'empêcher d'enchaîner, *car la Bible me l'apprend,* sur un fond de paroles chinoises.

Mei-lin ne portait pas d'intérêt particulier à Jésus-fils-de-Dieu mais elle aimait vraiment chanter. Mrs Mary-Ann Wong, Annie tout court, l'épouse du missionnaire chinois, venait lui rendre visite tous les quinze jours ; dans une ville où les femmes chinoises étaient si peu nombreuses, où il n'y avait nulle part où aller et aucune distraction si ce n'est travailler, faire la cuisine, le ménage et s'occuper des enfants, une visite de l'une d'elles était toujours bienvenue. C'est-à-dire, à part celle de la femme du cousin Gok-nam, qui parlait comme un tramway. Mei-lin ne pouvait jamais placer un mot, fût-ce pour exprimer un besoin naturel, aussi avait-elle appris à sortir, à laisser sa cousine la suivre, même dehors et jusque dans le jardin, et à lui fermer au nez la porte des toilettes.

Annie Wong, en revanche, Mei-lin l'adorait. Elle aimait son doux visage au regard bienveillant, sa façon d'écouter et de rire, et de l'aider en toutes choses. À la Mission anglicane de Frederick Street, Annie était considérée comme un brillant exemple de femme chrétienne, mais pour tous les Chinois, c'était une excellente confucianiste. Annie savait vivre chez les barbares – elle était née en Australie et parlait couramment l'anglais du pays. Et parce qu'elle était venue pour épouser le missionnaire, elle comptait comme un membre du clergé et n'avait pas dû payer la taxe. Annie montrait à Mei-lin où acheter les objets essentiels auxquels les hommes ne pensent jamais ; elle lui traduisait les papiers officiels, les panneaux ; elle lui apprenait même un peu d'anglais. Et si d'aventure Mei-lin tombait malade et que ni les herbes chinoises ni le médecin de Haining Street ne pouvaient rien pour elle, Annie l'emmenait chez le docteur Bennett, un médecin *gweilo,* mais malgré tout une bonne personne – et de surcroît une femme.

Mei-lin préparait toujours quelque friandise en prévision des visites d'Annie : *siat kei ma,* des nouilles frites enrobées de sirop, puis pressées et coupées en carrés ; *bak dan gou,* le gâteau cuit à la vapeur et décoré d'un dessin à la cochenille ; ou bien des beignets aux œufs, frits et roulés dans le sucre. Elles s'asseyaient dans l'arrière-boutique tandis que Mei-lin, qui sentait son enfant grandir en elle, surveillait la porte, écoutait si des pas se faisaient entendre dans la boutique ou si la sonnette du comptoir avait retenti. Elles buvaient des tasses de thé Oolong en mangeant des bonbons en forme de petits cœurs ou de délicieux amuse-gueules. Elles parlaient, riaient et parlaient encore, tout en se frottant les doigts pour les débarrasser des miettes, du sucre et de l'huile. Et pendant qu'Annie aidait Mei-lin à faire le repassage ou le raccommodage ou encore à frotter le sol, elle lui apprenait à chanter. Et c'est ainsi que Mei-lin avait appris tant de nouveaux chants merveilleux, comme *Lève-toi, lève-toi pour Jésus* et *En avant, soldats chrétiens,* ou d'autres, aux airs engageants, qui parlaient de Jésus et de l'amour de Jésus, des chants qu'elle trouvait majestueux, audacieux, vigoureux, pareils à ce qu'elle éprouvait au fond d'elle-même.

Le *Dominion*

Quand Katherine arriva, Mrs Newman bouillait de colère. Un instant, elle se demanda si elle était en retard ; elle avait peut-être commis une faute de frappe. Mais son employeuse lui fourra le *Dominion* entre les mains.

« Vous avez vu ça ? » lui demanda-t-elle, en tapant du doigt sur la page.

Si Mrs Newman n'avait pas été aussi furieuse, Katherine aurait pu en rire. Pourquoi gaspiller un penny pour acheter le journal ? Mrs Newman lui disait toujours ce qui se passait d'important. Ce qu'elle lut, c'était les discours prononcés à Dunedin par les docteurs Ferdinand Batchelor et Truby King.

D'après le docteur Batchelor, à partir de la puberté, l'éducation des jeunes filles devait être « principalement axée sur la tenue d'une maison, la gestion des comptes du ménage, la physiologie et l'hygiène ».

« Ils sont censés être des piliers de l'État, les défenseurs des femmes et de la petite enfance. Ils enseignent à l'École de médecine, et voyez leur œuvre. C'est un obstétricien, Katherine. Batchelor, le grand obstétricien. »

Mrs Newman se saisit du journal. « Le mâle moyen, même le mâle en dessous de la moyenne, devient “utile et prospère”, tandis qu’une femme brillante a de la chance si elle atteint la médiocrité ! Je me demande bien pourquoi. Avec des hommes comme King et Batchelor pour nous barrer la route, qui refusent aux femmes la moindre ouverture, à quoi peut-on s’attendre ?

« Regardez ça. Regardez ce que dit le *docteur* King. » Elle cracha presque ce mot, comme si un insecte avait volé dans sa bouche et qu’il lui fallût l’expulser.

Katherine faillit reculer d’un pas – parfois Mrs Newman était comme un commando militaire à elle toute seule – mais elle ne voulait pas paraître impolie.

« Selon lui, éduquer les filles de la même manière que les garçons “est l’une des farces les plus grotesques auxquelles nous ayons jamais assisté”. Dieu du ciel ! Ils pensent qu’instruire une fille est une insulte à la nature ! » Elle jeta le journal sur le bureau. « Et pendant ce temps, les églises, la Chambre des députés et le corps médical applaudissent. Nous devons préparer une réponse, Katherine, il faut qu’elle paraisse dans le journal de demain. »

Katherine vit soudain un crayon balayé du bureau tomber sur le tapis. Mrs Newman faisait les cent pas dans la pièce, se grattant le poignet, puis le front au-dessus de l’œil droit. Elle se grattait toujours quand elle était irritée. Et aux endroits ainsi malmenés, la peau brunissait et devenait sèche et squameuse.

Combien de fois Katherine avait-elle fulminé elle aussi – contre Donald, contre sa belle-mère, et même contre sa mère ? Leurs attitudes n’étaient qu’une fenêtre sur le vaste monde. Elle considéra les taches sur la peau de Mrs Newman. Même si le cœur et l’esprit étaient cachés, il y avait des fuites – des pensées, des sentiments, des désirs qui perçaient à travers ce corps étanche.

« Eh bien, qu'attendez-vous, Katherine ? Nous avons une lettre à écrire. »

Katherine ramassa vivement le crayon. Elle plia le journal, s'assit à son bureau et prit plusieurs feuilles de papier dans le tiroir.

« *Monsieur,* commença Mrs Newman, *je suis atterrée...* oui... *je suis atterrée par les discours prononcés hier par les docteurs Ferdinand Batchelor et Truby King...*

« *Qui peut avoir l'arrogance de se prononcer sur les intentions de la Nature à l'égard de l'Homme et de la Femme ? Autrefois l'humanité croyait...* que croyions-nous ? Mmm... *Autrefois nous croyions que la Terre et l'Homme étaient le centre de l'Univers. Mais l'histoire et l'évolution ne se sont pas arrêtées avec le haut Moyen Âge. L'âme éclairée attend impatiemment le jour où l'Homme et la Femme se verront accorder la même valeur et les mêmes perspectives.*

« *Les capacités intellectuelles d'un enfant sont-elles figées à la puberté ? Pourquoi serait-ce le cas pour les filles et non pour les garçons ?*

« *Dans l'intérêt même de nos familles, une femme intelligente qui est l'égale de son mari et qui se montre capable d'éduquer ses enfants est sans conteste quelqu'un de précieux. L'homme se sent-il si peu sûr de lui que sa seule fierté serait d'avoir à ses côtés une femme avec l'intellect d'un légume ?*

« *En même temps que nos connaissances progressent, ne devons-nous pas progresser avec elles ? Une femme intelligente qui a l'esprit vide et manque d'occupations est une femme malheureuse, elle peut sombrer dans la mélancolie et le désespoir. En revanche, une femme instruite, stimulée par une profession épanouissante, s'investira dans la vie et représentera un atout pour sa famille comme pour la société...* Qu'en pensez-vous, Katherine ? Relisez-la-moi... Oui, c'est bien. Vous avez mis des majuscules à Homme et à Femme ? Comme à Nature d'ailleurs. Oui, je crois que ça ira. Ça ira très bien. »

Katherine sortit du tiroir un épais papier monogrammé de couleur crème, orné du blason de la famille, et une feuille de papier blanc ordinaire. Elle les introduisit dans la machine à écrire avec un carbone entre les deux, et en écoutant les rouleaux tourner, soudain lui revint à l'esprit l'excursion qu'elle avait faite à la campagne en compagnie de Mrs Newman pas plus tard que la semaine précédente – sa première promenade en auto. Assise avec le vent qui soufflait dans ses cheveux, elle avait pensé à Mr Wong, à son ridicule mais adorable sourire, et tandis que l'automobile ralentissait pour traverser la voie ferrée et que les roues faisaient trembler les planches du passage à niveau, elle avait cru entendre le bruit des touches, des ovales noirs et lisses à caractères blancs, retrouvant la sensation du métal sous ses doigts, percevant leur cliquetis rythmé, la petite sonnerie, revivant la satisfaction de tirer le chariot au début de la ligne suivante.

En tapant la lettre, Katherine ne songeait pas aux hommes guindés de Dunedin – elle en avait par-dessus la tête de ces personnages. Elle pensait au plaisir de rouler dans une automobile ; elle pensait au bruit des sabots de chevaux sur la route, aux trams qui partent et qui s'arrêtent ; aux trains qui brinquebalent en vous emportant vers la plage de Plimmerton…

« C'est fini, Katherine ? entendit-elle Mrs Newman lui demander. Je vais la porter au *Dominion* moi-même. La donner personnellement à Mr Earle. Oh, Katherine, avant que je sorte… asseyez-vous, je vous prie. » Elle lui désigna le chesterfield, s'assit dans une bergère en face d'elle.

Et ce fut alors qu'elle fit promettre à Katherine de ne jamais entraver les ambitions de sa fille. Mais pourquoi le ferait-elle ? *Et même si elle le voulait, comment résister à la volonté de Mrs Newman ?*

« Vous rendez-vous compte à quel point votre fille est exceptionnelle ? disait Mrs Newman. Au fil des années j'ai pris un certain nombre de petites filles sous mon aile et je puis vous assurer, Katherine, que je n'ai jamais rencontré d'enfant aussi curieuse et intelligente qu'Edie. Elle obtiendra une bourse universitaire, cela va sans dire ; mais celle-ci ne couvrira que les frais d'inscription. La somme restante ne suffira pas pour qu'Edie en vive. Peu importe, je lui assurerai une pension en complément. Edie ne sera jamais heureuse dans un simple rôle d'épouse et de mère, uniquement vouée aux obligations domestiques… Et vous, étiez-vous heureuse, Katherine ? »

Quelle question ! Qui pouvait se permettre d'y penser ? Sûrement pas les femmes malheureuses. Et celles qui étaient heureuses n'avaient pas besoin d'y penser.

Non, poursuivait Mrs Newman, Edie suivrait les traces d'Emily Siedeberg ou du docteur Agnes Bennett. Elle prouverait que Batchelor et King avaient tort. Elle aurait la chance de choisir sa propre destinée.

Deux cents millions

Ce fut Mrs McKechnie qui, la première, parla à Yung des pétitions pour la libération de Lionel Terry. Elle lui montra les articles dans les journaux, les lettres au rédacteur en chef. Bientôt tous les Chinois de Wellington, et de tout ce pays de malheur, furent au courant. Yung prépara une contre-pétition. Il en écrivit la version chinoise et la fit traduire par Annie Wong.

« Cet homme a assassiné l'un des nôtres dans Haining Street, expliqua-t-il à Mei-lin, il le referait sans hésiter.

– Mais je ne sais pas écrire. Je ne sais même pas signer de mon nom », répondit Mei-lin, la main sur son ventre de future maman.

« Fais une marque comme ça, lui montra Yung en dessinant une croix sur le dos de sa main. J'écrirai ton nom à côté.

– Pourquoi lui demander à elle ? » intervint Shun, qui passait chargé d'une caisse d'oranges.

« Shun Goh, répondit Yung, Liang Ch'i-chao n'a-t-il pas dit que si les deux cents millions d'hommes de la Chine étaient rejoints par les deux cents millions de femmes, rien ne pourrait nous résister ? Nous sommes peu nombreux dans ce pays. N'avons-nous pas encore plus besoin de nos femmes ? »

Shun haussa les épaules et porta la caisse dans la boutique.

Mei-lin prit la plume et traça une croix hésitante sur la pétition. Elle sourit à Yung, qui ne croisa pas son regard. Il voyait bien pourquoi son frère l'avait achetée.

Combien de Chinoises y avait-il dans cette ville ? Quinze ? Peut-être même pas. Même en comptant Mei-lin et Annie Wong, la femme du cousin Gok-nam, quelques petites filles, quelques bébés.

Il y avait une *centaine de femmes à hommes*, de grossières femmes *gweilo* qui vendaient leurs services ; certains allaient les voir, ou bien ces femmes venaient directement à eux. Mais qui aurait voulu partager sa propre femme ?

Tout en préparant sac après sac de choux et de choux-fleurs, il soupirait. Parfois en regardant Mei-lin, en entendant la douceur de sa voix, ou bien la nuit, couché seul dans son lit, son cœur se serrait. De solitude.

Le petit livre orange

«Et vous, vous faites du sport?» lui demanda Katherine alors qu'il pesait ses carottes. Elle feignit de courir, de taper dans un ballon, de lancer une boule, puis se mit à rire de sa propre maladresse. Heureusement que Robbie avait des tas d'amis pour jouer avec lui. La vitesse à laquelle il lançait la boule de bowling la terrifiait.

Mr Wong rit aussi. Il admirait son absence de gêne: elle était si… différente des *Tongyan.* «Ces Jeux? Comment vous les appelez? s'enquit-il.

«Olympiques, répéta-t-elle. Les femmes y participent pour la première fois. Mrs Newman – ma patronne – a fêté ça en me donnant un verre de sherry et en me libérant pour le reste de la journée.»

Elle pouffa. (Elle n'avait pas l'habitude de boire.) «Alors?»

Il la regarda, intrigué.

«Vous faites du sport? Et ne me demandez pas de recommencer!

– Pas ennemi chenu de la mouse», répondit-il en souriant.

Elle fronça les sourcils.

Il lui fit signe d'attendre, alla dans l'arrière-boutique et revint avec un petit livre orange, le *Dictionnaire des expressions anglaises avec leurs traductions en chinois*, imprimé à Shangai. Il l'ouvrit et lui montra.

ENNEMI CHENU DE LA MUSE, L', lut-elle. « Le Temps, qui est généralement représenté par un vieillard chenu... » Elle éclata de rire, puis, en voyant l'expression de son visage, s'arrêta aussitôt. « Dites simplement : *Je n'ai pas le temps*, lui conseilla-t-elle. Ne cherchez pas les complications. »

À présent, quand elle venait à la boutique, il lui demandait de lui expliquer telle ou telle expression et ils communiquaient dans un anglais pidgin, en faisant de grands gestes, des dessins dans les marges des journaux, ou même à l'aide de son chinois sonore, qu'elle ne comprenait jamais.

« S'il vous plaît, *paller collect*, disait-il. Je veux *paller* bon anglais. » Et il lui jetait un regard si sérieux, suivi d'un sourire si malicieux, qu'elle riait.

« Très bien, disait-elle. Parlez lentement et essayez de dire *rrr*. Anglais *corrrect*. Je veux parler un anglais *corrrect*.

– Je veux paller anglais *collect*.

– Anglais *corrrect*.

– Anglais *colrect*.

– C'est mieux. Vous avez besoin de *prrratiquer*. Répétez-le jusqu'à ce que vous y *arrriviez*. La *prrratique* est le *secrrret* de la *perrrfection*.

– Platique secret de la pelfection. » Il sourit. « Regardez, dit-il en ouvrant son petit livre orange. S'ENTENDRE À DEMI-MOT. Oui ? »

Katherine hocha la tête, son regard glissant vers la page opposée.

S'ENTICHER DE – Se prendre d'affection pour (qqn), être attiré par (qqn) ; puis d'étranges caractères qu'elle ne pouvait lire, du chinois sans doute, et ensuite l'exemple : Le cocher a dit qu'il *s'était* vraiment *entiché de* la cuisinière.

Elle rougit. « Oui, convint-elle, on peut dire ça. »

Il travaillait dur. Katherine le voyait bien. Elle l'entendait. Il se souvenait des expressions qu'elle lui avait apprises ; son accent était moins marqué. En prenant son temps il pouvait presque dire : « *Ernest Rutherford ; Roderick l'attrapeur de rats ; la pratique est le secret de la perfection.* »

Quand il se déplaçait sur le sol de la boutique, remarquait-elle, elle n'entendait pas ses pas, seulement le très léger bruissement de ses habits, tandis que ses chaussures à elle cliquetaient sur le linoléum. Il avait des yeux sombres, si noirs qu'au bout d'un moment elle s'aperçut qu'elle y voyait son propre reflet. C'était troublant, de se voir dans les yeux d'un autre.

Un jour, quand elle entra dans la boutique et que Mr Wong, l'aîné, sortit pour la servir, elle mesura, consternée, à quel point elle était déçue. « Bonjour, Mr Wong », dit-elle, s'efforçant de sourire, et à ce moment elle s'aperçut qu'elle ne connaissait pas leurs prénoms, qu'elle n'avait aucun moyen de les distinguer autrement que comme le jeune Mr Wong ; le grand Mr Wong ; le Mr Wong coiffé à l'européenne ; Mr Wong et le petit livre orange ; le Mr Wong qui riait et bavardait...

Mais il apparut aussi, portant une caisse de carottes nouvelles, encore entourées de leurs fanes, et soudain elle ne put s'empêcher de sourire.

« *Dang ngor lei la. Lei tau ha la* », lança-t-il à son frère. Elle ne comprit pas un traître mot, mais Mr Wong l'aîné lui lança un regard bizarre avant de retourner à l'intérieur.

Elle choisit trois bananes, une moitié de chou-fleur et un petit sac de pommes de terre. Il sourit et prit un bouquet de carottes, assurant qu'elles étaient très bonnes, très fraîches. Il les enveloppa et les lui tendit des deux mains. « Pas d'argent, dit-il.

– Il vaut mieux dire : *c'est gratuit. Pas d'argent* signifie que vous n'avez pas d'argent, non que je n'ai pas besoin de payer. »

Lorsqu'elle prit les carottes, les fanes duveteuses qui débordaient du journal lui parurent des fleurs printanières. Pourquoi se sentait-elle si légère ? C'était un Chinois. Un étranger aux yeux bridés, au teint jaunâtre. La lie de la société. Il n'avait même pas de place dans la société, grands dieux ! Et pourtant quand elle était avec lui elle oubliait qui il était. Il avait un nez prononcé, presque européen après tout. Il était grand. Il n'avait pas *vraiment* l'air chinois.

Wong Chung-yung

Le diabolo

Mon cœur est une guirlande de feux d'artifice. Il explose au petit bonheur : un méli-mélo de Tom Pouce, de Doubles Chances, de Puissants Canons. Des fusées sifflent, éclatent, des cierges magiques, des pétards sauteurs font la culbute. Ce n'est pas encore la Fête du Printemps, et pourtant j'ai tout cela en moi. Je serre les lèvres avec un drôle de sourire pour contenir une chanson, un cri de joie, un torrent de jurons ou de bénédictions.

Je ne comprends pas ce qui m'arrive.

Tout ça pour une diablesse. Une diablesse.

Son nez et ses seins sont trop gros, ses pieds sont trop grands. Elle ne marche pas comme une femme. Ses cheveux sont rouges comme l'enfer. Et pourtant elle a de beaux yeux bleu-vert, un regard bon et triste, des lèvres pleines et pulpeuses – et elle m'appelle par mon nom. Mr Wong, elle dit, comme si j'étais un homme, pas un Chinois.

Les pétards, c'est pour faire peur aux diables. Mais elle entre dans la boutique, ces explosions se produisent en moi, et elle ne se sauve pas.

Aujourd'hui elle vient avec sa fille. Je leur montre les meilleures pommes. « Les *Red Delicious* rouges et jolies mais est-ce qu'elles ont du goût? Pas de goût *la! Red Delicious* molles, comme vieux gâteau humide. Mais les *Jonathan,* croquantes et juteuses. Bon goût. Goûtez un peu *la.* S'il vous plaît, goûtez. »

Je coupe des tranches et j'attends qu'elles sourient, qu'elles hochent la tête. Elle se retourne et appelle son fils. À ce moment-là je le vois. Il lambine près de la porte et ne veut pas entrer. Elle insiste. Goûte la pomme, elle lui dit. Viens choisir des fruits.

Je tiens ouvert le sac en papier et je laisse sa fille choisir quatre, cinq, six pommes, puis je les pèse sur la balance. Un shilling trois pence, je dis. J'ajoute une pomme dans le sac et je le fais tourner, j'entortille les coins comme des oreilles de chat.

« Robbie », appelle-t-elle. Et enfin il vient, tenant un diabolo que son père lui a donné. « C'était la grande mode à l'époque, explique-t-elle, tout le monde y jouait. » Mais elle, elle ne sait pas.

« Nous jouons en Chine, dis-je. Oncle apporte de Pékin. » Et je suis fou, *je deviens fou* – je lui montre.

Je tends la corde et j'envoie le rouleau en bois tournoyer en l'air.

Quand j'étais petit je savais envoyer le diabolo très haut, puis je faisais la roue, un saut périlleux ou une roulade arrière, et je le rattrapais. Mais maintenant mon corps bouge beaucoup plus lentement. Je peux toujours le lancer en l'air et le rattraper derrière moi, ça je sais que je peux. Mais la boutique est petite et le plafond bas: le rouleau tomberait à pic, comme un oiseau frappé par une pierre.

Le garçon me fixe, la lèvre retroussée, on pourrait y poser une bouteille d'huile, sur cette lèvre. Il a une main dans la poche, et là je sais. J'ai déjà vu ce garçon. Avec son gros camarade. Ils courent derrière les chevaux et ramassent le crottin avec des pelles. « Un penny le seau ! Un penny le seau ! ils crient. Ça fait du bien à vot' jardin ! » Je connais ce garçon. Je sais ce qu'il cache dans sa poche.

Une journée grise, de la poussière brune, des rafales de vent du nord. La charrette de Fraser le laitier, le vieux cheval fatigué qui tire les pots métalliques. La pierre est venue de nulle part. Les maisons d'en face, les chevaux et la poussière, soufflée par le vent, soulevée par les pieds des passants. Ma belle vitrine avec les fruits les mieux présentés, les pommes tournées de façon à montrer leurs joues les plus rouges, les oranges, les bananes, les poires. Ma vitrine étoilée, fracassée, mes beaux fruits lacérés par le verre. Je suis sorti en courant et il était là, ricanant, il s'enfuyait la fronde à la main.

« Merci, Mr Wong, dit sa mère. Dites merci, Edie, Robbie. »

La fille hésite, remercie. Je lui donne le diabolo.

Mrs McKechnie. Une femme au bon cœur, mais elle n'a pas de chance. La mère d'un rouquin dont le cœur est mauvais. L'épouse d'un homme mort.

L'ombre

Edie était sûre que Robbie lui avait pris Teddy, son ours en peluche. Où l'avait-il caché ? Lui avait-il arraché la tête comme à la poupée de porcelaine que Nana lui avait donnée ? Non qu'elle fût particulièrement attachée à Minnie, sinon comme à la bénéficiaire d'opérations de sauvetage imaginaires. Quand Robbie lui avait fracturé le crâne, il n'y avait pas eu de sang ni de matière blanche ou grise, pas d'intéressantes circonvolutions du lobe frontal, seulement des éclats de porcelaine peinte et un vide décevant.

Mais pour Teddy, c'était différent. Tous les gens bien avaient leur Teddy. Même Mrs Newman en avait un – elle l'emmenait à l'opéra. On leur avait donné le nom du président des États-Unis, lui avait dit Mrs Newman.

Pendant que Robbie était sorti avec Billy, Edie fouilla sa chambre. Sous son lit, parmi des souliers sales, des balles de cricket, des arceaux, des billes, un ballon de football et une araignée morte, elle trouva trois chaussettes qui sentaient très mauvais dans des teintes variant du brun au noir, qu'elle ramassa du bout du pouce et de l'index et qu'elle plaça sous l'oreiller de son frère. Elle se lava les mains, revint, et chercha dans sa penderie. Au fond, sous des jambières et des gants de cricket, une fronde, un train avec ses rails et un vieux pull-over, elle découvrit une boîte en carton avec l'inscription en larges majuscules noires :

R.D. MCKECHNIE
PRIVÉ ET CONFIDENTIEL
DÉFENSE DE TOUCHER !

À l'intérieur elle trouva deux minces brochures à la couverture souple, *L'Ombre* et *Dieu ou Mammon ?*, ainsi qu'une collection de tracts, de cartes et de lettres.

Asile d'aliénés de Sunnyside,
29 août 1909

Cher Robbie,

Merci pour ta lettre du 19 août. Je me souviens très bien de ton père et j'ai été triste d'apprendre sa disparition. Je me rappelle son hospitalité et la qualité de sa conversation. Tu ne dois pas laisser cette perte te décourager, comme s'il s'agissait d'un être moins exceptionnel. Ton père était un vrai Britannique et tu ferais bien de suivre son exemple.

Je joins à cette lettre mes livres et une carte que j'ai rédigée pour ta gouverne.

Avec mes meilleurs souhaits,
Bien à toi comme toujours,
Lionel Terry.

L'Ombre portait une aquarelle sur sa couverture, dans des tons noirs, gris et blanc cassé. Dans le coin supérieur gauche, un homme avec des yeux minuscules, le regard fou, volait dans les airs, brandissant un cimeterre au-dessus de sa tête, comme prêt à descendre des nuages et à frapper. Au-dessous, ce n'était que flèches, dômes et croix. À l'intérieur on lisait cette dédicace:

À mes Frères britanniques
Je dédie cette Œuvre
L. T.
Juillet 1904

suivie d'une prière, puis d'une introduction qui se poursuivait sur onze pages et d'un long poème en vers regorgeant de termes comme *vil diffamateur, rebuts pestilentiels de la terre* et *marécage nauséabond de la plus noire iniquité.*

Sur une carte était écrit:

Les sots ont nombre d'humeurs
Et de folies petites et grandes,
Mais se nourrir de produits étrangers
Est la plus grande des folies!

Sur une autre:

Le patriote est gouverné par son cerveau, le traître par son estomac.

Edie remit le tout, cartes, lettres et le reste dans la boîte, exactement dans le même ordre. Et elle replaça la boîte dans la penderie.

Ce soir-là elle retrouva son Teddy. Il était dans le tiroir du haut de sa commode, l'un de ses propres bas enfilé sur la tête.

DEUXIÈME PARTIE

De Canton à Wellington
(1907-1915)

Oi Harn Goong, l'ancêtre fondateur du clan Wong à La Melonnière, nomma ainsi le village en espérant que « sa nouvelle demeure lui assurerait une descendance prolifique comme le melon proverbial parmi ses feuilles ».

Edmon Wong, *Les Néo-Zélandais de Zengcheng*

L'épouse de Chung-yung

Soie rouge

Mon père construisait des bateaux, comme son père avant lui. Ils avaient construit les grands bateaux à aubes qui sillonnaient le fleuve Perle avec leurs cargaisons de sel, et les jonques marines qui naviguaient de Canton à Amoy et à Formose. Père avait trois cents hommes qui travaillaient sur ses chantiers, et nous habitions dans une maison à colonnades rouges sur les collines à l'est de Canton.

Père était un homme éclairé. Même si je n'étais qu'une fille, il avait tenu à ce que je sois instruite, presque comme un fils. Nous avions un précepteur qui nous enseignait la calligraphie, la peinture et la poésie. Je lisais les *Cinq Classiques*, les *Quatre Livres*, le *Livre de la piété filiale*. Et je rêvais de Mu-lan, la fille qui s'était habillée en homme et qui avait sauvé son père dans une bataille.

Mais je n'ai jamais porté de vêtements d'homme. Je ne pouvais pas sortir comme mes frères, pour assister au théâtre de rue, ni m'asseoir dans les maisons de thé avec des femmes au visage nacré – leurs joues poudrées de rouge, leurs lèvres peintes du vermillon des boutons de rose. Parfois je sortais dans une chaise à porteurs et j'observais le monde à l'abri de ses rideaux, mais la plupart du temps je restais à la maison, à lire *Le Rêve de la chambre rouge, Voyage en Occident,* ou à faire des travaux d'aiguille.

J'étais une fille comme il faut, respectable. Jusqu'à ma quinzième année, personne en dehors de ma famille n'avait eu vent de mon existence. Puis la sœur aînée de Père organisa mon mariage. Elle se renseigna auprès de toutes les bonnes familles ayant un fils à marier. Il y avait le fils aîné du magistrat Chew, mais bien que son père eût la réputation d'être un homme juste, le fils était connu pour son mauvais caractère et son manque de respect pour les ancêtres. Il y avait le second fils des Lee, la plus riche famille de Canton – ah, mais il était dépensier et joueur. Il y avait aussi le troisième fils des Kwok, qui possédaient un commerce de soie très prospère, mais il était né manquant de souffle – on disait qu'il possédait une belle peau bleutée, un homme doux qui attendait d'expirer.

Ce fut alors que ma tante entendit parler de mon mari. Un homme du village voisin de celui de mon père. Un homme dont le frère aîné, qui vivait dans la Nouvelle Montagne d'Or, avait gagné suffisamment d'argent pour le faire venir. Il s'appelait Wong Chung-yung. Il avait dix-huit ans, et comme c'était un homme de la Montagne d'Or, il avait de bonnes perspectives d'avenir. J'ignorais s'il était grand, beau ou gentil, ni s'il saurait citer les classiques ou écrire un belle strophe, mais il ne semblait pas y avoir d'antécédents familiaux de folie, de lèpre ou de tuberculose – pas non plus de joueurs ni de fumeurs d'opium invétérés. Et nos horoscopes étaient favorables : nous aurions beaucoup de fils et la fortune nous sourirait.

Mère était Première épouse. Elle a donné naissance à deux fils ainsi qu'à moi, l'unique fille. Personne ne parlait de ces choses, mais je sais que Mère ne voulait plus que Père… Ce fut elle qui trouva Seconde épouse pour lui. Au fil des années s'ensuivit une troisième épouse, puis une quatrième. Quatrième épouse était à peine plus âgée que moi, sans instruction mais rouée. Elle avait de grands yeux de phénix et une peau blanche et fine, pâlie par l'application d'un onguent à base de perles écrasées. Elle était instruite, après tout, dans l'art de plaire aux hommes.

Mère pouvait exiger que Seconde, Troisième ou Quatrième épouse lui obéissent, et j'avais la préséance sur toutes leurs filles. C'est ainsi que les choses se passent : la première a le pouvoir, la quatrième n'en a aucun – sauf par ruse ou par artifice. Quatrième épouse donna à Seconde des boulettes mêlées d'opium, et elle mourut – bien que rien, bien sûr, n'ait pu être prouvé.

À présent j'allais devenir une épouse, moi aussi. Contrairement à ce qui s'était passé avec Mère, j'espérais qu'il n'y en aurait pas d'autres.

Le jour choisi en fonction de l'almanach, Père et Frère Aîné m'ont installée dans la chaise à porteurs. Quand nous sommes sortis, un chaperon, embauché dans le village de mon père, a ouvert un parasol ; une autre femme a jeté une poignée de riz pour nourrir les esprits et détourner leur attention. Tout était rouge – soie rouge, satin et brocart rouge –, rouge comme le bonheur et comme la marque sur le drap. Ils m'ont emportée vers la maison de mon mari au battement des gongs, en priant de ne rencontrer ni chienne ni chatte pleines, ni aucune créature à quatre pattes. J'ai entendu mon mari près de la chaise – il a ouvert la porte d'un coup de pied et m'a emportée à l'intérieur.

C'était le logement que Beau-Père avait loué: deux pièces du côté sud d'une cour partagée avec trois autres familles. Toujours dans les faubourgs est, là où les hommes de la Montagne d'Or achètent quand ils reviennent au pays avec leurs richesses.

C'est là que j'ai appris à cuire le riz à la vapeur, couvert d'un demi-doigt d'eau. Appris à tenir un poulet vivant et un fendoir, à tirer fort sur la peau pour arracher les plumes du cou; la peau nue était tendue sur la trachée-artère, les yeux se fermaient comme une lame. Appris à verser le sang dans un bol, à plonger le corps dans l'eau bouillante et à le plumer. Une incision suffisait pour vider les entrailles chaudes.

J'ai appris à laver les habits, les mains cuisantes de froid dans l'eau en hiver, calleuses à force de manier le battoir en bois lisse, à force de taper les pantalons d'homme contre la pierre.

Et je suis allée au marché – c'était la première fois que j'allais à pied dans les rues poussiéreuses, la première fois que je me trouvais dehors seule. Je ne savais pas comment faire pour porter les bocaux de cornichons, le poisson, les légumes et la farine. Je les ai lâchés plusieurs fois et j'ai dû retourner acheter tout ce que j'avais cassé.

Mon mari et moi, nous avons vécu six mois ensemble, assez longtemps pour qu'il plante en moi la graine d'un fils. Puis il est parti sur la mer pour la Nouvelle Montagne d'Or. Je suis allée vivre dans son village, dans la maison de sa mère et de son père, et aussi de la femme de son frère aîné.

J'ai pleuré pendant trois jours. Belle-Mère me grondait: «Veux-tu que ton fils porte la marque de tes larmes?» Alors j'ai essayé d'oublier mon mari – un homme qui me faisait rire et pleurer, entrevoir des possibilités merveilleuses. J'ai lavé mon visage, refermé mon cœur. Et quand mon temps est arrivé, j'ai donné naissance à des jumeaux.

Pour moi ce fut une consolation. L'épouse du frère aîné de mon mari n'avait pas d'enfants, que des filles. La première fut sauvée, la deuxième étouffée sous des cendres quand elle tourna sa figure pour téter et, seulement après bien des larmes, la troisième fut abandonnée au bord de la route. Personne ne sait si elle fut prise comme esclave ou mangée par des chiens.

Mais j'avais donné naissance à deux fils, le premier qui ressemblait à ma mère et le second qui tenait de son père. C'était un double bonheur, un bienfait de la déesse Kuan Yin.

Ce fut l'envie de Belle-Sœur qui nous porta malheur – son envie, et les fantômes de ses filles.

La veille de leur cinquième anniversaire, mes fils furent pris d'une forte fièvre. Je fis bouillir dix herbes différentes, et leur fis boire la tisane noire et amère; je pris une pièce de monnaie et leur en frottai le front, les bras et le dos; j'allai au temple, je brûlai de l'encens et je priai Bouddha et Kuan Yin.

Ce fut le quatrième jour, le chiffre qui représente la mort, que celui qui ressemblait à ma mère mourut. Seul survécut celui qui ressemblait à mon mari.

À présent je regarde mon fils que j'aime – je vois son nez droit, ses lèvres pleines, une certaine manière de lever la tête quand il est perdu en contemplation –, c'est la forme, l'espace en creux que mon mari a laissés derrière lui.

L'épouse de Chung-yung

Le Four à Tuiles

Toute femme a deux visages. L'un est de fine porcelaine blanche – lisse et doux, soigneusement modelé, paré pour l'œil. L'autre est grand, rude et fort, empreint de la dureté de la vie.

Ces choses-là, je ne les dis pas; je ne peux pas réfléchir à la lumière du jour. La nuit seulement, lorsque tout est tranquille, quand les seuls bruits sont les appels des grenouilles et les ronflements sporadiques de Beau-Père. Quand je suis couchée éveillée dans cette chambre à peine assez grande pour les lits et le seau d'aisance en bois.

J'entends Belle-Mère jurer et pousser Beau-Père sur le flanc, je l'entends grogner, renifler, puis sa respiration s'apaise. J'entends Belle-Sœur crier dans son sommeil et je serre mon fils, je l'embrasse; je sens son odeur de petit garçon, l'odeur de boue, d'herbe et des arbres à lychees, celle de ses jeux près de la rivière.

Mes fils. Le souvenir que j'ai de leur naissance et de ses suites est fragmenté. Présent, et pas présent, il ressemble à un livre dans lequel un chapitre central a été retravaillé au hasard – ici un paragraphe entier, là un grand espace blanc, plus loin la fin d'une phrase qui n'a pas de début, et là un commencement sans fin.

Je me rappelle mon corps, serré dans la main de Dieu, mes entrailles si compressées que je ne pouvais que cesser de respirer. J'entendais de profonds grondements. Je ressentais une douleur déchirante. Le bruit de l'eau qui bouillait, et de loin Belle-Mère criait: « Son derrière, c'est son derrière. »

Quand je me suis réveillée, Belle-Mère hurlait. Je ne pouvais pas ouvrir mon œil droit. La douleur dans ma tête, dans mon corps.

Puis mon œil gauche s'est refermé.

La sage-femme criait: « C'est un garçon, c'est un garçon », mais je ne voyais rien. Tout mon visage me faisait souffrir: mon front, mes yeux, mon oreille.

Belle-Mère criait après Belle-Sœur. La sage-femme a dit calmement: « Il y en a un autre. »

Plus tard, Belle-Sœur a expliqué qu'elle l'avait fait exprès pour me réveiller. Je m'étais évanouie sous la douleur du travail. Alors elle avait pris le couvercle de la marmite d'eau bouillante et elle me l'avait appliqué sur le front.

La chaleur du métal m'avait profondément brûlée, et quand elle l'a retiré, la peau est venue avec.

Je n'ai pas pu ouvrir les yeux pendant près de deux jours. Belle-Mère m'a raconté que ma figure avait enflé comme un estomac de poisson desséché quand on le cuit à feu doux. Mon oreille droite pointait de ma tête boursouflée. Mes lèvres étaient plus épaisses que les doigts de Beau-Père. Je me rappelle la douleur lancinante, la blessure qui suintait dans mes cheveux et coulait sur mon visage, je me revois couchée, frissonnant de froid dans les draps trempés de sueur. Et je me rappelle mes fils, leurs cris fluets comme les miaulements de deux chatons.

Je ne suis pas sortie de la maison pendant six mois, et Belle-Mère ne voulait même pas que je reste au soleil. Je n'ai pas lavé d'habits ni ramassé de bois à brûler, ni non plus été au marché avant que mon visage et mon corps aient eu le temps de guérir.

Maintenant je n'ai plus de sourcil droit, plus de cheveux là où le couvercle a touché ma tête – rien qu'un front élargi et bombé, un arc de peau comme un croissant de lune bossu, pâle, plissé, noueux, comme affligé de minuscules veines variqueuses. Mon œil droit est tiré vers le haut, tout mon visage froncé par la cicatrice.

Tout cela, mon mari l'ignore – je suis la seule qui sache écrire.

Il existe un vieux dicton: *N'épouse jamais une femme du Four à Tuiles.* Nous habitons un petit village et le leur est grand. Quand la récolte de patates douces promet d'être bonne, ils viennent pendant la nuit et le matin il ne reste plus rien. Ne cherchez jamais querelle à un homme du Four à Tuiles, dit-on. Ses frères, ses oncles et ses cousins sont trop nombreux.

L'épouse de Chung-shun

Les morts

La terre est remplie par les morts. Ils occupent toute la contrée et vont et viennent dans les rues. Ils se présentent à la porte, se font passer pour des mendiants.
Seule. J'entends toquer, des voix étranges.
Je ne bouge pas, je ne fais aucun bruit.

La Nouvelle Montagne d'Or est pleine de diables. Ils ont des cheveux rouges et de grands nez. Ils sont tous semblables.
Époux est parti pour la Nouvelle Montagne d'Or il y a vingt-deux ans.
Les diables l'ont fait payer pour descendre du bateau. Il a payé pour le bateau et après il a dû encore payer. Tout notre argent. Parce que nous sommes des *Tongyan,* disait-il. Les diables blancs n'ont pas à payer, les diables noirs non plus, seuls les gens du Royaume du Milieu. C'est la taxe locale, a-t-il dit, et c'est pourquoi je n'ai pas pu aller avec lui.
J'ai attendu vingt-deux ans et il est revenu. Il a acheté une concubine. Une sale concubine qui rend les hommes

fous. Son père jouait au *fantan* et au *pakapoo* et il a fumé tout l'argent. Ha! Et puis il l'a vendue pour acheter de l'opium.

Époux l'a emmenée à Canton. Il a payé pour qu'elle apprenne à lire la langue des diables et qu'elle puisse passer leur examen. Il l'a emmenée avec lui. *Que sa grand-mère soit maudite!* Elle a été la première femme à voir la Nouvelle Montagne d'Or.

Époux étant Fils numéro Un, je suis Épouse. Chaque jour je me lève la première. J'utilise de la paille de riz pour allumer le poêle, faire bouillir l'eau, infuser le thé. J'alimente le feu avec des branchages du verger de lychees. Puis je donne à manger à Beau-Père et Belle-Mère.

Chaque jour je vais chercher l'eau à la rivière. Je porte deux grands seaux, je balance mes hanches, je balance les seaux sur la perche d'épaule. Chaque jour je fais ce que Belle-Mère me commande de faire.

Époux a un frère, Fils numéro Deux. Lui aussi a laissé son épouse ici. Il est allé rejoindre Époux dans la Nouvelle Montagne d'Or. Belle-Sœur a des petits pieds comme la femme d'un homme riche, alors elle ne travaille pas dans le champ.

Elle écrit sur les rouleaux rouges, comme ça nous n'avons pas à payer un scribe. Autour de la porte elle a écrit: *Entrez en paix dans la maison, Sortez en paix de la maison.* Elle a écrit au-dessus de la cheminée pour nous protéger pendant que nous cuisinons. Des deux côtés de la fenêtre, elle a écrit. Elle trace de longues boucles à l'encre noire sur les rouleaux rouges, afin que les diables et les fantômes ne viennent pas.

Elle écrit les lettres à mon mari. Je dis : Dis-lui que je suis une bonne épouse – je fais tout ce que Belle-Mère me commande de faire. Dis-lui : Envoie beaucoup d'argent ; dis-lui : Reviens. Elle lui a écrit que je suis incapable, mauvaise épouse – je le sais. Elle lui a écrit : Prends une concubine, ne reviens pas. Elle lit les lettres d'Époux. Elle prétend que concubine a un fils.

Il y a des fantômes partout. Sur les tombes : des monticules de terre avec du gazon pour la tête. Et pas de noms. Où sont les ancêtres ? Qui peut se souvenir ? On déterre les morts, on met leurs ossements dans des urnes. Le verger aux lychees est plein d'urnes. Pas de couvercles, pour que les morts puissent sortir.

Je ne vais pas dans le verger aux lychees. Je dis à Belle-Sœur : Va chercher du bois pour le feu.

La rivière aussi est pleine. Pleine de fantômes noyés. Des bébés filles et des mauvaises femmes et les bébés garçons qui sont tombés malades et qui sont morts. Je dis à Belle-Sœur : Va laver les habits dans la rivière, mais elle a des petits pieds. Je dois quand même rapporter l'eau.

Il y a longtemps, Époux me regarde et me dit : « Femme stupide, qui a peur des fantômes. Ce n'est pas un fantôme, seulement un sale mendiant. » Il boit du vin, me raconte une histoire : ... *Il fait nuit, il pleut très fort. Il rentre à la maison sur la digue de la rizière. Il est saoul et ne peut pas marcher droit. Un fantôme terrible arrive, droit sur lui. Il court, le fantôme le suit. Il court plus vite, plus vite, la lumière du fantôme le suit toujours, faisant des culbutes sur la rizière. Il tombe dans la rizière ; le fantôme se rapproche encore, une grosse boule brillante qui roule, roule vers lui. Il ne peut pas se lever, le fantôme arrive.*

«Et après, et après?» Je cache ma figure dans mes mains.

Époux rit: «Le fantôme a peur, comme la femme stupide. Le fantôme se rapproche, se rapproche, et puis il n'est plus là. Ce n'était que la pluie sur la rizière.»

C'est la nuit. Il pleut. Je ne peux pas dormir. Des fantômes viennent. Ils se tiennent au-dessus de mon lit. Je vois des têtes mais pas de corps, elles ont toutes des visages de filles.

Époux dit que la Nouvelle Montagne d'Or est peuplée de diables blancs. Ils sentent la viande de mouton et le beurre; ils n'aiment pas les *Tongyan.* Mais il y a peu de fantômes dans la Nouvelle Montagne d'Or. Moins d'hommes qui se tuent ou se font tuer. Époux dit: Si on entend quelqu'un derrière la porte dans la Nouvelle Montagne d'Or, ce n'est pas un fantôme, c'est un *Tongyan* ou un *gweilo.* Pas de fantômes les nuits de pluie. Il dit: Dans la Nouvelle Montagne d'Or tous les fantômes sont des fantômes, tu sais.

Je réponds: «Que je le sache ou pas, je n'aime pas les fantômes.»

Quand je mourrai, Belle-Mère et Beau-Père seront morts, Époux sera dans la Nouvelle Montagne d'Or. Qui brûlera des billets d'argent et de l'encens, qui mettra de la nourriture? Qui s'occupera de moi?

Histoire de la concubine

Mei-lin, assise dans l'arrière-boutique, coupait des feuilles à partir d'un immense rouleau de papier brun, qu'elle pliait et collait ensuite pour en faire des sacs, d'une contenance d'une demi-livre, puis d'une livre, de deux, et ainsi jusqu'à cinq livres. Wai-wai était couché à côté d'elle dans son berceau fait dans une caisse de pommes. De temps en temps elle lui souriait, faisait des bruits apaisants de la langue et des lèvres, et lorsque ses mains étaient fatiguées, elle se penchait, lui touchait le visage et le laissait prendre son petit doigt.

Shun attachait des bananes en bouquets, chaque banane liée par la queue à un centimètre et demi d'intervalle, formant ainsi une cascade de fruits jaunes. Quand il eut fini, il suspendit chaque bouquet au-dessus de l'étalage de fruits resplendissants dans la vitrine.

Mei-lin entendit la voix nasillarde du facteur. Elle attrapa Wai-wai et entra dans la boutique. Elle sut, tandis que Shun déchirait l'enveloppe et dépliait le papier jaune, que la lettre était de l'Épouse. Elle observait son visage, le léger plissement de la peau sur le front, ses yeux qui relisaient les lignes. Il replia la lettre avec précision, la remit dans l'enveloppe et la glissa dans la poche intérieure de sa veste.

« Elle veut le garçon », annonça-t-il sans la regarder.

Le bébé gargouilla. Du lait caillé se répandit sur sa chemise, sur le sein de sa mère et une tache sombre s'étala sur le tissu bleu de sa robe. Elle lui essuya la figure avec l'ourlet de son petit habit, tourna les talons, repassa dans l'arrière-boutique et monta l'escalier jusqu'à sa chambre. Elle ferma la porte.

Elle versait de l'eau d'un broc en porcelaine dans une cuvette sur la commode lorsque Shun entra. Il tendit la main pour lui toucher le bras, mais elle se raidit et la main retomba.

« C'est elle l'Épouse, dit-il lentement. Elle n'a pas de fils. »

Mei-lin déboutonna la chemise de Wai-wai et fit glisser ses bras hors des manches. Elle prit un morceau de mousseline blanche, le trempa dans la cuvette et l'essora. Doucement elle le lui passa sur le visage et la poitrine.

Shun posa une main sur son épaule.

Œuf de tortue, pensa-t-elle. *Salaud.* Elle se retourna brusquement, vit ses yeux s'élargir, ses mains se lever. Il recula en trébuchant. Elle s'arrêta, revint vers le bébé.

Elle avait toujours parlé avec soin, des mots fluides, une huile parfumée.

Cochon. Élevé par un chien.

Il se tenait à l'écart, juste hors de portée de sa main. « Je t'ai et tu m'as, plaida-t-il. Qu'est-ce qu'elle a, elle ? »

Paroles de merde. Elle tira une serviette du bout du lit, en enveloppa Wai-wai. Se retourna pour lui faire face, tenant son fils contre son épaule.

« Où sommes-nous ? En Chine ? C'est toi l'Époux ! »

Wai-wai se mit à pleurer. Elle l'agita dans ses bras, émit de doux bruits en claquant la langue.

« Il est le fils aîné, il faut qu'on l'envoie au pays, comment aurait-il une éducation…

– Quand il sera assez grand, bien sûr, on l'enverra au pays, mais pourquoi maintenant? Ce n'est qu'un bébé ! »

Shun détourna les yeux, ne dit rien.

« Si tu as du sentiment pour moi, trouve donc le courage… » Elle essaya de le toucher, mais il s'écarta.

« Elle sait que le cousin Gok-nam rentre au pays, dans deux ans peut-être. » Shun s'interrompit, lui lança un regard. « Sa femme pourrait s'occuper de lui sur le bateau. »

Ce soir-là Mei-lin fit cuire du riz, de l'os de porc et de la soupe *puha*: rien d'autre. Elle mit sur la table deux paires de baguettes, deux cuillères en porcelaine, deux bols à riz vert pâle. Elle servit le père de son fils et son frère, puis s'assit à l'écart de la table, tenant Wai-wai sur ses genoux. Elle les regarda sucer la moelle grasse, le cartilage gélatineux, détacher la viande grise d'un coup de langue, et laisser les côtes et les jarrets blanchis sur la table. La ligne de la marée sur la surface en bois.

Des heures plus tard, couchée dans le lit, elle entendit Shun monter l'escalier – ce craquement de la cinquième marche à partir du haut, sa façon de peser davantage sur sa jambe droite. Elle tourna le dos à la porte et tira le couvre-lit tissé en coton sur sa nuque. La porte s'ouvrit, se referma avec un déclic. Elle entendit le métal des bretelles frapper le plancher, sentit le matelas bouger quand il grimpa dans le lit. L'odeur des cigarettes. Du vin Ng Ga Pei.

Elle ne s'était jamais refusée à lui. Chaque soir elle lui avait massé les pieds, embrassé le pénis, lui avait raconté de petits mensonges. Leur chambre était *une tente d'hibiscus*: quand ils n'étaient pas couchés ensemble comme les nuages avec la pluie, elle lui frottait les épaules et la nuque, l'aidait à s'endormir. Il avait payé cinq cents *man* pour elle. Mais elle avait su se faire aimer de lui.

Il souleva le haut de son pyjama, glissa ses mains rugueuses dans son pantalon, lui griffa les fesses, les hanches, les seins. Elle essaya de se retourner, de le repousser, mais il la tenait, s'enfonçait durement en elle. À la fenêtre, les rideaux de dentelle se gonflaient puis retombaient. Dans un petit rectangle de ciel, elle voyait des nuages éclairés d'une lumière fantomatique, voler, s'éloigner, mais elle ne pouvait pas respirer, ne pouvait pas ouvrir la bouche ni se libérer. Elle entendit un cri qu'elle ne reconnut pas, se retourna brusquement, lui laboura les joues de ses ongles.

« Salope ! » Il lui donna un grand coup au visage. Se leva, attrapa ses habits.

La porte claqua, il dévala l'escalier en jurant et sortit par la porte de derrière. Wai-wai hurlait. Elle resta sur le lit, tremblante, berçant son visage en sang, le corps enroulé comme un poing fermé.

Des tranches de corbeau

Il était plus de minuit. Le vent du nord avait fraîchi et Shun frissonnait. Il avait quitté la maison dans un élan aveugle, en pantoufles, vêtu seulement de sa chemise froissée et de son pantalon. Une pluie très fine se posait sur ses cheveux et sur sa peau.

Ce soir-là il avait fermé la boutique de bonne heure, avant dix heures, et il était resté assis dans la cuisine longtemps après que Yung fut allé se coucher. « Marché demain matin, avait rappelé son frère. J'irai. » Il l'avait dit un peu trop fort, avec une certaine allégresse, et Shun l'avait regardé, il l'avait regardé monter l'escalier, et il avait pensé à Mei-lin et Wai-wai endormis là-haut, et aussi à sa femme chez eux en Chine.

Il finit la bouteille d'alcool de riz rangée dans le placard, celle que Mei-lin utilisait pour la cuisine, et ensuite il en ouvrit une autre. Il avait chaud et il savait que sa figure était rouge comme celle d'un homme qui n'a pas l'habitude de boire. Il versa le liquide brunâtre dans son verre ; il avait une odeur d'écorce d'orange mêlée à de l'alcool fort. Ses lèvres s'étirèrent en un mince sourire. « *Gon booi,* dit-il, vide ton verre », en levant le sien aux chaises inoccupées, à la bouilloire qui refroidissait sur la cuisinière.

Il aurait voulu libérer son esprit, comme Ah Wing qui dépensait tout son argent en tickets de *pakapoo,* en allant voir *les femmes de cent hommes,* et qui n'envoyait jamais rien chez lui. Mais Ah Wing était maudit, maudit par sa mère et maudit par son père : un homme qui, à sa mort, ne trouverait jamais le repos, il serait destiné à errer sans que personne ne dispose de nourriture pour lui, sans que personne ne brûle de billets ni d'habits ni de maisons en papier. Un mendiant affamé.

Shun chercha dans sa veste sans trouver la poche, puis il s'aperçut qu'il cherchait du mauvais côté. Là, dans la doublure, un bruit de papier. Il sortit l'enveloppe et lut les mots lentement – c'était bien son nom, c'était bien son adresse. Dans ce désert, même son nom était devenu une chose qu'il avait du mal à comprendre.

Wong Chung-shun
Époux
Épouse
Mère de son Fils.

Il soupira, leva son verre. Dans la lumière la liqueur jetait des feux orange, dorés, pareils à de l'écaille de tortue, comme le peigne lisse que Mei-lin portait dans ses cheveux noirs huilés. Il repoussa sa chaise, laissa l'enveloppe, le verre plein sur la table et marcha vers l'escalier d'un pas inégal. Sa jambe le faisait souffrir ; il boitait toujours plus fort quand il était fatigué. Il voulait, désespérément…

Il l'avait regardée le soir retirer les peignes de ses cheveux, qui se déroulaient alors lentement, coulant le long de son dos comme s'ils étaient vivants. Lorsqu'elle venait le rejoindre, couché dans le lit, ils retombaient sur lui, le ligotaient, et il l'imaginait sortie de l'eau, avec sa chevelure épaisse, luisante comme des algues noires.

Il aimait les petits halètements qu'elle laissait échapper quand il entrait en elle, encore et encore. Il aimait sa petitesse, il aimait pouvoir la soulever et la faire bouger comme une poupée. Quand il l'avait vue pour la première fois, que son père lui avait permis de l'apercevoir derrière le rideau, il avait su. Il avait voulu la prendre. Venir par-derrière et l'attirer dans le noir, avant qu'elle ne voie son visage. Avant qu'elle ne sache son nom. Dès cet instant, il avait su qu'il la prendrait. Qu'il la posséderait.

En lui retirant sa lingerie, il savait qu'il pouvait la briser s'il ne faisait pas attention. Ou s'il le voulait.

Des poissons dans l'eau, voilà ce qu'ils étaient – ce qu'ils avaient été. Mais à présent il était jeté par les rues humides et il ne lui restait plus rien qui lui donnât envie de rentrer. Il marchait sans connaître sa destination, l'acte de marcher ayant sa propre fin, qui était de méditer. Il fit le tour du Bassin où, dans le vide du parc, les palmiers agitaient leurs têtes noires aux pointes acérées ; il remonta Buckle Street en direction de la caserne ; tourna à droite dans Tory Street, passa devant le clocher de l'école de Mount Cook ; enfin il prit à gauche, il était dans Haining Street.

La rue était sombre et silencieuse ; certaines maisons semblaient inoccupées, les fenêtres aux volets fermés comme autant de visages noirs sans yeux où auraient poussé des paupières. Shun s'arrêta devant le numéro 34. Il dépassa la porte de la maison où Ah Wing vivait dans une petite pièce, et s'engagea dans un étroit passage.

« *Hoi moon*, cria-t-il en direction d'une fenêtre du premier étage, ouvre ! » puis il attendit près de la porte latérale. Elle était doublée d'acier, sans loquet ni bouton de porte.

Une faible odeur familière, douce et terreuse, se glissait dans l'air frais.

En haut, quelqu'un tira sur une corde. Shun entra, et le morceau de bois au pied de la porte pivota pour la refermer. Il se trouvait maintenant dans un petit espace, face à une autre porte doublée d'acier.

« *Hoi moon.* »

La porte s'ouvrit, il suivit le couloir et monta un escalier à travers des vapeurs de plus en plus fortes ; ses pantoufles claquaient sur le bois des marches.

En haut la trappe était ouverte, une plaque de métal posée à côté. À cause de la fumée épaisse, de l'air chaud et opaque, il eut un mouvement de recul et retint son souffle. Ah Keung releva un coin de lèvre pour marquer qu'il le reconnaissait, mais ses yeux ne souriaient pas.

Au milieu de la pièce une petite lampe, dont la flamme brûlait dans une cloche de verre, fournissait l'unique éclairage. Deux hommes l'entouraient, sur des paillasses, leurs figures d'oiseau mises en relief par la lumière. L'un préparait sa pipe en trempant une longue aiguille dans la flamme ; l'autre, couché sur le côté, la tête appuyée sur un oreiller en bois, les épaules et le dos courbés, tirait sur une pipe de bambou, absorbant la fumée en une longue goulée. Contre le mur du fond se dessinaient les ombres de trois ou quatre hommes allongés sur des bancs de bois.

Shun avait fumé des *tranches de corbeau* deux ou trois fois peut-être et plutôt à contrecœur, juste après son accident quand la douleur dans sa jambe avait été trop dure à supporter. À présent, tout ce qu'il voulait c'était la délivrance – que ses muscles fatigués se délassent et que son esprit se libère.

Il observa Ah Keung qui trempait une longue épingle à chapeau dans un sachet de caramel sombre et la faisait tourner pour enrober son extrémité. Il la chauffait sur la flamme et la retrempait, la faisait tourner et la relevait, puis recommençait jusqu'à ce que se forme une grosse perle conique. Il fit rôtir la perle qui se mit à bouillonner, puis il l'enfonça dans le fourneau d'une pipe en bambou, poussa l'épingle jusqu'au fond, et la retira.

Shun prit la pipe. *Ah foo yung, hibiscus*, pensa-t-il; *ah foo wing*, fait prisonnier pour toujours. Il s'allongea sur une paillasse, la tête et la nuque reposant sur un oreiller en bois, passa le fourneau sur la flamme et porta la pipe à sa bouche, le corps courbé comme un arc tendu.

Ferme tes yeux maintenant et écoute, car c'est un conte transmis à travers les âges, l'histoire d'une jeune fille qui rêvait d'avoir un mari, pourtant on n'en trouvait pas pour elle. Désespérée, elle rechercha des amants, mais tous reculaient horrifiés, car sa peau était profondément grêlée.

Enfin, incapable de supporter sa solitude plus longtemps, elle but du poison, et tandis qu'elle agonisait elle prononça une malédiction contre chaque homme qui l'avait dédaignée. «Pendant ma vie vous m'avez repoussée, dit-elle, mais dans ma mort vous donnerez tout ce que vous avez, et même plus, tant vous me désirerez.»

Après sa mort, chacun des hommes succomba à une étrange maladie. Les docteurs cherchèrent partout un moyen de les guérir, mais ils n'en trouvèrent aucun. Puis, un jour, un herboriste découvrit une plante inconnue qui poussait près de la tombe de la jeune fille. Elle était haute, avec des fleurs rouges flamboyantes, qui possédaient chacune quatre larges pétales. Lorsque les pétales tombaient, ils laissaient une grosse capsule verte. L'herboriste coupa l'une des capsules et recueillit le liquide épais, laiteux. Il le mélangea à de l'alcool de riz et le donna à l'un des hommes.

Aussitôt il guérit.

Ils burent tous de ce liquide. La douleur et l'angoisse quittèrent leurs corps et ils furent emplis d'un calme qu'ils n'avaient jamais connu. Leurs sens s'aiguisèrent, leurs esprits s'ouvrirent, et une belle jeune femme à la peau très blanche leur fit signe.

Puis elle disparut.

Les hommes retombèrent malades. Ils voulaient trouver le soulagement mais c'était impossible. Ils reprirent donc du liquide.

Leurs corps s'apaisèrent, comme s'ils s'endormaient, leurs esprits se mirent à bourgeonner et à épandre leurs rameaux. La femme les appela, puis elle disparut.

De nouveau, ils furent malades, le corps, l'esprit torturé de désir et de désespoir. Chaque fois qu'ils buvaient le liquide, ils allaient mieux, mais chaque fois que la femme disparaissait, ils étaient plus malades que jamais.

Vinaigre

Shun rentra chez lui deux jours plus tard, empestant cette odeur suffocante, douceâtre, les pupilles réduites à des points minuscules au fond de ses yeux noirs. Mei-lin retint son souffle. *Il avait le même âge que son père.* Elle le regarda monter l'escalier et il dormit encore une journée.

Jusqu'à ce qu'il se réveillât, qu'il se fût lavé et débarrassé de la puanteur de sa peau, de ses cheveux, de sa bouche, jusqu'à ce qu'elle eût pu effacer l'odeur fétide de ses habits et des couvertures en les faisant bouillir dans de l'eau savonneuse, elle dormit sur le sol dans un édredon, tenant Wai-wai dans ses bras.

Ensuite elle revint dans le lit de Shun, mais elle se couchait toujours tôt, se détournait quand il montait l'escalier, et ne changeait plus de position avant de l'avoir entendu respirer plus lentement, glissant dans l'oubli.

Le dimanche, après avoir pris leur petit déjeuner et nettoyé la boutique, Shun et Yung partirent comme d'habitude pour Haining Street. Shun ne s'arrêta pas pour boire du thé avec son frère, il se rendit tout droit chez Ah Chong.

Dès qu'il s'engagea dans le passage menant à la cour derrière la maison, il sentit l'odeur du rôti de porc. Il demanda un morceau de selle maigre et l'inspecta attentivement. La peau était-elle croustillante ? La viande était-elle entrelardée juste comme il fallait ? Il fit le tour d'autres gargotes où il acheta des *dim sum*, des nouilles fraîches et des petites tartes à la crème, puis il rentra directement chez lui.

Mei-lin, serrant Wai-wai contre elle, regarda ses plats préférés – et refusa de les manger.

Ce soir-là, Shun engagea son frère dans une partie de cartes, et parla avec lui sans conviction des puissances impérialistes, de la chute imminente de la dynastie, de l'espoir de la nouvelle République. Yung cita Liang Qichao : *Si l'on veut conserver l'ancien, on doit faire quelque chose de neuf chaque jour.* Mais Shun ne comprenait pas. Il s'en moquait. Pour lui, le monde était devenu comme un film, muet, privé de couleur, une série de mouvements artificiels ponctués par le son d'un piano déchaîné.

Les jours et les nuits passaient devant lui. Il regardait la mère de son fils et remarquait le silence qui s'installait entre eux.

Ils eurent une nouvelle dispute. Une seule. « Personne n'envoie son bébé au pays sans sa mère, argumenta Mei-lin, même avec une autre femme. Et la dysenterie ? Et ensuite, quand le bateau aura accosté, combien de temps faudra-t-il pour arriver au village ? Et les bandits ? Et les inondations ? Et la famine ? »

Il évitait son regard.

« Qu'est-ce qui te prend ? Tu es fou ? Ou tu es lâche ? »

Il faillit la frapper, mais l'expression de son visage le retint. Son air dur, assuré, le pli hostile de sa bouche.

« Toute la journée elle ne fait que *boire du vinaigre*, reprit-elle. C'est une tigresse. Pourquoi fais-tu ça ? Quel pouvoir a-t-elle sur toi ? »

Il y a bien longtemps, avant la naissance de Shun et de sa femme ou même avant qu'ils aient été conçus, le père de Shun entendit des cris venus de la rivière en crue – il avait plu pendant des semaines. Il laissa tomber la perche de son épaule sans voir les légumes s'éparpiller. Il sauta dans l'eau et tira l'homme qui se noyait sur la berge.

Plus tard, l'homme lui promit sa première fille.

Shun avait quatorze ans, sa femme trois de plus, quand ils se rencontrèrent, le jour de leur mariage. Après le cochon rôti, le vin et les feux d'artifice, il releva sa coiffe rouge. Et détourna les yeux.

Son visage était large. Il était grêlé, couturé, sa bouche tordue comme la torsade du beignet à la vapeur appelé *cha siu*. Il alla se coucher avec elle et fit semblant de dormir.

Elle travaillait dur. Elle allait chercher l'eau à la rivière. Elle récurait le tonneau des latrines. Les jours de fête elle cuisinait pour lui et ses parents leurs plats favoris – du poulet à la peau croustillante, des poissons entiers à la vapeur, de la soupe sucrée aux champignons oreilles-de-neige.

Elle était pour lui comme une sœur aînée autoritaire. *Bruyante et agaçante comme un diable.*

Il grandit. Il inventait des histoires de fantômes auxquelles elle croyait toujours. Il apprit à se moquer d'elle.

Un soir il but, ferma les yeux et se boucha les oreilles – et coucha avec elle.

Elle mit au monde des filles et pleura toutes les larmes de son corps quand on lui prit la deuxième et la troisième. Sa bouche se durcit dans sa figure déjà déformée ; ses yeux devinrent secs comme des petits morceaux d'obsidienne.

Elle se plaignait. Elle tempêtait. Elle *répandait du poivre.*

Shun partit pour la Nouvelle Montagne d'Or.

À son retour, il la reconnut à peine. Sa peau était sombre et ridée comme le cuir d'un pauvre hère. Son dos commençait à se voûter. Seuls sa bouche tordue et ses yeux d'obsidienne lui étaient familiers.

Comment pouvait-elle s'opposer à ce qu'il prît une concubine ? Elle n'avait pas produit de fils. Elle offrit sa servante. Une enfant qu'elle pouvait entièrement contrôler.

Lorsqu'elle vit Mei-lin, et comme elle l'avait ensorcelé, « Donne-moi un fils, supplia-t-elle. Donne-moi un fils. »

Il la regarda et secoua la tête, incrédule. Comment pouvait-elle espérer concevoir ? Il la plaignait vraiment.

Couché dans le noir, il pensa désespérément à Mei-lin. Mais quand il toucha la peau rude, sentit son haleine – à force de mâcher de la canne à sucre pendant des années, ses dents avaient pourri –, son pénis s'amollit.

Shun se réveilla. Dans la demi-lumière il contempla les cheveux de Mei-lin contre la blancheur de l'oreiller, la pâleur de sa peau, ses lèvres en bouton de rose.

Couché à son côté il se trouva vieux, flétri. Son *ch'i* se desséchait, sa chair se transformait en os.

La petite esclave

Mei-lin sentit la main sur son bras et se retourna. Wai-wai avait rampé derrière elle, alors qu'assise sur une caisse de pommes elle reprisait une chaussette en attendant les clients, et à présent il poussait de la tête contre son ventre. Elle posa l'aiguille et le prit. Il se blottit contre elle, lui tenant le sein de ses doigts minuscules, reniflant sa peau tandis qu'elle aussi pressait son visage contre lui, le respirait. « *Ho dak yi*, chuchota-t-il, adorable, bon-à-embrasser. » Puis, plus fort : « Bonne à rien d'esclave ! »

Mei-lin rit. Elle lui avait chuchoté des mots tendres, puis elle avait crié à voix haute : « Bonne à rien d'esclave ! » pour que les esprits croient qu'il n'était qu'une fille, qui ne valait rien, et qu'ils n'aillent pas le lui voler. Et il s'était rappelé chaque mot qu'elle avait employé, le ton exact, plein d'amour et de désespoir, et les avait restitués. Les mots dansèrent dans son foie, chauds et légers, avant qu'elle prenne conscience de ce qu'il avait vraiment dit, un bébé qui parle sans comprendre. Le serrant contre elle, sentant la douceur de sa peau contre son visage, elle se pénétrait de son odeur de lait. Mais maintenant il se débattait, il voulait aller jouer avec des caisses et des journaux, avec le grillon que son père avait placé pour lui dans un bocal en verre, où il avait ajouté des épluchures de fruits. Elle le posa par terre et le regarda s'éloigner de son pas chancelant.

Chaque semaine, quand le père de son fils n'avait pas besoin d'elle à la boutique, elle rendait visite à des connaissances, chacune à tour de rôle. Chez une marchande de légumes, une blanchisseuse, dans une épicerie chinoise ou dans la cuisine d'une autre ménagère. Elle buvait du thé en échangeant des commérages sur ce qu'il se passait au pays – qui avait mis au monde un fils et qui seulement une fille, quelle maison avait été emportée par les inondations et quelle récolte pillée par des bandits. Tandis qu'elles mangeaient, buvaient et bavardaient, elle se souvenait des enseignements du père de son fils.

« Quel espoir avons-nous, disait-elle, à moins d'être délivrés de la corruption impériale ? Le nouvel Empereur n'a que trois ans et le Régent est faible et dominé par les puissances étrangères. Pourquoi pensez-vous que les *gweilo* nous traitent avec autant de mépris ? Est-ce qu'ils traitent les nains de l'Est de cette façon ? Non, le Japon compte parmi les pouvoirs impérialistes, tous avides de notre terre et de notre sang. »

Elle s'arrêtait, essayant de se rappeler comment son beau-frère exprimait ces idées, car Yung, lui, savait mieux présenter les arguments ; si elle pensait trop longtemps au père de son fils, à ses paroles, à sa figure, à ses mains, elle avait envie de cracher, de crier, elle avait envie de...

« Notre patrie a besoin de nous, poursuivait-elle. Mais que pouvons-nous faire ? Il nous faut renverser la Douairière. Nous ne sommes pas des Mandchous, nous appartenons à la dynastie Tong, pas à celle des Ching. Nous devons faire entrer la Chine dans l'âge moderne.

Parlez à vos maris. Persuadez-les de donner pour la fondation de la République. Et surtout d'être généreux. Sun Yat-sen est l'un des nôtres. Il parle notre langue. Il a vécu outre-mer. Il a appris à travailler outre-mer. Il connaît notre détresse. Lui seul sait comment rendre sa force à la Chine. Alors seulement nous pourrons tenir la tête haute et affronter les barbares de face. »

Ainsi Mei-lin soutenait le travail de Yung – et du père de son fils. Et la cause des *Tongyan* et des femmes, parce que, dans la Chine moderne, elle espérait que les femmes aussi seraient instruites, comme la femme et les sœurs de Sun Yat-sen. Pensez aux femmes de la Révolution française, qui avaient osé prendre en mains leur propre destin, avait dit Yung. Mei-lin se souvenait de chaque parole du frère du père de son fils, un homme qui lui montrait des égards en lui parlant ouvertement, intelligemment, de la cause.

La plupart des femmes à qui Mei-lin rendait visite, ainsi que leurs maris, la traitaient avec respect. Ils savaient qu'elle travaillait dur, qu'elle avait gagné le droit d'être là. Pas comme les femmes laissées au pays qui disposaient de servantes et de l'argent envoyé par les époux. Ici chaque femme travaillait nuit et jour. Et elle autant que les autres. Seuls certains membres de *sa* famille la considéraient avec mépris.

Moins de trois mois plus tôt, quand elle était allée voir la femme du cousin Gok-nam (parce que jusque-là Gok-nam n'avait promis que cinq livres de contribution), cette idiote s'était mise à jacasser à propos du projet de retour.

« Ne va donc pas t'inquiéter pour Wai-wai, c'est pour son bien, tu ne veux pas qu'il grandisse comme les *gweilo la*? *Aaaiyaa.* Grande Mère va le gâter, l'adorer, il est si mignon, et ne t'en fais pas, je veillerai sur lui pendant la traversée comme s'il était l'un des miens et quand il reviendra, tu ne le reconnaîtras pas, tellement il sera grand, intelligent, exactement comme son oncle... »

Mei-lin eut envie de la gifler. Cette femme connaissait exactement ses sentiments à propos de Grande Mère et du départ de Wai-wai, et il fallait qu'elle retourne le couteau dans la plaie.

« Qu'est-ce que tu en sais ? » répondit-elle, en lançant un regard dur à sa cousine. « Ce n'est pas comme si tu avais des fils.

– *Aaaiyaa*, dit la cousine en écarquillant les yeux, Grande Mère a le droit *la*, après tout tu n'es qu'une... » Son regard se rétrécit. « Il paraît qu'il a payé cinq cents *man* pour toi, une belle somme étant donné que ton père était... tu as de la chance d'être jolie, autrement tu aurais fini comme esclave, à dormir par terre dans la maison d'un homme riche *la*, et qu'est-ce que tu crois qu'ils t'auraient fait, sinon le maître, au moins les fils et les serviteurs...

– Garce ! Je ne suis peut-être pas une épouse, mais je lui ai donné un fils. Et *toi*, tu as fait quoi ? Pourquoi tu crois qu'il veut retourner ? Il te laissera là-bas pour servir sa mère et son père, et comment penses-tu qu'ils vont te traiter ? Si ta belle-mère te bat, qui va te plaindre ? Ça n'aura vraiment aucune importance que tu sois vivante ou morte. De toute façon, il dira aux autorités que tu es morte en Chine, et il ramènera une autre femme. Une femme plus jeune et plus jolie. Qui lui donnera un fils. »

Mei-lin n'y était pas retournée, et la femme du cousin Gok-nam n'était pas revenue non plus. Avant, elle venait au moins une fois par semaine pour dégoiser sans fin sur qui repartait au pays, qui avait gagné de l'argent en jouant au *fantan* ou au *pakapoo* – et pour manger le gâteau cuit à la vapeur de Mei-lin, réputé être le meilleur de Wellington. Shun lui avait demandé une ou deux fois si elle avait parlé à la cousine. Son époux n'avait toujours pas donné plus d'argent.

Mais soudain, ça n'avait plus d'importance. Le cousin Gok-nam avait tout perdu en jouant au *pakapoo* et maintenant il ne pouvait plus retourner au pays, sans parler de donner de l'argent à la Révolution. Quand Shun le lui apprit, Mei-lin s'excusa et monta en courant dans sa chambre. Elle referma la porte et éclata de rire. Elle se jeta sur le lit en essuyant ses larmes, le corps tremblant, tremblant, comme si quelque chose de dur et de très petit, noué à l'intérieur de son corps, se fût soudain libéré.

Une petite main poisseuse lui toucha le poignet. « Mange *la*, mange *la*. » Wai-wai lui offrait avec insistance un biscuit trempé, à moitié mangé, des miettes humides collées à ses lèvres, sur la joue et le menton, quelques-unes éparpillées sur sa chemise.

Mei-lin sourit. Était-ce le biscuit qu'elle lui avait donné la veille ? Où le petit chenapan l'avait-il caché ? « Merci, c'est gentil. » Elle lui rendit le reste de biscuit. « Mange *la* », dit-elle doucement, s'essuyant le coin de l'œil du dos de la main, et le prenant dans ses bras.

Le téléphérique

Les dimanches étaient toujours un luxe : le jour de la semaine où tout le monde dormait au moins une demi-heure de plus. Mei-lin se levait à six heures. Elle allumait le feu dans la cuisinière à charbon et faisait bouillir l'eau, ouvrait la boîte en fer-blanc de thé Oolong et sentait les feuilles noires. Elle aimait cette odeur fumée, presque musquée. Après que son père eut tout perdu au jeu, avant qu'il ne la vende, il n'y avait pas eu de thé, rien que des tasses d'eau bouillie. Elle en mettait une cuillerée rase dans la théière en porcelaine, ajoutait de l'eau bouillante, regardait les feuilles s'élargir, se dérouler, les tiges plus légères flotter à la surface de l'eau qui prenait couleur. Elle reposait le couvercle et replaçait la théière dans son panier en osier capitonné. Puis elle commençait à préparer le gruau de riz. Elle utilisait la plus grande casserole, lavait le riz jusqu'à ce que l'eau devienne claire, ajoutait des os de porc marinés et rôtis avec de l'ail, du gingembre, de l'alcool de riz, du sucre et du soja. Elle posait la casserole sur la cuisinière, la remplissait aux deux tiers d'eau bouillante, ajoutait encore plusieurs tranches de gingembre, et penchait légèrement le couvercle pour éviter que l'eau déborde.

Les frères se levaient à six heures et demie. *Jo san*, il est tôt, se disaient-ils en se croisant dans l'escalier. Ils buvaient leur thé, puis Shun nettoyait la boutique à la soude, au savon et à l'eau chaude. Il essuyait les rayonnages, les étagères et la vitrine, la caisse et la balance. Il frottait le sol et refaisait l'étalage. Il rentrait les fruits bien mûrs et les plaçait sur les rayons, disposant les plus frais, les plus attrayants juste derrière la vitrine. Et un jour, il s'arrêta un instant, regardant à travers la vitre la rue vide, les boutiques sombres – la boucherie *Mackensie*, le drapier *Wilson*, la pharmacie *Krupp* – et le ciel bleu et clair.

Dans l'arrière-boutique, Yung construisait une sorte de comptoir fait de caisses de pommes posées verticalement. Il allumait une lampe à pétrole puis entrait dans la pièce où mûrissaient les bananes. Il restait un moment dans la pénombre, respirant l'odeur du gaz, puis ressortait, clignant des yeux à la lumière, en portant une cagette de bananes qu'il déposait sur l'une des caisses de pommes. Il rapportait deux cagettes vides qu'il prenait dans la pile près de la porte de derrière et les posait de chaque côté de celle qui était pleine. Puis il triait les bananes en trois catégories: vertes, à demi mûres, mûres – et les rangeait soigneusement dans les cagettes correspondantes. En travaillant il chantait des airs d'opéra cantonais, des chansons populaires, des chansonnettes qu'il inventait au fur et à mesure, tout en continuant à sortir des caisses de la pièce à la lumière trouble et blafarde où mûrissaient les bananes. Lorsqu'il avait fini de les trier, il remettait au fond celles qui étaient encore vertes, laissait celles qui étaient à moitié mûres près de la porte, puis il emportait les meilleures dans la boutique. Tous les fruits talés ou trop avancés – pommes et poires avec des taches brunes de pourriture, bananes mouchetées, certaines montrant des meurtrissures à travers leur peau jaune –, il les plaçait dans les bacs à prix réduit pour la pâtisserie, les compotes, ou pour faire frire. Des salades de bananes. Il ne comprenait pas l'anglais – la langue, comme les gens, changeaient les règles. Ils faisaient cuire une banane et l'appelaient salade ; ils mangeaient de la laitue crue et l'appelaient salade. Il secoua la tête et sourit. Quand, dans les grandes occasions, il faisait bouillir de la laitue et versait dessus des pleurotes agrémentées de sauce, est-ce que ça devenait aussi de la salade ?

À sept heures quarante-cinq, Mei-lin les appela pour le petit déjeuner. Ils se lavèrent les mains et vinrent à table.

« C'est une belle journée, dit Yung en parsemant son gruau d'oignon nouveau. Chaude et pas trop de vent. » Il aspirait bruyamment, avec bonheur, sa nourriture. « Aujourd'hui j'ai pensé qu'on pourrait faire quelque chose de différent. »

Tous les dimanches, les hommes se rendaient à Haining Street pour manger et boire en échangeant des nouvelles avec des cousins de leur village et d'autres, originaires de leur région. Avec n'importe quel Chinois, en fait : les accents pouvaient être différents, même difficiles à comprendre parfois, mais ici, dans la Nouvelle Montagne d'Or, ils étaient tous frères. Mei-lin restait à la maison avec Wai-wai ; de temps en temps elle l'emmenait en visite chez les rares femmes venues à Wellington et leurs enfants.

Les *sai yan*, les Occidentaux, faisaient des sorties le dimanche. En été ils pouvaient se retrouver au Bassin de la Réserve ou prendre le ferry pour la baie de Days, ou encore aller nager le long d'Oriental Parade. Même les femmes le faisaient. Yung en avait vu quelques-unes. Il y avait foule (essentiellement des hommes) pour assister au spectacle et admirer l'audace des dernières tenues de bain. Les costumes montraient les bras et les épaules, le haut du buste et un V de chair dans le dos ; ils exposaient même les cuisses. Quand le tissu était mouillé, il adhérait à chaque courbe et ne laissait pas grand-chose à l'imagination.

Mrs McKechnie lui avait parlé du téléphérique, lui expliquant qu'il y avait une cabine au sommet et une autre en bas, l'une montait, l'autre descendait, elles se croisaient au milieu et s'arrêtaient à chaque station au son d'une cloche. Elle lui avait aussi parlé du grand kiosque au sommet où les jeunes gens emmenaient les jeunes demoiselles prendre le thé et des gâteaux, pour le prix de six pence.

« Il monte la colline jusqu'à Kelburne, dit Yung, et de là on voit les montagnes, les maisons et le port. On peut redescendre avec si on veut ou bien revenir à pied par le jardin botanique. Je crois que je vais prendre un tram et ensuite le téléphérique. Je peux emmener Wai-wai. Ce sera gratuit pour lui et il va adorer les machines. »

Shun leva les sourcils. Ils n'avaient jamais pris de tram, sans parler du téléphérique. Les tramways coûtaient un penny, ils allaient donc partout à pied.

« Le téléphérique ne coûte qu'un penny pour un aller-retour, dit Yung. Ce ne sera pas amusant, Wai-wai ? »

Wai-wai se mit à supplier son père. Shun avait toujours du mal à lui dire non, et il n'aimait pas l'idée que son fils de quatre ans connût plus de choses que lui. Il irait aussi.

Son regard se porta de l'autre côté de la table, à travers les petites volutes de vapeur qui montaient des bols de gruau, et il vit la déception se peindre sur le visage de Mei-lin.

Pourquoi pas? pensa-t-il et il lui sourit. «La mère de Wai-wai peut venir aussi.»

Mei-lin sentit des larmes lui monter aux yeux. Elle cligna des paupières, s'obligea à les refouler. Elle n'avait jamais participé à une sortie, jamais pris un tram ni un téléphérique. Elle regarda le père de son fils. Cela faisait des mois qu'elle lui parlait à peine.

Cette nuit-là, Shun se réveilla avec Mei-lin dans ses bras. Pourquoi ne l'avait-il pas fait plus tôt? Lui écartant les cheveux des yeux, il lui dit qu'il allait préparer une adoption. S'ils ne trouvaient pas le garçon qu'il fallait à La Melonnière, ils chercheraient un Wong des villages de Pierre Blanche ou du Cap de la Pinède. Ils trouveraient un Fils numéro Deux pour sa femme là-bas en Chine.

Un champ

Cela paraissait la question la plus étrange que l'on puisse se poser alors que l'on se connaissait depuis si longtemps, peut-être la plus difficile, s'agissant d'une chose aussi intime. Pour n'importe qui, Katherine aurait su – elle savait que le boulanger voisin s'appelait George, même si elle l'appelait toujours Mr Paterson. Tout le monde le savait. (Les tourtes de George étaient fameuses à Newtown, et dans tout Wellington à en croire les bavardages.) Mais personne ne connaissait les prénoms des Chinois. Parfois quelqu'un pouvait dire Mr Wong ou Mr Choy. Mais en général c'était le Chinois à côté des Paterson ou le John au coin de Tory et de Webb. Ils s'appelaient tous John, les Chinois. Et même si quelqu'un se donnait la peine de demander, qui pouvait s'en souvenir ? Leurs noms étaient comme ces oiseaux qui ne reviennent jamais à terre.

Katherine avait peur de demander. Peur qu'il lui dise son nom et qu'il volette près de son oreille, de sa joue, de sa langue, et puis qu'il disparaisse. Comment pourrait-elle le lui demander ? Une première fois, une seconde ? Comme si son nom n'avait pas d'importance. Comme s'il lui fournissait simplement un service pour lequel elle le payait puis le congédiait.

Il enveloppait des navets dans une page de l'*Evening Post* et elle avait cru qu'il allait ouvrir ses belles lèvres pleines pour lui répondre. Sans s'en rendre compte, elle avait incliné un peu son visage, regardant toujours intensément ses yeux sombres, sa bouche, tendant l'oreille comme si elle déployait un filet. Mais au lieu de cela, il s'était penché plus près et avait levé la main gauche, ouverte, pour qu'elle la vît. Elle ne comprenait pas, pourtant elle avait regardé dans sa paume, comme pour lire sa ligne de vie, sa ligne de cœur, celles qui indiquaient le nombre d'enfants qu'il aurait. Puis il avait levé son index droit, tel un crayon, et tracé plusieurs traits dans sa main.

« Wong », dit-il, et il recommença lentement, gentiment, comme pour un enfant. « Mon nom a de l'helbe en haut », expliqua-t-il, traçant une courte ligne horizontale sur sa peau puis deux petites lignes verticales traversant la première. Et encore, dessous, une plus longue ligne horizontale.

Un nom, songea-t-elle, est un son qui s'efface, et voilà qu'il apparaissait, qu'il avait une présence physique, une forme sur la peau.

« Le ventle de mon nom est un champ », ajouta-t-il, dessinant une grille qui ressemblait à une fenêtre. Une fenêtre découpée en quatre petits carreaux. C'est curieux, se dit-elle, la façon dont les Chinois dessinent les fenêtres, d'abord les trois côtés de l'encadrement, puis les deux barres à l'intérieur et à la fin seulement l'appui de la fenêtre, comme s'il n'y avait pas besoin de fermeture, à moins qu'il n'y ait quelque chose d'important à enfermer. Non, un champ, se rappela-t-elle, pas une fenêtre sur l'avenir, quelque chose de plus terre à terre. Et maintenant deux petits traits par-dessous, comme deux jambes courtes qui dansent, pour présenter son nom au monde.

Elle le regarda écrire son nom de baptême (mais qu'est-ce que ça veut dire, de baptême ?), « *Chung* », disait-il maintenant, et elle était perdue, quelque part après le symbole pour la Chine, le centre de toutes choses, et trois traits pour un cœur qui bat. « Fidèle, poursuivait-il, loyal », et elle songea à la confiance, à la loyauté, à ce qui pourrait être vrai. « *Yung*, courageux », reprenait-il, et elle pensa au courage, à ce qu'elle avait toujours eu peur de faire, toujours eu peur d'être.

Son patronyme venait en premier, sa famille avait la priorité absolue. Pour elle, c'était Katherine qui venait en premier. Pas McKechnie, qui n'était que le nom de son mari ; pas même Lachlan, le nom de son père. Seulement Katherine. À peu près la seule chose sur laquelle elle pouvait compter.

Elle le regardait bouger son doigt sur la peau – cette étrange intimité du langage – et lui demanda sans y penser de lui donner un nom chinois, une ouverture sur sa langue, une fenêtre sur son monde.

Fantômes, rêves

Il était quatre heures et demie quand elle entra dans la boutique en revenant de son travail. Elle lui dit qu'il avait l'air fatigué. Il se souvenait d'avoir souri faiblement. Il s'était levé à six heures pour aller au marché, il avait passé toute la journée à décharger la charrette, à laver et parer les légumes. Encore six heures devant lui, à apporter des choux-fleurs, des choux, des oignons, puis encore fermer et nettoyer la boutique.

Elle était étonnée. Est-ce qu'il travaillait toujours aussi longtemps? Et son frère? Bien sûr ils avaient un roulement: il finissait de bonne heure le lundi, le mardi et le samedi, vers sept heures. Alors ils dînaient ensemble et son frère le remplaçait. Que faisait-il alors? Il aurait pu dire qu'il allait dans *Tongyangai* rencontrer des amis comme Fong-man, parfois faire une partie de dominos ou de cartes, surtout boire du thé et discuter politique, mais il lui jeta un autre regard et se souvint que Haining Street était un gros mot en anglais, un peu comme bâtard ou putain, un endroit dont les *gweilo* parlaient le soir pour faire peur à leurs enfants. Il se souvint qu'elle ne savait rien de la Chine, ni de Sun Yat-sen et de la Révolution, et que peut-être – sûrement – elle s'en moquait. Il sentit un rire nerveux lui monter à la gorge.

«Vous aimez tricoter? demanda-t-elle. Il paraît que les capitaines de navire aiment à tricoter. C'est censé faire du bien quand il n'y a rien d'autre à faire.

– Tlicoter?»

Elle mima un geste avec ses mains, mais il ne comprit pas.

«Ne vous inquiétez pas», je rigole, dit-elle, puis, voyant sa perplexité, «je plaisantais seulement.»

Il avait vu l'étincelle dans ses yeux. Il était toujours curieux – c'était quoi ce *tlicoter* sur lequel elle avait plaisanté, et cet autre mot, *ligole,* avait-elle dit? – mais il se retint de demander. Parfois il la distrayait avec ses questions et ils oubliaient de quoi ils avaient parlé. Parfois il était simplement trop fatigué.

«Alors que faites-vous quand vous ne travaillez pas? répéta-t-elle.

– Je me plomène», répondit-il. Déjà il avait oublié les nouveaux mots. À la place, il se sentait englouti par la nuit, le balancement d'un pied devant l'autre, tout était plein d'ombres et de demi-lumières – la lune, les étoiles, la lueur des réverbères –, les rues vidées de monde et peuplées de fantômes, de rêves, de possibilités surprenantes.

«J'aime marcher, moi aussi», dit-elle, et il fut surpris, il ne savait pas ce qu'il lui avait dit et ce qu'il avait seulement pensé, car il y avait toujours un écart entre la pensée et son expression, surtout dans une autre langue. «C'est un bon moment pour penser», l'entendit-il dire, et il leva les yeux du chou-fleur qu'il avait choisi parce que c'était le plus gros, le plus frais, le plus blanc, et lui demanda où elle aimait marcher.

«Quelquefois nous marchons jusqu'à Oriental Parade ou même jusqu'à la plage d'Island Bay. S'il fait beau, bien sûr. Les enfants aiment jouer dans l'eau.

« Robbie tape dans un ballon, ou bien, s'il y a d'autres garçons, il joue avec eux au cricket… Edie fait des châteaux de sable très élaborés – de grands châteaux… Parfois nous allons simplement au Bassin. C'est beaucoup plus près… »

Elle soupira. « Parfois je pense que j'ai besoin de temps pour moi-même. Loin de Mrs Newman qui me dicte toujours ce que je dois faire. Loin des enfants… » Elle sourit.

Il hocha la tête. Lui aussi avait besoin de temps loin de la boutique. Loin de son frère. Mais peut-être en avait-il trop, de temps. De temps seul.

Il y eut un silence, on n'entendait plus que le froissement du papier journal. Tout en lui tendant le chou-fleur, le petit sac de choux de Bruxelles, il lui parla de l'endroit au Bassin, sous les palmiers, où il aimait s'allonger pour penser et regarder le ciel de la nuit.

Le lendemain soir, jeudi, il n'alla pas dans Haining Street, ni dans Frederick ou Taranaki. Il marcha vers le Bassin. Il n'y avait personne sous les pins et les palmiers. Il fit le tour du parc une fois, puis deux, puis trois. Ensuite il s'étendit sous un arbre et regarda le ciel sans lune, les étoiles qui scintillaient dans l'obscurité.

C'était différent ici. Les étoiles formaient des figures qu'on ne pouvait pas reconnaître ; elles racontaient d'autres histoires.

Il sentait l'humidité de l'herbe et même de l'air s'infiltrer dans ses vêtements. Sa mère l'aurait grondé. *Tu vas attraper la mort !* aurait-elle crié. *Seau de riz,* c'est tout ce que tu sais faire ? Manger du riz et rien d'autre ? Ton frère ne sait pas lire, mais est-ce qu'il est aussi bête que toi ?

Yung rit et contempla les étoiles que sa myopie faisait paraître plus larges et plus floues.

Comme elles étaient lointaines ! Il pensa au Berger et à la Fileuse, que les cieux désapprouvaient parce que leur passion empiétait sur leurs tâches – deux amants que l'Empereur de Jade avaient changés en étoiles, et dont les chemins ne se croisaient qu'une fois par an, le septième jour du septième mois.

Il soupira. Qui pouvait comprendre les femmes et leurs idées compliquées – surtout celles d'une femme étrangère. L'humidité pénétrait ses habits, sa peau, et même à travers sa chair la moelle de ses os, lorsqu'il entendit sa voix.

« Bonsoir », cria-t-elle de loin.

Il leva la tête et vit sa silhouette. « Bonsoir », répondit-il, et puis s'apercevant qu'elle ne pouvait pas être sûre que ce fût lui, il se mit debout et souleva son chapeau à la manière d'un *gweilo* saluant une dame. « Mrs McKechnie », dit-il.

Écrit sur la main

Il l'avait regardée dans les yeux en lui parlant du clair de lune, des étoiles, de l'endroit sous les palmiers au Bassin. Katherine avait rougi et rapidement quitté la boutique.

Mais elle ne cessait d'y penser. En préparant le dîner, en envoyant les enfants se coucher. Elle n'avait pas pu dormir.

Le lendemain, elle regarda les touches noires de la machine à écrire en pensant à ses cheveux, à ses yeux, au son doux, un peu rauque de sa voix. Que venait de dire Mrs Newman ? Qu'était-elle censée faire ?

En rentrant chez elle, elle passa devant la boutique. Elle vit son frère empiler des citrouilles. Elle n'entra pas.

Elle avait l'estomac serré. Au dîner, elle ne put manger.

« Ça va, maman ? demanda Edie.

– Quoi ? Oui, je vais bien. J'ai seulement mal à l'estomac, répondit-elle en posant sa fourchette.

– Les choux de Bruxelles me font mal à l'estomac, à moi aussi », dit Robbie en repoussant son assiette.

Katherine voyait qu'il la regardait, attendant qu'elle proteste, qu'elle l'oblige à manger, mais pour une fois elle se tut.

Les enfants allèrent se coucher et la maison devint silencieuse.

Katherine ouvrit un livre et le referma. Elle prit son tricot et le reposa. Elle alla voir les enfants dans leurs chambres. Redescendit et se promena de pièce en pièce. Pas un bruit venu de là-haut. Pas un bruit.

Elle enfila son manteau et sortit par la porte de derrière.

C'était la nouvelle lune; elle distinguait à peine sa silhouette sous les palmiers. « Mrs McKechnie », dit-il, comme s'il l'avait attendue.

Comment savait-il que c'était elle ? Comment *pouvait-il* l'avoir attendue ?

Brusquement elle eut peur. Déjà, avec Donald, elle avait commis une terrible erreur. Et à présent, au nom du ciel, que faisait-elle ?

Il se leva, marcha vers elle, et elle ne savait que dire. Il fallait qu'elle parle.

« Vous ne m'avez pas donné de nom, bredouilla-t-elle. Je vous l'ai demandé il y a plus d'un mois et vous ne m'avez toujours pas donné de nom. » Elle avait envie de pleurer. Quelle idiotie ! Comme si elle avait fait tout ce chemin – comme si elle avait laissé ses enfants endormis dans leurs lits – simplement parce qu'il avait oublié. Qu'est-ce qui lui avait pris ? La première fois déjà, c'était stupide. Alors ce soir...

Un tramway passa en ferraillant, quittant Adelaide Road pour prendre Rugby et continuer par Sussex; un autre glissait le long de Kent Terrace. Un ivrogne sortit en titubant du *Caledonian* et cria, un cheval tirait une charrette dans un bruit de sabots, une automobile passait, le moteur crachotant.

Que disait-il ? Est-ce qu'il riait ? Ce n'était pas son rire habituel, un peu râpeux, mais un son plus doux, plus hésitant.

Les feuilles du palmier au-dessus d'eux s'agitèrent.

Ses joues étaient brûlantes. Elle tremblait. Elle avait envie de s'enfuir, mais ses jambes étaient faibles, comme si ses os se liquéfiaient, comme si elle tombait : « Je… je… je dois partir », murmura-t-elle.

Mais à cet instant il se rapprocha, la prit dans ses bras comme pour calmer ses tremblements.

Il lui retourna la main et lentement, de l'index, traça des signes sur sa paume. Elle voyait à peine, seulement des mouvements furtifs dans l'obscurité, mais elle percevait une odeur de gingembre et de graine d'anis, la sueur fraîche d'un homme, et elle sentait la forme de son nom, de sa peau contre la sienne.

« *Lai*, expliqua-t-il. C'est nom de famille chinois, pas nom qu'on donne aux étrangers, pas nom comme en anglais. Vous mettez ce nom avec le mot pour "brille" et c'est le soleil qui sort de la nuit. Vous avez toutes les couleurs. » Elle entendait son souffle, ses propres respirations, très courtes. « *Bik-yuk*, ajouta-t-il. C'est un prénom. Ça veut dire "jade". » Et de nouveau il écrivait, caressant sa paume de son nom. « *Bik*, disait-il, c'est nom pour "roi" et c'est blanc. Dessous c'est le rocher. *Yuk*. Il y a trois jades » – il dessinait trois lignes horizontales – « et cette corde les tient ensemble. Beaucoup femmes ont des noms comme "belle" ou "fleur", mais vous, vous êtes pure et claire… »

À travers son silence, elle entendit un tramway tourner dans Adelaide Road, sentit sa main lui toucher les cheveux, la joue, frôler ses lèvres, qui s'entrouvrirent et laissèrent une ligne de salive sur ses doigts.

Un millier de miles

Vous faites un pas, deux, vous ouvrez les yeux, et vous avez effectué un voyage d'un millier de miles.

Qu'est-ce que j'ai fait là ?

Elle l'évita pendant des jours. Elle n'avait plus de légumes. Pas de bananes ni d'oranges à donner aux enfants pour leur déjeuner. Elle se demandait si elle allait devoir s'approvisionner plus loin, trouver un autre commerçant.

Elle passait devant la boutique sans tourner la tête. Elle sentait encore ses doigts, ses lèvres... Elle avait envie de hurler. Elle aurait voulu que la terre l'avalât...

Elle avait beau marcher, elle ne pouvait pas entrer chez un autre marchand de légumes. Elle marcha. Et revint sur ses pas.

En entrant, elle sentit son regard se promener sur son visage, sur son corps.

« J'ai besoin de légumes – et de fruits, dit-elle d'une voix tremblante. Pour les enfants. » Elle n'avait pas la force de choisir.

Il décrocha un bouquet de bananes au-dessus de la vitrine, fit un choix d'oranges, de carottes et d'oignons, réserva un chou-fleur. Des pommes de terre. Lorsqu'il les lui donna, ses doigts frôlèrent sa main.

« Ce soir, fit-il doucement. Où personne nous voit. »

La lanterne

Katherine envoya les enfants au lit à neuf heures. Edie sembla s'endormir aussitôt, le visage aussi clair et calme que la lune. Robbie protesta. Il avait douze ans, après tout, il n'était plus un enfant. Il pouvait rester debout jusqu'à neuf heures et demie, tout de même ? Elle le laissa lire un quart d'heure, puis vint éteindre la lumière avant de redescendre. Elle avait du raccommodage à faire. Une chaussette de Robbie, dans laquelle son grand pouce affamé avait mangé la laine, une paire de pantalons qui avaient craqué au genou. Il était si négligent avec ses habits – il courait, tapait dans des ballons, grimpait aux arbres, oubliait de se couper les ongles des pieds ; ces chaussettes n'avaient que deux mois.

Avant elle bougonnait contre Donald parce qu'il ne lui donnait jamais assez d'argent pour tenir la maison. À présent elle en avait suffisamment et elle faisait encore le raccommodage. À l'époque, tout avait été teinté de tristesse ; maintenant, elle suivait simplement les habitudes de toute une vie. « Mais Katie, aurait dit sa mère, elles sont encore tout à fait mettables. Tu as juste besoin de fil et d'un peu d'huile de coude. »

Katherine fixait sa boîte à couture. Elle ne voulait pas penser à sa mère. Elle se leva, entra dans la cuisine, remplit la bouilloire et la posa sur le feu. Elle marchait de long en large, ses souliers faisaient résonner les lames du plancher. Elle fit du thé et s'assit à la table, la tasse chaude entre les mains. Le thé refroidit et elle le versa dans l'évier. Elle balaya le sol. Au bout de dix minutes elle s'aperçut qu'elle avait éparpillé la poussière de charbon et, en la piétinant, multiplié les tas de poussière. Elle rangea le balai. S'assit à la table. Se releva, recommença à faire les cent pas. S'arrêta. Elle monta doucement l'escalier et passa la tête dans la chambre des enfants.

Edie était couchée, les bras nonchalamment levés au-dessus de la tête, comme si elle venait de se faire arrêter, mais Robbie avait l'air d'avoir couru, de s'être battu; il s'était entortillé dans les couvertures, comme pris dans une toile d'araignée. Elle l'avait dégagé tant de fois, depuis qu'il était tout petit. Elle ramassa son oreiller sur le parquet et le replaça sous sa tête, tira doucement les draps et l'édredon, et le borda de nouveau comme s'il était encore son bébé, comme s'il avait encore quatre ans. Elle referma doucement la porte et ne le vit pas ouvrir brusquement les yeux.

En bas, elle jeta un nouveau coup d'œil au raccommodage. Il y avait sûrement mieux dans la vie que l'huile de coude.

Elle enfila son manteau, mit son plus grand chapeau, le vert avec des fleurs orange, en l'enfonçant aussi bas que possible pour couvrir son visage et le fixa avec une épingle. Elle mit dans sa poche une boîte d'allumettes, prit la lanterne sans l'allumer et sortit par-derrière.

La fraîcheur de la nuit l'enveloppa. Un ciel nuageux. Elle resta là un instant, faillit rentrer dans la cuisine mais referma la porte. Pourquoi faisait-elle cela? Elle était folle. Elle savait qu'elle était folle.

Elle tendit l'oreille. Les enfants dormaient.

Elle longea le flanc de la maison, franchit la grille et traversa la route. Elle se retourna, fixa les fenêtres du haut, obscures. Elle avait le choix : retraverser la route ou bien continuer. Elle sentait ses lèvres sur ses cheveux, sur sa gorge… à chaque pas cela paraissait un peu plus facile, mais son cœur battait dans sa bouche.

De l'autre côté tout était fermé – sauf le *Tramways Hotel*, qui répandait une triste lumière jaune, quelques rires sur le trottoir. Et la boutique de légumes. Non, ce n'était pas lui, mais son frère qui portait des caisses de marchandise à l'intérieur. Elle marchait, tenant la lanterne, sachant que personne dans les petites maisons de bois ne pouvait la voir dans l'obscurité, espérant ne pas tomber sur quelqu'un de sa connaissance au détour d'une rue. En face du Bassin de la Réserve, elle tourna à droite, vivement, s'éloignant de la pâle lumière du réverbère, et prit l'allée qui montait au collège. Lumières éteintes dans les dortoirs, tous ces garçons – certains pas beaucoup plus vieux que Robbie – couchés dans leurs lits à chuchoter, soupirer, rêver. Elle longea les vastes cuisines où les employés lavaient encore la vaisselle du souper et préparaient le petit déjeuner du lendemain. Elle traversa le parc de l'école et atteignit l'orée de la ville.

Parmi les arbres, elle hésita. Sur les hauts troncs des pins, les branches se balançaient et chantaient au-dessus d'elle. Elle avait joué là quand elle était petite – dès qu'il lui avait décrit l'endroit, elle avait su où il se trouvait – mais elle n'y était jamais venue la nuit. Elle s'arrêta un instant pour laisser ses yeux s'habituer à l'obscurité, respira profondément et avança lentement, tâtant le sol à chaque pas avant d'y mettre tout son poids. Elle distinguait des ombres, différents degrés de noir sur noir. Enfin, quand elle jugea que personne ne la verrait à travers les pins, elle alluma à tâtons la lanterne avec les allumettes. La lumière ne s'échappait que du côté vitré. À présent elle voyait les ondulations du sol, les creux et les bosses, les racines d'arbres, le tapis d'aiguilles, du verre brisé, des pommes de pin, des bouteilles vides. Lequel était le plus effrayant : le noir complet ou les ombres projetées par la flamme ?

Elle marchait prudemment, cherchant l'arbre, le seul qui eût été à moitié brûlé par la foudre… là… Elle saisit le tronc et en fit le tour, trébuchant sur… Haletante elle retomba en arrière, mais des mains la saisirent, la relevèrent. Elle s'accrocha comme si elle se noyait dans l'air et la lanterne dansa, projetant des zigzags de lumière sur les branches, le tronc, les racines. Sur sa manche, son col, son visage. Elle sentait son odeur : savon, gingembre et ail, une odeur masculine. Ses pieds trouvèrent un terrain solide ; elle le lâcha, et lui aussi la lâcha, leurs corps si proches qu'elle le sentait respirer. Elle leva les yeux et le bord de son chapeau lui balaya la figure.

Ils s'écartèrent. Elle s'excusait et il disait quelque chose qu'elle ne comprenait pas. Il riait, et un rire lui échappa aussi, comme une petite pelote de laine qui se déroule. Puis le silence : seulement le bruissement des aiguilles de pin, l'appel d'une chouette, le fracas lointain des tramways. « Je crois que je devrais l'enlever », chuchota-t-elle.

Il ne dit mot.

Elle posa la lanterne, regrettant soudain de ne pas avoir soufflé la flamme. L'épingle à chapeau. Ses doigts lui semblaient gourds, maladroits. Elle retirait l'épingle de ses cheveux, avec l'impression que c'était un geste extrêmement intime, comme d'enlever ses vêtements, un jupon puis l'autre, comme d'être surprise nue à la lumière de la lune. Elle laissa tomber le chapeau, ses cheveux se déroulèrent sur sa nuque, sur son visage, et elle sentit des lèvres sur sa chevelure, sur son front. De la main il lui releva le menton, approcha sa bouche de la sienne…

Plus tard, elle grimpa entre ses draps froids, une fine couche de sueur sur la peau, et fixa le spectre d'un réverbère à travers sa fenêtre.

Elle écouta les bruits de la nuit, ferma les yeux. Le visage de sa mère se glissa sous ses paupières, sa voix dans ses oreilles malgré ses efforts pour ne pas entendre : *Pourquoi me ramènes-tu toujours des chiens et des chats errants ? Qu'est-ce qui te prend ? Les gens vont penser que je ne t'ai pas bien élevée.*

Elle ne parlait pas d'hommes. Katie n'en avait connu aucun avant Donald – et de toute façon, même à présent, sa mère était toujours sous le charme de Donald. Il s'agissait de Matilda Mulroney, qui n'avait pas d'amies parce qu'elle était sale et qu'elle répandait une odeur plutôt répugnante, mais Katherine adorait son humour et sa malice. C'était elle le chien à trois pattes qui l'avait suivie à la maison.

Si elle était franche – et la franchise était un tyran qu'il valait mieux éviter –, elle avait déjà remarqué les Chinois.

Pourquoi, par exemple, n'y avait-il presque que des hommes ? Et pourquoi les appelait-on les habitants du

Céleste Empire ? Parce que c'étaient des étrangers ? Parce que personne ne savait rien sur eux ? À part Haining Street, bien sûr. À part l'opium et les jeux d'argent.

Elle les remarquait quand ils marchaient dans la rue ou quand elle entrait dans leurs boutiques de légumes. Autrefois, presque tous avaient une longue natte qui leur tombait dans le dos, que parfois ils enroulaient sous leur chapeau, le front rasé jusqu'en haut du crâne. Mais de plus en plus souvent ils se coupaient les cheveux.

Il circulait des histoires de crimes et d'impostures qui étaient ridicules, même si elles étaient fascinantes. Pourtant la plupart des Chinois paraissaient si petits, si minces. Si polis et humbles. Ils lui rappelaient l'attitude qu'elle avait eue avec Donald...

S'ils n'avaient pas parlé un anglais aussi haché, si leur accent n'avait pas été si difficile à comprendre, s'ils n'avaient pas paru si déplacés, étrangers, peut-être ne les aurait-elle pas remarqués du tout.

Pourtant ce Chinois-là était différent. Les Chinois étaient des aberrations, et lui une aberration parmi eux... Elle sourit. Il avait, elle s'en rendait compte à présent, le sourire malicieux de Matilda.

Elle savait que c'était de la folie.

Elle n'irait plus le rejoindre. Il attendrait, attendrait, mais elle ne viendrait pas.

C'était un rêve, un beau rêve troublant. Elle se réveillerait. Bien sûr, ce n'était qu'un rêve.

Mais elle le sentait encore en elle, ce désir de lui, comme une brûlure.

Elle n'avait pas connu cela avec Donald.

Avec lui, au contraire, c'était de la tendresse.

Il l'avait pénétrée et elle avait pleuré. En silence. Non, elle ne pleurait pas vraiment, mais des larmes glissaient de ses yeux sans qu'elle sût pourquoi.

Lorsqu'il la touchait elle éprouvait une sorte de plénitude. Elle oubliait qui il était. Il était un homme, *cet* homme, et à présent elle n'avait plus d'autre raison d'être. Sauf qu'il la remplisse. Et recommence.

L'intensité de leurs corps emplissant le monde.

Yung se leva de bonne heure. Il ne tenait pas en place. Il se sentait habité par une énergie sans bornes. Il se rendit au marché en composant de courts poèmes dans sa tête, se les récitant, sifflant de vieilles ballades amoureuses. Son corps ne lui appartenait plus; il lui paraissait si léger, il aurait pu grimper aux murs, accomplir de magnifiques exploits d'endurance.

Les enchères n'avaient pas encore commencé. Il traversait les bâtiments immenses et sonores, croisant les commissaires-priseurs avec leurs papiers, la foule des autres acheteurs; les énormes piliers de béton et les panneaux de bois peint cloués aux murs ou pendant du plafond: *Sandy Pope, George Thomas, Leary, Thomson frères, Townsend & Paul, D. Bowie, Maraîchers*; il longeait les rangées de fruits et légumes, ici une rangée de choux-fleurs, là de choux, ici des laitues, là-bas des pommes ou des poires; des piles de cagettes en bois et de grands sacs de jute, le nom du producteur écrit sur les étiquettes. Il fredonnait en marchant, ne reconnaissant ce qu'il fredonnait qu'au bout d'un moment: une chanson paillarde à propos d'un fiancé qui attend la mariée avec ses amis. Il riait puis continuait à fredonner, tout en recherchant les produits des meilleurs cultivateurs, criant à ses compatriotes : « Tu as déjà mangé, toi ? » puis il souriait, « Oui, oui, j'ai mangé », alors qu'il n'avait rien avalé depuis la veille au soir ; ses souliers résonnaient sur le plancher humide, dominant tout juste le bourdonnement des conversations, les cris, les caisses entrechoquées, le clip-clop des sabots de chevaux dehors sur la route. Des jonquilles. Il s'arrêta au stand des *Maraîchers*, respirant l'odeur des jonquilles. Il rit. Aujourd'hui il achèterait des fleurs.

Pourquoi l'avait-elle rencontré ? Pourquoi ? Il fallait qu'elle se sauve, elle le savait.

Elle aurait voulu enfouir son visage dans sa peau. Elle rêvait de ses caresses, de sa dureté, de le sentir la transpercer. Elle avait besoin de son désespoir, de ses frissons, de la douceur de s'endormir ensemble.

Elle ne pouvait pas dormir. Elle ne pouvait pas manger.

« Vous allez bien ? demanda Mrs Newman. Vous êtes pâle, vous avez l'air fatigué. Prenez votre journée et allez vous coucher. Et ne revenez pas avant de vous sentir mieux. »

Elle le rencontra, tomba dans ses bras. Il la pénétra et elle cria. Elle avait envie de crier *Je t'aime.*

Parfois aux petites heures du matin, quand la ville dormait encore et que les seuls bruits étaient ceux que faisaient le lion et les singes, venant du zoo dans l'air nocturne, il l'accompagnait chez elle par les ruelles les plus sombres, recueillant de petits souvenirs qu'il lui offrait :

une rose odorante volée au rosier grimpant du jardin de Mrs Farrell, dont elle ne savait la couleur qu'après l'avoir rapportée à la maison et examinée à la lumière de l'entrée. C'était un jeu entre eux: rose, jaune, orange, rouge. « Tu dis rose, je dis jaune, ne triche pas, demain tu me dis jaune, oui ? »

Une fois elle ramassa dans le caniveau une pierre en forme de cœur et la lui donna. Il la fit tourner dans ses doigts, la regarda de biais, un sourcil levé. « C'est un cœur ! » s'exclama-t-elle, mais il ne comprenait toujours pas. « Un cœur », dit-elle, formant un poing de sa main, se battant la poitrine. Il ne savait pas ce qu'était un cœur ? L'amour ?

« Cœur », répéta-t-il, le mot fleurissant dans son esprit. *Sum, sum gon,* mon cœur, mon foie. Il tenait la pierre dans sa paume, la mit dans sa poche de poitrine. En vérité, ça ne ressemblait en rien à un cœur, à deux nœuds d'amour entrelacés, mais maintenant il comprenait ce qu'elle lui donnait.

Il chercha dans la masse de feuillage qui cascadait par-dessus une barrière. « En Chine, dit-il, nous avons *fa cha,* la fleur de thé. Elle a ce goût. » Il approcha les fleurs minuscules de son visage et elle inspira profondément. Des fleurs-étoiles, pensa-t-elle, un peu grisée.

Katherine examina les fleurs à la lumière de sa chambre. Quelques-unes étaient encore de fins boutons roses, mais d'autres avaient ouvert de délicats pétales crémeux. Elle les posa près de son oreiller, et toute la nuit, et les nuits suivantes, leur senteur emplit l'air obscur et colora le monde de ses rêves.

L'eau bouillante

« Elles sentent bon, maman. Qu'est-ce que c'est ? »

Katherine leva les yeux des pommes de terre qu'elle pelait. Edie tenait les fleurs dans sa main tendue.

Pendant un instant, Katherine ne sut que répondre. Elle regardait la main de sa fille, les pétales délicats à présent fripés et bordés de brun.

« Ce… ça s'appelle du jasmin.

– Où les as-tu cueillies ? »

Katherine fit passer son poids d'un pied sur l'autre, continua à éplucher, s'efforça de prendre un ton négligent. « Tu n'en as jamais vu ? Ça pousse sur les clôtures, un peu partout.

– C'est là que tu vas la nuit ? »

Katherine laissa tomber le couteau, qui manqua de peu son pied. *Zut !* « Tu peux le ramasser, Edie ? »

Edie ramassa le couteau et le passa sous le robinet. Elle le rendit à sa mère et attendit.

«Je… J'aime aller prendre l'air. Parfois j'ai besoin de temps pour moi seule… » Katherine coupa la pomme de terre en deux, en quatre, jeta les morceaux – trop vite – dans la casserole sur le feu. De l'eau bouillante jaillit sur le dos de sa main. *Et zut !* Elle fit couler de l'eau froide sur la brûlure.

« Ça va, maman ? »

Katherine se retourna et regarda sa fille. Elle lui avait tellement ressemblé au même âge, et pourtant leurs vies étaient si différentes. Katherine avait dû veiller sur tous ses jeunes frères et sœurs. Quand leurs parents étaient sortis ou partis travailler, elle restait à s'occuper des « bébés ».

Robbie aurait treize ans en janvier et même Edie était plus grande qu'elle à l'époque où elle avait dû assumer ces responsabilités.

Elle rougit. Sa mère n'était pas…

Mais elle ne sortait jamais plus de deux heures, si ? Il faudrait qu'elle songe à prendre sa montre. Elle ne devrait pas s'absenter plus d'une heure – non, ça ne suffisait pas, avec le temps d'aller et de revenir –, une heure et demie, deux : les enfants pouvaient sûrement rester seuls une heure et demie, non ?

« Maman, tu es sûre que ça va ?

– Oui, très bien… Il faut faire attention avec l'eau bouillante. Il vaut mieux faire glisser les légumes très doucement… » Elle ferma le robinet et se sécha les mains, puis continua à peler les pommes de terre.

« Maman ?

– Oui ?

– Avant tu ne faisais pas ça.

– Faisais pas quoi ? » Elle coupa le reste des pommes de terre et les porta sur la planche jusqu'à la casserole. *Attention maintenant. Ne recommence pas.*

« Tu ne sortais pas la nuit. »

Katherine fixait l'eau bouillante qui s'embrumait. Elle sentait le regard insistant d'Edie. Elle ne leva pas les yeux.

Robbie faisait semblant de dormir quand sa mère entrait dans sa chambre. Il avait envie de lui jeter les bras autour du cou et de la supplier de rester.

Il l'écoutait descendre l'escalier, entendait le déclic de la porte de derrière, les oreilles si bien exercées qu'il pouvait imaginer entendre le bruit de ses pas, la grille s'ouvrir et se refermer, et la respiration de sa mère tandis qu'elle s'éloignait dans la nuit.

Un soir, avant que la lune se lève, il mit son manteau par-dessus sa chemise de nuit, chaussa ses souliers, se glissa derrière elle et la suivit dans Adelaide Road. Une fois, elle s'arrêta et se retourna, regarda en arrière comme si elle savait que quelqu'un était là. Elle regarda un long moment, au-delà du poteau télégraphique auquel il s'était adossé, le bois et la laine, la peau et les os maintenant réunis comme une seule créature ; elle scruta le vide, puis elle fit demi-tour et continua à marcher.

De nouveau il lui emboîta le pas, en évitant de faire du bruit, et la vit traverser le parc du collège puis monter vers la lisière de la ville. Il la suivit encore un peu, mais il ne voyait rien, redoutant qu'elle entende craquer les branches ou de marcher sur une bouteille brisée. Il craignait aussi de trébucher et de crier en tombant. Et puis au loin il vit la lampe allumée, sa silhouette, un homme lui tendre les bras.

Edie entendit Robbie se glisser dehors. Elle alla l'observer depuis la fenêtre non éclairée de la chambre de leur mère, où le lit était toujours fait depuis le matin, trop bien rangée, trop froide. Vide. Les yeux sur la rue, elle suivit ses mouvements dans Adelaide Road jusqu'à ce qu'il disparût.

Couchée dans son lit, incapable de dormir, elle tendait l'oreille.

Lorsqu'elle l'entendit monter l'escalier, elle sortit à sa rencontre. « Où as-tu été ? demanda-t-elle. Où est maman ? »

Il lui lança un regard et ne répondit rien. Il entra dans sa chambre et ferma la porte.

Le spectacle de marionnettes

Quand Yung ouvrit la boutique, l'odeur l'assaillit. Quelqu'un avait uriné contre la porte pendant la nuit. Un ivrogne rentrant des *Tramways*, pensa-t-il, en lavant le bois avec une solution de phénol et d'eau chaude.

Mais cela continua. Yung en parla à Mrs Paterson, à Mr Mackensie, à Mr Wilson, à Mr Krupp. Personne d'autre n'avait ce problème.

Un matin, ce furent des excréments barbouillés en rond sur la vitrine. Après avoir nettoyé, Yung se lava les mains à l'eau chaude et au savon, les sentit et recommença jusqu'à ce que sa peau devînt sèche, pâle, parcheminée. Mei-lin lui offrit de l'huile pour les frotter.

Quand ils se réveillaient le matin, en descendant l'escalier, ils éprouvaient tous une certaine appréhension. Même le soulagement de ne rien trouver ne les mettait pas tout à fait à l'aise.

Yung aurait voulu voir Katherine toutes les nuits, et il devinait, à sa façon de le retenir avant qu'ils se séparent, qu'elle l'aurait souhaité aussi. Mais elle refusait de le retrouver plus de deux, peut-être trois nuits par semaine. Les enfants, disait-elle.

Il soupirait. Elle avait changé sa façon de penser. Son vocabulaire. Maintenant, quand il était sur le point de prononcer *gweilo*, il s'arrêtait à mi-phrase et disait *sai yan*, occidental, à la place.

Ici, dans cette boutique, entouré de pommes, de poires, de bananes, il s'était exprimé dans son anglais haché et Katherine l'avait écouté. Elle avait parlé lentement, simplement, choisissant ses mots avec soin, et il l'avait écoutée. Il avait écouté intensément, comme on écoute de la musique ou un professeur qui vous enseigne un dialecte peu familier. Il y avait des mots qu'il ne comprenait pas, des mots qu'elle ne comprenait pas. Ils tâchaient d'expliquer, remuant les mains comme des personnages dans un spectacle de marionnettes, élevant la voix comme si leur défaut de compréhension était imputable à une forme spéciale de surdité. Cependant, avec les années, il s'était mis à parler plus couramment.

Et maintenant, maintenant qu'ils se retrouvaient la nuit, maintenant qu'ils se touchaient, tout était changé. Elle entrait dans la boutique en revenant de son travail et ils se parlaient un peu froidement, se regardaient à la dérobée, conscients de la présence des autres clients, ou même des passants dehors sur le trottoir. Il lui tendait un sac en papier rempli de pommes ou un chou emballé dans un journal, et parfois sa main frôlait la sienne.

Et il ne pouvait penser qu'à une chose, le lit qu'il préparait pour elle sous l'arbre foudroyé, la chaleur intense quand il descendait sur elle. Quand il la pénétrait.

Mieux qu'un chien

« Depuis combien de temps travaillez-vous pour moi, Katherine ? Je ne vous ai jamais vu une aussi bonne mine.

« Vous vous souvenez à quoi vous ressembliez ? Un petit chien perdu. Et maintenant regardez-vous ! Mr Newman me le disait l'autre jour : "Cette Katherine McKechnie, son joli visage a rajeuni de dix ans." D'après lui, je vous ai fait le plus grand bien. »

Mrs Newman rit. Elle posa sa plume et croisa les mains devant elle. « Alors, qui est-ce, Katherine ?

« Allons, Katherine, je connais cet air-là – on croirait une jeune mariée rougissante. Je vous assure, pour un peu, vous vous mettriez à chanter en tapant mes lettres. Vous êtes amoureuse, Katherine. Qui est-ce ?

« Non, je n'ai pas entendu de rumeurs. Manifestement vous êtes très prudente, mais avant vous étiez si ponctuelle. Non, ça ne me dérange pas si de temps en temps vous avez cinq ou dix minutes de retard. Mais l'amour peut nuire à votre santé quand il vous prive de sommeil...

« Je ne le dirai à personne, Katherine, même pas à Mr Newman. Je comprends que la vie d'une veuve avec des enfants n'est guère favorable aux idylles. Quel homme voudrait d'un calice qui a déjà servi, comme on dit, sans parler des enfants d'un autre ?

« Est-il marié ? Non ?

« Oh !

« Eh bien, vous êtes vraiment surprenante. »

Mrs Newman reprit sa plume, écrivit quelques mots. Les biffa.

« Vous devriez être prudente...

« Je n'ai rien contre les Chinois, Katherine. C'est une race travailleuse, ils restent surtout entre eux et ils ne méritent pas les propos diffamatoires dont les abreuvent les journaux. Mais...

« Écoutez, Katherine. Que voit votre compatriote britannique, celui qui se bat chaque jour pour mettre du pain sur la table ? Les Chinois nous font une concurrence déloyale avec des prix qui mettraient un honnête travailleur à l'hospice pour les pauvres. Ils privent les blanchisseuses de leur clientèle, elles se retrouvent sans ressources. Ils exploitent ce pays et ensuite ils retournent dans leur Empire Fleuri avec tout ce qui nous appartient de droit. C'est ce que les gens disent, et vous le savez.

« Ne me regardez pas ainsi, Katherine. J'essaie seulement de vous ouvrir les yeux. Vous devriez au moins vous soucier de votre réputation.

« Oui, je vois bien que vous êtes prudente. Sinon j'en aurais eu vent depuis longtemps, j'en suis sûre...

« Mais soyez doublement vigilante. Vous êtes peut-être veuve, mais votre mari était un membre respecté de la communauté... »

Là, Mrs Newman éclata de son rire chevalin. Pliée en deux, elle finit par se contenir. « Oh, Katherine, vous êtes quelqu'un ! Naturellement je sais que les femmes ne sont pas le simple prolongement de leur mari ! Mais sérieusement, vous devez vous rendre compte qu'il n'y a que les femmes de basse classe pour fréquenter des Chinois. Celles qui n'ont rien à perdre.

« Oui, il arrive que des femmes respectables épousent des Chinois. Des dames qui jouent du piano à l'église et qui tombent amoureuses tout en travaillant pour le Seigneur parmi les païens. La sorte de femmes qui répondent à l'appel de Dieu au cœur de l'Afrique ou de la Chine, et qui vont mourir en couches ou de quelque innommable maladie tropicale.

« Écoutez-moi, Katherine. Saviez-vous que si vous épousez un immigré, vous perdez votre citoyenneté britannique ? Non, je m'en doutais. Une femme qui se marie dans ces conditions a autant de droits qu'un bébé, une folle ou une demeurée. Je voudrais bien plaisanter. Vous épousez un Chinois et vous perdez le droit de voter, vous n'aurez pas de pension de retraite, vous perdez tout, Katherine. Et si vous pensez vivre dans le péché, Dieu vous en garde ! Vous avez sûrement entendu parler des affaires qui sont passées au tribunal ? Est-ce que *Truth* ne se régale pas de rapporter des cas de ce genre ? Des femmes de basse classe vivant avec des Chinois. J'ai entendu dire qu'elles sont mieux traitées par eux que par leurs pochards de maris, mais vous savez, Katherine, la police a ramassé des femmes dans Haining Street en les accusant de vagabondage et en déclarant qu'elles étaient sans ressources. Ils ont pris des enfants britanniques à leurs mères – même si les mères protestaient que leurs enfants ne manquaient de rien – parce que leurs maisons étaient fréquentées par des Chinois !

« Il n'habite pas Haining Street ? C'est une question de convenances, Katherine. C'est un Chinois. Ça le rend pire qu'un Juif, à peine mieux qu'un chien. Croyez-vous qu'ils arrêteraient une femme vivant avec un Blanc, même un ivrogne, et l'inculperaient de vagabondage ? Croyez-vous qu'ils lui prendraient ses enfants ?

« Je vous dis ceci pour votre bien, Katherine. Tout ce que vous faites ou ne faites pas a des conséquences. Soyez sûre d'être prête à les affronter. »

Quand la terre se pare d'argent

Que se passait-il? Il voulait savoir pourquoi elle était si froide, pourquoi elle ne répondait pas à ses baisers.

Elle ne savait pas comment lui expliquer. Elle se remémorait les paroles de Mrs Newman mais elle ne pouvait pas les lui répéter. « Les enfants savent que je sors la nuit », finit-elle par murmurer.

Un instant, il y eut un silence. Puis il l'attira à lui, lui baisa les cheveux. « Viens », dit-il, et, la prenant par la main, il la fit sortir du couvert des arbres, retraverser le parc du collège et redescendre en ville.

La nuit était claire. La lune pleine. Elle avait peur, avec un pareil clair de lune, même à l'heure des fantômes, comme il l'appelait, lorsque les vivants dormaient et que seuls les morts marchaient dans les rues. Et si quelqu'un les voyait?

Mais il portait un chapeau, dit-il. Si quelqu'un venait, il baisserait les yeux ou les détournerait. Elle pourrait parler. Personne ne verrait qu'il était chinois.

Elle demanda où ils allaient. Elle craignait de laisser les enfants seuls trop longtemps. Et la police? Est-ce qu'elle ne patrouillait pas dans les rues la nuit? Si un agent les arrêtait? Mais il posa un doigt sur ses lèvres et l'entraîna le long de la promenade, un sentier à travers le jardin et les arbres, entre Cambridge Terrace et Kent Terrace. Ils marchaient dans le silence, passant de l'ombre à la lumière de la lune, voyant se rapprocher la haute statue de la reine Victoria. Katherine s'y arrêta et posa la main sur le piédestal de granit, levant les yeux vers la grande figure de bronze. Elle paraissait vieille, dure, et pourtant, comme elle l'avait aimé, son Albert!

«Viens», répéta-t-il, et ils dépassèrent le *Zealandia Hotel*, les cheminées de l'incinérateur de la ville, pour atteindre les bains vides, les bateaux silencieux, toute la courbe du port le long d'Oriental Parade.

Ce nom l'amusa. C'était là sa rue, lui dit-il, et non Adelaide Road, ni Haining Street, Frederick, Taranaki ou Tory. Il la pria de regarder la lune et les lumières des réverbères reflétées dans l'eau noire. L'avait-elle déjà vue ainsi la nuit? La plus belle rue de Wellington. Cette rue chinoise où aucun Chinois ne vivait.

Il l'entoura de ses bras par-derrière et lui demanda de regarder encore la terre, l'eau, le ciel. Voyait-elle comme le monde se parait d'argent? Les gens mouraient, lui dit-il, parce qu'ils avaient peur. Ils ne s'aventuraient pas la nuit sur les eaux dangereuses. Ils ne voyaient pas la terre, la nuit, se parer d'argent.

Elle contempla les ondulations de la lumière sur la surface sombre. Mais des hommes mouraient dans les eaux dangereuses. Elle se tourna vers lui, arguant qu'elles n'avaient même pas besoin d'être dangereuses. Son mari était tombé ivre une nuit dans le port. On l'en avait retiré au matin.

Il se tut un instant. Puis il lui déclara qu'il y avait deux façons de mourir. L'une était… il la regarda, incertain de pouvoir exprimer son idée en anglais.

« Inévitable ? suggéra-t-elle. Elle arrive à tout le monde ?

– Oui, répondit-il. Oui. » Les coins de sa bouche se relevèrent. Puis son regard se fit sérieux. L'autre façon, dit-il, cette mort intérieure, n'était pas… inévitable. Certains la prenaient dans leurs mains, la gardaient et ne voulaient pas la lâcher. Certains le faisaient mais sans le savoir. D'autres savaient ce qu'ils faisaient.

Il lui embrassa la paupière. Lui murmura qu'ils étaient nés pour les eaux dangereuses.

Elle leva les yeux vers lui. Frissonna.

« Tu as froid », dit-il. Il lui mit son manteau sur les épaules et ils repartirent en sens inverse le long du port, laissant les bateaux désolés, pour regagner la ville et rentrer chez eux.

Mieux que des chevaux

« Elle te vole ton âme. »

Yung leva les yeux du baquet où il lavait les pommes de terre pour les débarrasser de la glaise. Il ne répondit pas.

« Il ne peut rien en sortir de bon. Tu devrais y mettre fin tout de suite. » Comme son frère ne répondait toujours pas, Shun ajouta : *« Si une femme est mariée à un coq, elle est mariée à lui pour la vie. »*

Dans sa tête, Yung compléta le proverbe : *Si une femme est mariée à un chien, elle est mariée à lui pour la vie ; si elle est mariée à une batte de lavoir, elle doit la porter toute sa vie.* Il continuait à frotter les pommes de terre. « Dans la Nouvelle Montagne d'Or, dit-il enfin, une femme vertueuse peut se remarier quand elle devient veuve. »

Son frère cracha sur les trognons de choux. « Et en quoi c'est une chance, de prendre la femme d'un mort ? Tu veux sa malchance aussi ? » Il agita le couteau qu'il tenait. « Tu crois que la pisse sur la porte est une coïncidence ? »

Yung ne leva pas les yeux.

« Je ne sais pas ce que tu lui trouves. Ta femme était une beauté. »

Yung se rappelait la peau pâle et claire de son épouse, ses petites mains aux longs doigts, la façon dont elle marchait sur ses pieds minuscules, un vent léger qui souffle à travers les saules. À présent ses souvenirs ressemblaient à un rêve, ou peut-être à une vision de ce qui aurait pu être. Il lui revenait des images : son épouse riait comme le bambou plie, comme ses feuilles bruissent dans le vent. Sa silhouette était fine et ses pieds comme de tendres pousses de bambou. Pourtant, c'était leurs conversations qu'il avait aimées par-dessus tout. Parfois elle s'opposait à lui. Lorsqu'il s'agissait de poésie. Il eut un petit rire, revoyant son front plissé, une telle intensité chez une femme d'habitude si conciliante. Il préférait Tu Fu, mais elle aimait Li Po, parce que dans ses poèmes on trouvait tant d'espace, disait-elle, tant de place pour l'esprit et l'imagination. Comme dans un chapitre de *La Vie flottante*, ils avaient un jeu qui consistait à composer des strophes, à tour de rôle, jusqu'à ce que les vers grandioses finissent par dégénérer en sottises et en rires.

Il soupira. La peau de Mrs McKechnie, de Katherine, était tachée de son et sa bouche était large. Elle portait de hautes bottines noires comme les autres Occidentales et ne se déhanchait pas en marchant. Elle ignorait tout de la poésie chinoise, et parfois avec elle la communication la plus simple était chargée d'incompréhension.

Un jour, tout au début, alors qu'il lui livrait des légumes, elle lui avait offert une tasse de thé et lui, poli, avait refusé, comme le voulait la coutume. Mais elle l'avait pris au mot et ne lui en proposa plus jamais. Avec le recul il comprenait que ce n'était pas de l'impolitesse, ni même un manque de générosité. C'étaient les manières des étrangers. Il devait se mordre la lèvre et accepter sans délai, ou pas du tout.

Yung lança un regard à son frère qui avait une petite femme, lui, pour partager son lit tous les soirs. Il baissa les yeux sur l'eau sale et brune. Il avait froid aux mains et la peau incrustée de terre, comme les dessins sur un bambou, ou les vaguelettes sur le sable.

Mrs McKechnie. Oui, elle portait le nom d'un homme mort; oui, c'était une étrangère au grand nez, aux cheveux roux; et pourtant les paroles de Po Lo lui revenaient à l'esprit: «*Pour trouver un bon cheval,* disait-il, *tu regardes son allure, tu regardes ses muscles et son ossature, mais pour trouver le cheval parfait, tu oublies toutes ces choses.*»

Shun n'avait jamais lu Lieh Tzu et dans des moments pareils il enviait son frère, et même, il lui en voulait de son savoir – un savoir que lui-même, en travaillant dur, avait payé de ses deniers. Mais Yung ne leva pas les yeux, ne vit pas la colère de son frère. Il poursuivit sans se rendre compte: «*Quand tu regardes un cheval, il y a plus important que le cheval.*»

Shun soupira. Ce n'était jamais facile de parler avec son frère. De le conseiller ou de le réprimander. Yung citait toujours des classiques ou des révolutionnaires comme Liang Ch'i-chao ou Sun Chiao-jen ou encore Sun Yat-sen, ou alors il lui sortait quelque phrase brillante, insupportable de son cru.

Shun revint à la charge: «Regarde Yue Jackson, tu crois que c'est facile pour lui? Tu crois que les *gweilo* le traitent comme un des leurs? Tu crois que c'était facile pour lui en Chine? Et pour sa mère?»

Il parlait du Secrétaire anglais au consulat, le fils d'une mère écossaise et d'un père Sei Yap. Yung le croisait à des réunions de la communauté ou lorsqu'ils accueillaient de nouveaux venus à la descente du navire. Et ces temps-ci il le voyait tous les dimanches après-midi au consulat.

Yung avait eu du mal à choisir à quel cours il assisterait : avec son frère au cours d'anglais enseigné par Yue Jackson ou au cours de chinois donné par le Consul Kwei. Bien sûr il voulait améliorer son anglais, mais à présent n'avait-il pas Katherine ? En vérité, ce qu'il aimait c'était sa propre langue. Sa littérature, son histoire, sa philosophie – que le Consul Kwei écrive le premier vers d'une strophe pour qu'il la termine.

Yung regarda son aîné, ses mèches de cheveux noirs à présent mêlées de blanc, ses yeux fatigués, injectés de sang. Shun Goh ne comprenait pas la poésie. Oui, lui aussi voulait que les Mandchous soient renversés, comme tout Chinois patriote, mais il n'aimait pas jouer avec les mots ou les idées, jouer avec la vie.

Yung pensa à la pâleur de la peau de Yue Jackson, à ses cheveux clairs, ses yeux de Chinois – et se demanda à quoi ressemblerait un enfant qu'il aurait avec Katherine. Un enfant qui tomberait entre deux mondes. Qui n'aurait sa place nulle part…

Quand Shun comprit qu'il n'arriverait pas à persuader son frère, il lui dit de ramener Katherine le soir. C'était dangereux d'être dans les rues si tard.

« Rappelle-toi Joe Kum-yung. L'hiver arrive. Et si tu attrapes une pneumonie ? Tu crois que je vais engager le cousin Gok-nam ? Cette chiffe molle ! Est-ce qu'on a besoin que sa femme vienne faire des histoires dans cette maison ? Et si tu meurs de froid ? Qu'est-ce que je dirai à Mère et à Père ?

« Demande-lui de venir ici le soir. Emmène-la dans ta chambre. Je ne veux pas la voir. »

La colline aux fleurs jaunes

Parfois, quand il l'attendait chez lui, Yung se voyait entrer dans la chambre de Katherine et la regarder tandis qu'elle détachait ses cheveux et les brossait lentement, de longs coups de brosse dans les vagues d'un roux sombre de sa chevelure. Il s'imaginait couché entre ses draps, le visage posé sur son oreiller, entouré de son odeur de femme. Parfois une souffrance grandissait au centre de son être, un frisson douloureux qui menaçait de le terrasser.

Il comprenait les problèmes posés par les enfants. Par les jugements de la société *gweilo*. Au plus profond de lui-même, il était conscient de la honte qu'elle éprouvait. Il en sentait la chaleur envahir son visage, s'emparer de son corps.

Qu'est-ce qui les avait réunis ? Qu'avaient-ils à partager ?

En se promenant la nuit, ils avaient vu un flamboiement aveuglant dans le ciel. Elle lui avait raconté que la même comète était apparue en 1066, juste avant une bataille dont il n'avait jamais entendu parler. « Certains prétendent qu'elles annoncent la fin du monde », ajouta-t-elle en se serrant dans son manteau.

Quand ils passaient sous un réverbère, il observait son profil : son nez, sa joue, ses lèvres pleines, illuminés ; puis leur absorption dans l'obscurité et leur lent retour à la lumière.

Oui, songea-t-il. Pas le mot lui-même, car il n'existe rien d'aussi simple en chinois qu'un oui ou un non universels, mais une multitude d'expressions à leur place, chacune disant bien ce qu'elle veut dire. Oui, les astrologues chinois croyaient la même chose, qu'une comète annonçait une catastrophe, pourtant il existait une autre interprétation.

« Comment tu appelles ça ? » demanda-t-il. Il était une heure du matin, il s'était arrêté dans la flaque de lumière pâle d'un réverbère, comme s'il tenait quelque chose dans les mains, et il faisait devant lui un geste bref, latéral.

Katherine fronça les sourcils. « Balayer, tu veux dire ? Avec un balai ?

– Oui, oui. » Il souriait maintenant. Il désigna la zone illuminée dans le ciel, semblable à la tête en paille d'un balai qu'on aurait enflammée. « Des étoiles-balais, dit-il. On les appelle étoiles-balais. »

Il aurait voulu lui expliquer qu'une comète dans le sud balayait l'ordre ancien pour en introduire un nouveau. Il voulait lui expliquer beaucoup de choses. Mais parfois en anglais les mots se prenaient dans sa gorge, se figeaient sur sa langue.

Ils étaient couchés dans le lit de Yung, le visage de Katherine contre son épaule, lorsqu'elle lui demanda pourquoi il faisait grise mine.

« Grise mine ? » fit-il, perplexe.

« Triste. Pourquoi es-tu si triste ? »

Il ne savait que répondre. D'un geste caressant, il écarta les cheveux de son visage. Comment lui parler de Hung-seng ? Par où commencer pour lui expliquer ?

Ils avaient joué sur la rive près de la courbe du ruisseau, juste à l'entrée du village – Hung-seng et Yung et les autres enfants. Il y avait des bananiers et des arbres sur lesquels ils grimpaient, le soleil filtrant à travers les branches. Ils ramassaient des gousses de graines tombées au sol, les écrasaient à l'aide d'une pierre et trempaient le bout de longues tiges d'herbe dans le liquide. Ensuite, ils attrapaient des libellules : ils guettaient le moment où elles se posaient sur la rive, alors ils rampaient et leur touchaient les ailes – là – avec les bouts d'herbe poisseux. Hung-seng, lui et les autres.

Hung-seng avait quatre ans de moins que lui. Un cousin du même village, comme un petit frère. Yung lui avait appris à faire ricocher des pierres dans le ruisseau. À marée basse, ils pataugeaient dans la vase et ramassaient des bouts de vaisselle brisée, essayant d'attraper des crevettes avant qu'elles ne filent. Ils capturaient des grillons pour les faire se battre et ils les gardaient dans les boîtes à tabac en fer-blanc que les vieux rapportaient de la Nouvelle Montagne d'Or. La vision d'un enfant était si différente : une petite rue, à l'époque, paraissait grande ; un homme plus âgé que Yung de dix ans à peine lui paraissait un ancêtre.

Après son mariage, Yung était parti vivre à Canton, puis de là, à la Nouvelle Montagne d'Or. Hung-seng et lui s'écrivaient. Ils échangeaient des poèmes, ils débattaient de la meilleure façon de moderniser la Chine. Hung-seng, comme de plus en plus de jeunes gens, partit étudier au Japon. Il y resta. Il rencontra Sun Yat-sen et l'aida à fonder *Le Journal du Peuple,* la revue de la Société d'Alliance de Sun. Il en envoyait chaque parution à Yung. Et malgré la rivalité, il lui envoyait aussi *Les Morceaux choisis du Peuple nouveau,* publiés par Liang Ch'i-chao. « Pour agir en connaissance de cause, avait-il écrit. Liang est peut-être conservateur, mais lui aussi veut des réformes. Je pense qu'il a raison de nous conseiller d'étudier les points forts des autres nations pour pouvoir forger une nouvelle culture. »

Puis Hung-seng retourna à Canton. Ses lettres laissaient entendre que quelque chose se préparait. Mais rien de précis.

Les lettres s'arrêtèrent. Jusqu'à ce jour, où une lettre était arrivée du frère de Hung-seng. Plus d'une centaine d'hommes, parmi lesquels son ami, avaient été tués dans un soulèvement manqué. Le gouvernement avait laissé les morts dans la rue. À titre d'avertissement. Plusieurs jours plus tard, son frère avait risqué sa vie pour aider à rassembler les corps. Ils en trouvèrent soixante-douze et les enterrèrent ensemble sur la Colline aux Fleurs jaunes.

On n'avait jamais retrouvé celui de Hung-seng.

Yung regardait Katherine, ses longs cheveux cuivrés déployés sur son oreiller, et ne savait que lui dire. Comment pouvait-il parler de domination – mandchoue, britannique, française, allemande, russe, japonaise –, de la lutte pour la liberté, à une étrangère ?

« Mon ami est mort, soupira-t-il enfin. Il était comme mon frère. »

Quand elle lui demanda comment, il fixa son regard au plafond. À la lueur de la bougie qui se consumait, les pensées, les violettes, les primevères qu'il avait dérobées dans les jardins la nuit et placées dans une coupe sur la commode jetaient des ombres mouvantes sur le pâle ciel de plâtre.

La comète était venue un an trop tôt. Il pensa aux mots qu'il avait cherchés dans son dictionnaire chinois-anglais et qu'il avait prononcés à voix haute dans l'obscurité, les nuits où il avait été seul dans son lit, éprouvant leur sensation sur sa langue, le son d'une langue étrangère.

« Liberté, égalité, fraternité », finit-il par dire. Et il sut qu'elle ne comprenait pas.

Quelques mois plus tard, des bombes explosèrent à Hankow. À Wuchang un soldat tua son commandant. La Révolution avait commencé.

Yung ne pouvait s'empêcher de rire, expliquant à perdre haleine, submergeant Katherine d'un mélange grisant de cantonais et d'anglais.

L'une après l'autre les provinces se déclaraient indépendantes de l'autorité mandchoue. Des négociations commencèrent. Finalement l'Impératrice douairière abdiqua et Sun Yat-sen devint le premier Président.

À Wellington, à Sydney, partout dans le monde il y eut des feux d'artifice, des banquets, des milliers de festivités. Yung prononça un discours enflammé et leva son verre à la nouvelle République ; il multiplia les plaisanteries, raconta de longues histoires alambiquées et tout le monde dans l'assemblée se tenait le ventre et riait aux éclats. Pourtant il manquait quelque chose, quelqu'un.

Ils étaient venus ici pour pouvoir envoyer de l'argent chez eux. Retourner au pays en hommes riches; la richesse, cependant, leur échappait toujours. À présent, il y avait tant à faire là-bas. Hung-seng était mort pour cette cause, mais lui, qu'avait-il fait de plus qu'échanger des idées avec ses compatriotes et récolter de l'argent pour Sun et pour la Révolution?

N'était-il pas temps de rentrer?

Shun Goh ne comprenait pas. Comment pourraient-ils rentrer? demandait-il. Où était l'argent? Il y avait des carottes à laver, de choux-fleurs à débarrasser de leurs feuilles, des dettes à rembourser.

Quand elle vint à sa porte, il l'attira contre lui, enfouit son visage dans sa chevelure. Il connaissait les cheveux des Chinoises – lisses, noirs et épais – et leur propension à vous embrocher l'œil à des moments intimes, mais ceux de Katherine l'étonnaient encore – doux comme ceux d'un bébé, si aériens, ils lui chatouillaient le nez.

Il savait qu'il *l'aimait*. Même s'il était incapable d'articuler ce mot. Non que les *Tongyan* n'éprouvent pas de l'affection, de l'attirance, du désir – un sentiment supérieur à celui du devoir, qui semblait couler avec le lait maternel. Mais *amour* était un mot que seuls les *gweilo* employaient. Une chose que l'on pouvait ressentir mais jamais formuler.

En la tenant dans ses bras, il ne savait que choisir – la patrie qu'il avait attendue, pour laquelle il avait tant travaillé, tant prié; ou cette brûlure sans fin, ce dernier souffle de vie au bout du monde.

Un atlas pour enfants

« Tu sais où elle va, n'est-ce pas ? »

Robbie leva les yeux, fixa Edie qui se tenait sur le pas de la porte et se remit à écrire.

« Si tu ne me le dis pas, je dirai à maman à qui tu écris.

– Et j'écris à qui ?

– Tu crois que ce n'est pas évident ? »

Robbie donna un violent coup de plume à la lettre, jura à voix basse. La pointe avait traversé le papier, et maintenant une tache d'encre s'infiltrait dans la couverture du livre en dessous : *L'Atlas pour enfants* de Whitcombe & Tombs. Sa mère allait être furieuse.

« Si tu es si futée, pourquoi tu ne sais pas où elle va la nuit ? Ce n'est pas évident ?

– Elle va voir quelqu'un, c'est ça ? »

Robbie la regarda fixement.

« Mais pourquoi faut il que ce soit un secret ?

– Parce que c'est dégoûtant, voilà pourquoi ! »

D'un seul geste il lança en l'air livre, lettre et porte-plume – dans un grand arc de gouttes d'encre. Le livre s'écrasa contre le mur, le porte-plume laissa une tache sur la tapisserie, rebondit et vint frapper le tapis. Une feuille déchirée glissa au sol.

« Si papa était là, ça ne serait jamais arrivé ! » Robbie fondit en larmes.

Edie ne l'avait vu pleurer qu'une seule fois, à la mort de leur père. S'il était encore là, qu'est-ce qui serait différent ?

Elle aurait voulu caresser le dos, les cheveux de Robbie, mais il semblait si loin, si affreusement loin, la distance entre eux infranchissable.

En le voyant trembler de tout son corps, elle sentit des larmes se former dans ses yeux. Elle ne savait pas pour qui elle pleurait. Elle tourna les talons et entra dans la chambre de leur mère, d'où elle regarda la rue en bas par la fenêtre. Elle devait commencer à préparer le dîner. Éplucher des pommes de terre et des carottes, hacher du chou. Leur mère allait rentrer.

Bientôt.

L'avenir de l'humanité

Edie ne se rappelait pas avoir entendu des éclats de voix, ni perçu non plus de petits signes de tendresse. Mais même à six ans elle avait remarqué la tension sur le visage de sa mère, la façon dont elle se tenait toujours à l'écart de Donald.

Chaque fois que Mrs Newman ouvrait un journal, lui montrait des articles intéressants et l'encourageait à les lire, ou même si elle entendait un jeune vendeur de journaux crier sa marchandise au coin d'une rue, Edie se souvenait de son père : les odeurs de whisky, de tabac, d'encre, les traces indistinctes sur ses manchettes autrefois blanches, sur la joue, le menton, ou le long du nez, ses mains tachées de noir qu'il jetait en l'air au cours d'une conversation animée. Son père. Un homme qui aurait pu résoudre certains des problèmes qu'on lui posait à l'école :

Un homme laisse 4000 livres à chacun de ses trois fils et 1500 livres à chacune de ses deux filles, quel est le montant de son legs ? Ou bien : *Divisez 100 livres entre deux hommes et deux femmes de sorte que chaque homme obtienne deux fois la part de chaque femme.*

Ce furent des détails qui lui revinrent plus tard, quand Mrs Newman lui tendit une enveloppe en lui demandant:

« Que lis-tu ici, Edie ?

– Mrs Alexander Newman, 215... », lut Edie, perplexe.

« Oui, oui. Maintenant, dis-moi, qu'est-ce qui te choque là-dedans ? » Mrs Newman l'avait fixée intensément par-dessus le verre de ses lunettes.

Edie regarda encore l'enveloppe blanche ordinaire, qui portait le cachet de la poste de Wellington. Rien de particulièrement intéressant dans l'écriture. Pas de fautes d'orthographe. « Euh... je ne sais pas, finit-elle par dire.

– Quel est mon prénom, Edie ? Alexander ? Qu'est-ce que ça révèle de la position – si elle en a une – de la femme mariée ? Est-ce que j'appartiens à mon mari comme sa Ford, par exemple ? Un objet qu'on remonte à la manivelle et qui obéit à ses ordres ? »

Edie avait envie de rire. Elle ne pensait pas que Mr Newman y parviendrait vraiment. Mrs Newman était parfaitement capable de se remonter elle-même, grand merci !

« Tu crois qu'on pourrait appeler mon mari Mr Margaret Newman ou même Mr Margaret Salmond ? » poursuivait-elle, et Edie se prit à penser à Mr Newman. Était-il comme un certain Mr Bennet qu'elle avait tant aimé dans ses lectures ? Un homme qui savait se moquer de sa femme sans même qu'elle s'en aperçût ?

Mais Mrs Newman était passée à un autre sujet. Edie avait-elle rencontré le docteur Bennett ? demanda-t-elle, et un instant Edie fut déconcertée, perdue dans le lien qu'il pouvait exister entre un roman de Jane Austen et une pionnière dans le domaine de la médecine.

« Une femme remarquable », poursuivait Mrs Newman. Que ferait-elle sans des personnes de la trempe du docteur Agnes Bennett et de Mrs Grace Neill? Capables de tenir tête à des hommes comme Ferdinand Batchelor et Truby King.

«Tu as certainement entendu parler du docteur Bennett? Je l'ai rencontrée il y a des années à Sidney quand elle est venue soigner ma sœur. Quelle honte! Savais-tu qu'avant son arrivée en Nouvelle-Zélande personne ne voulait d'une femme médecin? Et regarde-la maintenant – directrice de St Helen. Qui en aurait rêvé il y a seulement dix ans – une femme responsable d'un hôpital!»

Mrs Newman sourit à Edie. «Je dois vraiment te présenter au docteur Bennett, ma chérie. Les médecins détiennent la vie, le destin, l'avenir de l'humanité entre leurs mains. Et notre docteur Bennett est en première ligne.»

La première fois qu'Edie vit les poulies accrochées au plafond dans le garage, elle rit tout haut. Le docteur Bennett s'en servait pour soulever l'énorme toit de son automobile.

«Oui, c'est toute une affaire, n'est-ce pas? Mais quand on est enclin à attraper des rhumes, il est déconseillé de rouler dans une auto ouverte, et l'on devrait toujours, toujours suivre les conseils de son médecin.» Le docteur Bennett jeta un coup d'œil à Edie et sourit. «Surtout quand il se trouve que vous êtes ce médecin.»

Edie rit de nouveau. L'automobile, avec ses hautes parois et son toit amovible, avait été spécialement construite pour sa propriétaire. On l'avait surnommée la «Boîte à pilules» et elle était presque aussi célèbre que le bon docteur. Elle était la première femme à conduire une automobile dans Wellington; elle avait appris entièrement seule. Edie avait remarqué que les gens se tenaient toujours à une distance respectueuse de la Boîte à pilules.

Elles entrèrent dans la maison où le docteur Bennett fit du thé. « Mrs Newman m'a confié que vous aviez un esprit curieux.

« Rares sont les hommes qui comprennent cela chez une jeune fille. D'après eux, les *dames* ne doivent pas poser trop de questions. Nous voulons en savoir trop, à leur avis. » Elle sourit – un petit sourire triste –, et versa l'eau bouillante sur les feuilles dans la théière puis emporta le plateau au salon. « Mais ne vous laissez pas décourager », poursuivit-elle.

Le docteur Bennet lui offrit des sablés. « Il paraît que vous n'êtes pas particulièrement proche de votre frère. Quand j'étais petite je jouais tout le temps avec mes frères. J'étais ce qu'on peut appeler un garçon manqué, toujours à gambader dans les prés, sur la plage et dans le bush. Ce furent les jours les plus heureux de ma vie, je crois. »

Elle garda un moment le silence, pendant qu'Edie se posait des questions sur sa vie en Angleterre et en Australie. Mrs Newman lui avait dit que le docteur Bennett avait perdu sa mère très jeune.

Elles burent du thé, parlèrent des roches sédimentaires, de la découverte des antiseptiques par Lister, du temps que la jeune femme avait passé à l'université de Sydney et à l'École de médecine d'Édimbourg. La lumière de la fin d'après-midi pâlissait.

« Je vais vous reconduire chez vous, Edie. Votre mère doit se demander ce qui vous est arrivé. »

Edie ne répondit pas qu'elle n'avait aucune envie de rentrer chez elle.

Tout en conduisant, le docteur Bennett parlait: « Les livres peuvent être de très bons amis, Edie, surtout quand on se sent seul. Mais ne négligez pas l'exercice physique. Apprenez à marcher – et à courir – pas seulement avec l'intellect mais aussi avec le cœur et le corps. Le contact avec les autres, l'air frais et l'activité physique vous soutiendront à travers bien des épreuves. »

Edie regarda le docteur Bennett s'éloigner au volant de son auto. Les réverbères clignotèrent puis s'allumèrent. Elle ouvrit le portail et monta le perron.

Un rouquin prodige

Edie était censée être intelligente, mais malgré ses discours prétentieux, elle passerait sous un train, elle s'en rendrait même pas compte ! Comment pouvait-elle être aussi idiote ! Robbie, les sourcils froncés, fit un nouveau lancer loin du batteur.

« Qu'est-ce qui t'arrive, abruti ! cria Billy. Va chercher cette balle, Wal.

– C'est qui que t'appelles abruti ? Triple imbécile !

– Ouah ! qu'est-ce qu'il y a ?

– Où elle est passée, la balle ? cria Wally.

– Sous cet arbre, abruti ! »

Robbie se mit à ricaner. « Ouais, sous cet arbre, abruti ! »

Il s'élança en avant, tendit la main et la balle atterrit juste dans sa paume. Il la polit sur son pantalon en revenant sur ses pas, courut et lança. La balle glissa entre la batte et sa cuisse, coupa entre les piquets. Robbie leva les mains en l'air en poussant un cri de triomphe.

Billy sourit. « À toi de lancer. »

Billy était bon. Pas aussi bon que le père de Robbie, bien sûr, mais bon. Robbie se tenait sur la ligne, tapant sa batte contre l'herbe desséchée par l'été. Son père lui avait toujours dit de prendre son temps la première fois qu'il jouait. Observe d'abord, lui disait-il. Ne cherche pas à faire le lancer du siècle et prépare-toi pour un *duck*.

Mais aujourd'hui il s'en fichait. Il coupa la balle sur la limite et l'envoya au-delà de Wally pour marquer un *four*.

« Mince alors Rob, j'suis mort !

– Si t'étais un gardien potable…

– C'est moi qui suis pas potable ? »

Robbie rit. « Ça te ferait du bien de courir un peu, mon vieux ! »

Wally redressa les épaules, rentra le ventre. « On dit que j'suis pas la moitié de l'homme que j'étais avant.

– T'es un vrai tombeur, Wal.

– J'aime à le penser, dit Wally en soufflant sur ses ongles.

– Vous devriez venir au gymnase tous les deux, intervint Billy en riant. Ça te ferait du bien, Wal. J'y suis allé avec mon cousin l'autre jour et on a rencontré Charlie O'Donnell, il s'est entraîné avec le Grand Sandow. Il est fantastique.

– Pourquoi on n'irait pas maintenant, suggéra Robbie. Pour jeter un coup d'œil. »

Comme ils sortaient dans Buckle Street, il demanda : « Tu as ma balle, Wal ? »

Wally respirait toujours lourdement. Il sortit la balle de sa poche et la lui lança.

Robbie entendit des roues d'acier sur la voie, le son d'une cloche. Un grille-pain arrivait au tournant. « Prenons le tram », cria-t-il. Il mit sa batte sous son bras, jeta la balle en l'air, la rattrapa en courant.

Ils montèrent à bord et s'assirent à l'air libre, des rafales de vent du nord dans les cheveux. Grille-pain, ça se comprenait, mais pourquoi les gens les appelaient-ils aussi des wagons de Hong-Kong?

«Parce qu'à l'origine ils venaient de Hong-Kong, abruti!» expliqua Billy.

Robbie sourit. Comme le receveur voltigeait le long des marchepieds extérieurs pour récolter le prix des tickets et que Wal essuyait la sueur de son visage avec un mouchoir, il donna un coup de coude à Billy: «Qu'est-ce que tu lui donnes comme chances de rentrer dans le poteau central? Ou de tomber et de se tuer comme cette pauvre andouille dans Oriental Bay?»

Il rit. Il n'aurait rien contre un peu de sel dans sa vie. Mac était réglo comme patron, et Robbie, après avoir été garçon boucher, qui livrait la viande, avait accédé au grade d'apprenti. Ce n'était pas trop mal, d'apprendre à dépecer les carcasses, à couper des côtelettes et des steaks et tout ça, mais le danger de s'accrocher le long des marchepieds ou, mieux encore, conduire un tram – ça, ce serait la vraie vie.

Comme s'il avait lu dans sa pensée, Billy dit: «Vous savez, après la chute de ce pauvre type, il doit leur manquer des employés. En étant malin, je pourrais peut-être me faire embaucher, hein?»

Robbie lança un regard à Billy. Voilà justement ce qu'il détestait chez lui. Il n'avait que dix-huit mois de plus que lui, mais il paraissait plus vieux de trois ans ou même quatre. Il pouvait se permettre toutes sortes de choses dont Robbie ne faisait que rêver.

«On y est!» Billy tira sur la sonnette et ils sautèrent du tram dans Cuba Street.

Avant même d'entrer ils entendirent des cordes à sauter fouetter l'air, frapper le plancher, le bruit du cuir contre le cuir. Quand la porte s'ouvrit, ils furent saisis par une odeur de sueur et de pommade à l'arnica.

Deux hommes dansaient, donnant ou esquivant des coups de poing sur le ring. Un autre boxait à vide devant un immense miroir. Certains frappaient de lourds sacs, martelaient des punching-balls, soulevaient des haltères. Deux garçons se battaient sur un tapis de toile. D'autres faisaient des flexions, des tractions à la barre, ou encore des abdominaux.

RESPIREZ MIEUX, ENRICHISSEZ VOTRE SANG était peint sur le mur, à côté d'affiches sur lesquelles Eugen Sandow faisait jouer ses muscles. Qu'est-ce que je donnerais pas pour ressembler à ça ! pensa Robbie.

« Qu'est-ce qu'Edie penserait de ça, d'après toi ? » hurla Billy. Il sauta en l'air, attrapa des anneaux qui pendaient du plafond, se hissa gauchement.

« Tu rigoles, mon vieux ! Faut que tu fasses mieux que ça ! » Robbie considéra son copain. « Mais qu'est-ce que tu racontes ? Tu en pinces pour ma sœur ? »

Billy sauta au sol. « J'sais pas, Rob. Elle est un peu bizarre des fois, mais reconnais qu'elle est mignonne.

– Edie ? fit Wally en riant. Tu t'intéresses à cette crâneuse ? »

Robbie se retourna et flanqua son poing dans la figure de Wally.

« Aïe ! Pourquoi t'as fais ça ? »

Robbie secoua sa main, fixa avec gêne Wally qui, au sol, se tenait la mâchoire. « Écoute, mon vieux, finit-il par lâcher, je peux dire ce que je veux – c'est ma sœur après tout – mais ça te donne pas le droit…

– On se fait pas bien voir avec nos sales caractères, pas vrai ? »

Robbie se retourna.

Un homme au nez cassé, les cheveux roux mais le front un peu dégarni, lui souriait. « Pas la peine de mettre de l'huile sur le feu, hein, fit-il avec un clin d'œil. Comment tu t'appelles, fiston ? Rob, hein ? Moi c'est Charlie. Charlie O'Donnell. Pour un gars aussi maigrichon, t'as un bon crochet du droit. Un jeune Ruby Robert, c'est moi qui te le dis. » Il rit. « Billy, montre donc les ficelles à ce rouquin prodige. Vois si on peut en tirer quelque chose. »

Silence

Edie venait souvent chez Mrs Newman après l'école, mais Katherine ne voyait guère Robbie. Tous les après-midi, quand elle revenait du travail, il était au gymnase. Il rentrait pour dîner mais ressortait tout de suite après avec Billy. Elle se posait des questions sur ce Charlie O'Donnell. Pourtant, grâce à lui, Robbie ne traînait pas dans les rues et ne risquait pas de s'attirer des ennuis. Et il avait cessé de parler sans fin de Donald. *Papa ceci* et *papa cela.* Non qu'elle puisse le lui reprocher. Un jeune garçon a besoin d'un homme dans sa vie. Charlie O'Donnell tombait à point pour tenir ce rôle.

« Robbie n'est presque jamais à la maison ces temps-ci, dit-elle en grimpant dans le lit de Yung. Je ne sais plus qui il est. »

Yung ne répondit pas. Il la tenait dans ses bras mais il n'avait pas envie de faire l'amour.

« Qu'y a-t-il ? demanda-t-elle. Qu'est-ce que tu as ? »

Il restait silencieux, et lorsqu'elle l'embrassa sur la joue, elle la trouva humide.

Wong Chung-yung

La Melonnière

Il n'y a pas de collines, pas de crêtes montagneuses à La Melonnière, seulement les tombes arrondies des anciennes générations, où les morts sont couchés en direction de l'est, leurs visages regardant par-dessus l'eau; par-dessus la rivière qui serpente à travers mille villages en descendant du fleuve Perle, et encore dix mille autres avant d'atteindre la mer. Il n'y a pas de melons à La Melonnière, seulement les longues pousses de riz qui habillent les champs de vert au printemps et à l'automne, et de luxuriants vergers de lychees qui prodiguent leurs fruits en été.

C'est notre village, célèbre dans tout le Kwangtung. On dit que ses lychees sont les meilleurs de Chine. Brisez seulement la coque rouge et craquante: à l'intérieur la membrane est sèche, une peau translucide remplie d'une chair abondante, blanc-vert, juteuse et sucrée, au parfum de fleurs, au cœur de laquelle vous trouverez un tout petit noyau brun, lisse comme du jade sous la langue. C'est l'histoire que nous racontons, que nous avons racontée depuis des générations.

Je me souviens encore des fleurs, leurs petites têtes de couleur crème parmi les feuilles d'un vert sombre. Au printemps vous les sentez partout et l'été, lorsque le fruit mûrit sur les branches, les *gau pei dan* arrivent – les pets-de-chien –, des insectes rouges tachés de brun, pareils à des cafards, dont les ailes puantes battent sans relâche. Je m'asseyais dans les arbres pour manger le fruit blanc et lisse, et ils étaient là aussi, pour aspirer le jus et mordre les petits garçons. Ma mère me grondait pour la peine – *seau de riz*, disait-elle, c'est tout ce que tu manges, du riz et des lychees? – tout en étalant sur ma peau enflammée des rubans de pommade aussi longs que l'ongle de son pouce qu'elle ne coupait jamais.

On dit que les pets-de-chien aiment le sang des hommes ayant séjourné à l'étranger, les voyageurs, il a un goût sucré. Mais moi, je ne suis jamais revenu.

Ce sont les choses dont je me souviens: les arbres à lychees, les *gau pei dan*, l'odeur d'herbe du riz quand il est prêt pour la moisson.

Je me souviens de la peau douce et blanche et des mains tendres de la mère de mon fils. Des minuscules pantoufles de soie brodées de fleurs qu'elle portait chaque nuit au lit.

Elle écrivait au sujet de mon fils – mon Fils numéro Deux – né après mon départ pour ici. La ressemblance est indiscutable. Regarde-toi dans le miroir, écrivait-elle, et là tu verras ton fils.

Tout ce que je sais, c'est par les lettres, les enveloppes qui reviennent portant ma propre écriture, adressées à moi-même, pour qu'elle ne fasse pas de fautes dans cette langue étrangère: Wong Chung-yung, 100 Adelaide Road, Wellington, Nouvelle-Zélande. Et à l'intérieur sa belle écriture cursive (ou parfois celle du fils) : « Époux respecté ; le toit fuit, demande, je te prie, à Frère Aîné d'envoyer 20 *man*… la rivière a encore débordé et la maison s'est effondrée – devons-nous reconstruire avec des briques de terre ou enverras-tu de l'argent pour des briques cuites qui ne se dissoudront pas dans l'eau ?… Cousin Untel est mort et il y a eu des frais… » Et parfois il y avait le premier vers d'un couplet, ou une réponse à l'un des miens.

Aujourd'hui c'est son écriture à lui qui est arrivée – une feuille de papier si fine que si je la tiens à la lumière, je peux presque lire les caractères à l'encre noire de l'autre côté.

Excellent Père,

Je vous écris pour vous informer que Mère est morte d'une fièvre le quatrième jour du quatrième mois à deux heures de l'après-midi. Elle a été malade pendant trois jours. J'ai prévu son enterrement dans la concession familiale pour le huit, un jour favorable selon l'almanach. Tout l'argent sera dépensé pour payer les moines et les porteurs, et pour acheter le cercueil, les bols et les baguettes, le bœuf, le poisson et les légumes.

Votre humble fils…

Tous les trois mois je leur ai envoyé 5 livres. J'ai pourvu à l'éducation de mon fils et payé nos dettes. J'ai économisé 120 livres, 100 pour la taxe locale, et presque les 22 livres pour le bateau (dans l'entrepont) – mais je dois à présent rembourser les frais des funérailles, et préparer le mariage de mon fils…

Combien d'années avons-nous attendu ? Et voilà qu'elle est enterrée depuis trois semaines.

Il y a des centaines et des centaines d'arbres à lychees à La Melonnière. Ils couvrent toutes les terres de l'autre côté de la rivière. Il paraît que leurs lychees sont *ho sik*, les meilleurs de Chine. Oui, il y a des centaines d'arbres, mais un seul – à moitié desséché, à moitié vivant – porte le fruit le plus magnifique, celui que l'on donne aux autorités.

Longévité

L'enfant était assis à la table de la cuisine, mâchonnant un crayon, les yeux fixés sur une feuille couverte de chiffres. Yung venait d'entrer pour mettre la bouilloire sur le fourneau. « Wai-wai », dit-il.

Le fils de son frère leva vers lui un regard plein de rêves, celui par exemple de jouer au football ou avec une fronde, de grimper aux arbres comme les enfants *gweilo*, mais surtout pas de coller des sacs en papier, d'empiler des fruits ou de faire ses devoirs, assis à la table.

Yung sourit. « Regarde, je vais te montrer un truc. » Il fit un geste théâtral à la manière des jongleurs et des magiciens ambulants, comme dans ses souvenirs chanteurs et bateleurs le faisaient au marché.

« Tiens tes mains comme ça. » Il plaça ses mains le long de celles de son neveu, étendant ses longs doigts.

« Une fois neuf? montra-t-il en pliant le petit doigt de la main gauche. Tu vois, plie le premier doigt et la réponse est le nombre de doigts vers la droite. Combien? Ça fait neuf, donc une fois neuf, neuf.

« Et maintenant, deux fois neuf. Plie le deuxième doigt à partir de la gauche. Tu as un doigt à gauche, c'est le nombre de dizaines. Et tu as huit doigts à droite; c'est le nombre d'unités. Ça fait dix-huit. Donc, deux fois neuf, dix-huit.

« Trois fois neuf. Plie le troisième doigt et qu'est-ce que tu obtiens ? Deux doigts à gauche et sept à droite. Oui, ça fait vingt-sept. Donc, trois fois neuf, vingt-sept.

« Montre-moi quatre fois neuf. Oui. Trois dizaines et six unités. Trente-six. Continue. Fais-le jusqu'à dix fois neuf.

« Non, tu ne peux pas avec la table de trois. » Il rit. Il regarda le devoir de l'enfant et se souvint de son jeune âge. Tu ne peux pas le faire avec les autres tables. Ce serait trop facile, pas vrai ? Et bien sûr, ça ne marche que jusqu'à dix. »

La bouilloire sifflait sur le fourneau. Yung ouvrit le panier capitonné sur la paillasse, en sortit la théière en porcelaine et y versa de l'eau bouillante. « Neuf est un chiffre important, expliqua-t-il. Il signifie éternité. Longue vie. Comme les longues nouilles que nous mangeons au Nouvel An. »

Il remplit cinq tasses de thé, en donna une à Wai-wai. « Bois ton thé, lui dit-il. Ça t'éclaircira l'esprit. T'aidera à réfléchir. »

Le petit garçon avait le visage large et fort de son père mais quelque chose des yeux tristes et profonds de sa mère. Yung lui caressa la tête. « En grandissant tu apprendras les neuf considérations, poursuivit-il. Comment être un homme accompli. Comment mener une bonne et longue vie. »

Il apporta une tasse de thé à son frère, qui sortait les épluchures de légumes pour l'éleveur de cochons de Lower Hutt. Shun Goh lui fit signe de la laisser à l'intérieur.

Il en porta une à Mei-lin, qui cousait une pièce au genou sur un pantalon de Wai-wai. Il lui tendit la tasse à deux mains.

Elle leva les yeux vers lui. « Merci », dit-elle en recevant la tasse des deux mains, et dans ses yeux il distingua la trace d'une larme.

Il emporta sa propre tasse dans la boutique, puis il prit une caisse d'oranges. Il sortit les fruits de leur papier de soie, qu'il mit dans un sac pour l'utiliser plus tard dans les cabinets de la cour, puis, deux oranges dans chaque main, il les empila rangée par rangée sur le présentoir en bois. Il pouvait continuer à apporter des caisses, à les empiler et les empiler jusqu'à ce qu'elles débordent et dégringolent au-delà des limites du bois, du linoléum et du verre – neuf fois dix, neuf fois vingt, neuf fois trente –, des centaines, des milliers, des dizaines de milliers de globes resplendissants qui lui brûlaient le foie... il y avait un monde au-delà de ses dix doigts, de la couleur de sa peau, de sa courte imagination, où il pourrait encore respirer, vivre et mourir pour toujours...

Il regarda la pile d'oranges, leur peau ronde piquée de fossettes, chacune si pareille aux autres dans son flamboiement et pourtant, si on y regardait de plus près, si particulière. Il regarda la cagette vide et comprit que c'étaient les choses simples qui comptaient – une seule tasse de thé tenue à deux mains.

Il tâcha de se représenter son propre fils, dont tous prétendaient qu'il avait grandi à son image. Que lui dirait-il ? Comment se parleraient-ils ?

Il le vit verser du thé, prier sa mère devant un autel. Il le vit s'incliner devant sa photographie, près de laquelle il avait posé un bol d'oranges ou de mandarines, tandis que la fumée blanche de l'encens ondulait dans l'air.

Blanc

Il la mettait en colère. À lui dire quoi faire. Et ne pas faire. À lui mentir.

Ils étaient au lit quand elle lui parla de Donald, lui expliquant qu'il lui avait pris sa vie, que les mots avaient été son domaine, qu'il avait utilisé le langage comme un instrument de pouvoir contre elle. Elle avait cru qu'il la prendrait dans ses bras, lui caresserait les cheveux. Au lieu de cela, il s'était assis tout droit, l'avait regardée dans les yeux en lui déclarant que Donald ne lui avait rien volé; elle lui avait donné – librement.

« Tu crois que j'aime gamins disent ching chong chinetoque, tripotent pommes, les abîment. Qu'ils battent Fong-man ? » Maintenant il était en colère. « Frère dit, pas d'ennuis, pas t'attirer ennuis. Votre Bible dit, tourne la joue. Combien j'ai de joues ? Tu donnes joue, et encore joue, il reste plus figure… »

Il se calma, parla plus lentement, s'efforça d'assembler plus soigneusement ses mots. « Tu lui appartiens pas, Katherine. Le langage lui appartient pas. Tu crois malheureuse mais tu connais pas la Chine. Combien de femmes chinoises sous le talon de l'homme ? Combien savent lire ? Combien d'hommes ? L'anglais est ta langue.

On te l'a donnée. Écris ton nom dessus. Langue est pas bonne ou mauvaise. Ta bouche est bonne ou mauvaise. Donald est homme mort. Toi vivante… »

Elle lui cria après. Elle en avait assez que les hommes, et pas seulement les hommes, d'ailleurs, lui disent ce qu'elle devait faire. Elle éclata en sanglots.

Elle savait qu'il avait raison.

Mais à présent, voilà qu'il portait du blanc. Ils portaient tous du blanc, et elle ne comprenait pas. Ce fut ainsi pourtant qu'elle finit par comprendre. Ce blanc était la couleur de sa femme. Et cette couleur révélait qu'il avait une femme et qu'elle était morte.

Il ne lui avait jamais rien dit.

Avait-elle demandé ?

Mais les maris n'étaient-ils pas censés habiter avec leur femme, partager le lit conjugal ? Son propre frère n'avait-il pas une femme ici, ne lui avait-elle pas donné un fils ? Depuis combien d'années le connaissait-elle, et quand lui avait-il dit – quand avait-il jamais reconnu qu'il avait une femme ?

Elle le frappa. Elle agitait les bras, les poings ; elle aurait voulu le frapper, le frapper encore. Mais il l'attrapa, l'attira contre sa poitrine et ne la lâcha pas. Et lorsqu'elle fut incapable de se débattre, et qu'elle regarda son visage, ses yeux noirs, si noirs, tout ce qu'elle put y lire, ce fut de la tristesse.

La photographie

Katherine demanda à la voir.

« À quoi ça sert ? répondit-il. Je ne l'ai pas revue depuis dix-neuf ans. Le passé est le passé. » Mais elle insista.

Yung possédait une seule photographie. D'avant la naissance de leurs fils, d'avant qu'elle fût défigurée.

Elle ne lui en avait jamais rien dit, mais quand l'épouse du cousin Gok-nam était venue, elle avait jacassé : « Quel dommage, de si beaux yeux, une si jolie peau blanche ! Maintenant les gens ne lui parlent plus, ils ne la servent même pas au marché. Bien sûr, ils ne veulent pas que sa malchance déteigne sur eux. »

Yung se rappelait avoir regardé cette femme, ses petits yeux bigleux, son teint sombre et terne. Elle aspirait avec bruit une nouvelle gorgée de thé et mordait dans le gâteau à la vapeur de Belle-Sœur. Lorsqu'elle sourit, il vit ses dents jaunes couvertes de miettes. Et il la détesta.

Il avait su qu'elle était morte avant que la lettre arrivât. C'était le quatrième jour du quatrième mois. La lumière faiblissait. Quelque chose était tombé à l'étage. Quand il était monté voir, la boîte en bois de santal était par terre, ses lettres éparpillées.

Il savait qu'ici il n'y avait pas beaucoup de fantômes. Ils ne venaient pas à la porte et ne croisaient pas son chemin par les nuits pluvieuses. Il n'y avait pas de fantômes inconnus. Ils ne traversaient pas les mers. Les seuls fantômes qu'il voyait étaient des familiers.

À présent il la voyait parfois assise là, à le surveiller. Elle le regardait de son œil déformé – en silence.

C'est pourquoi il brûlait des billets, des habits et des maisons de papier pour elle. Il brûlait de l'encens et déposait des oranges pour qu'elle n'ait pas faim.

Il se rappelait son rire quand ils avaient vécu seuls à Canton. Quand il prenait ses mains dans les siennes, quand elle lui touchait la joue, elles avaient la taille de celles d'un enfant.

Il ne se souvenait pas d'elle ainsi. La photographie avait été prise après son départ pour la Nouvelle Montagne d'Or, quand elle était allée vivre avec Père, Mère et Belle-Sœur. Elle ne souriait pas. Elle ne riait pas. Les photos étaient si pâles, si incolores. Les portraits des morts.

Il y avait si longtemps. Sans cette photographie, il ne reverrait même pas ses traits, pourtant, à présent, quand elle venait la nuit il la reconnaissait.

Parfois, lorsqu'il était couché avec Katherine, elle venait s'asseoir sur la chaise dans le coin de la chambre. Il ne pouvait expliquer à Katherine pourquoi son pénis devenait mou, pourquoi il se détournait et enfouissait son visage dans ses cheveux, pourquoi il la serrait, la serrait dans ses bras.

Katherine ne savait pas pourquoi elle avait éprouvé si fort le besoin de voir, et en même temps de ne pas voir. Les photographies étaient si irréelles, noires et blanches, si sérieuses. En prenant la photo de l'épouse dans ses mains, elle comprit à quel point leurs mondes étaient différents. Qu'avait-elle en commun avec cette femme, sauf qu'elle avait respiré elle aussi, et que chacune d'elles avait donné naissance à des enfants.

Elle était jolie, pensa Katherine, bien que sa coiffure manquât de charme. Pas seulement la façon dont les cheveux étaient huilés et tirés très fort en arrière, mais le front lui-même, incroyablement haut et carré. Ce n'était sûrement pas de la calvitie – c'était une jeune femme, coiffée d'un mince casque de cheveux.

« Que lui est-il arrivé ? demanda-t-elle en désignant le front.

– Ils… » Il faisait le geste de tirer, pour lui montrer.

« On les épile ?

– Oui, oui, quand elles se marient. »

Katherine se sentit écœurée. Cette femme avait vécu et elle était morte, victime d'un mariage austère.

Elle scruta encore la photographie, se demandant à quoi pensait cette femme : elle regardait dans l'appareil comme au fond de l'avenir, son long visage saisi dans un parfait état de non-être. Ses mains reposaient avec raideur sur ses genoux ; des bracelets au poignet, une bague au doigt, un mouchoir blanc. Assise sur un immense fauteuil en bois, ses coudes écartés touchaient à peine les montants sculptés. Cela la faisait paraître très petite, une femme à la peau claire entièrement vêtue de soie flottante. Sur la poitrine, à partir de la gorge, trois papillons en fils colorés attachaient sa tunique. Et au bas du large pantalon, des souliers de satin, incroyablement petits.

Mei-lin était si différente, avec ses jupes longues et larges, ses courtes vestes ajustées, ses cheveux non épilés nonchalamment tirés en arrière, son visage encadré de mèches folles.

« Elle était belle », dit Katherine en rendant la photographie.

Yung leva les yeux vers elle. « Oui, répondit-il. Oui, elle est belle. »

Lune

Katherine lui venait à l'esprit aux moments les plus inattendus – en entendant le client qui lui achetait deux gros navets et une demi-douzaine de carottes rouler les *r* à la manière écossaise. « Rrrr… disait-il, rrrr… » comme s'il parlait en langage codé.

Elle lui venait à l'esprit en respirant l'odeur de la lavande et de la vanille. Avec le souvenir des petits pâtés au porc.

C'était elle qui les lui avait fait connaître, car à présent elle comprenait le goût des Chinois pour le porc. « C'est très anglais », lui avait-elle indiqué en lui donnant le sac en papier brun. *Kuchs*, dans Cuba Street, faisait les meilleurs pâtés au porc de la ville.

« Kuchs ? C'est nom anglais ? » avait-il demandé, et elle s'était contentée de sourire.

Il adorait la farce dodue entourée de gélatine, la pâte généreuse et pleine. Ils étaient vraiment comme des gâteaux-lunes que l'on pourrait manger toute l'année, comme si chaque soir était un soir de pleine lune, quand la famille se réunissait pour dîner en contemplant sa clarté.

Cette nuit-là, éveillé à deux heures du matin, il observait la lumière de la lune au bout de son lit. Soudain, il ne savait plus où se trouvait son foyer.

TROISIÈME PARTIE

Wellington (& Dunedin)
(1914-1916)

Mais les plaisirs sont comme les coquelicots
Vous saisissez la fleur, ses pétales se répandent;
Ou comme la neige qui tombe dans la rivière
Blanche un instant – puis elle fond à jamais…

Robert Burns, *Tam o'Shanter*

Pour le roi et pour son pays

On ne parlait de rien d'autre, que ce soit les clients qui entraient dans la boutique pour acheter un chapelet de cervelas, ou Mac qui pesait des rognons et du bœuf en sauce, ou encore Mrs Mac enveloppant des pieds de cochon dans du papier blanc. Les avis étaient partout, affichés sur les réverbères, les murs, les fenêtres.

Bien avant trois heures, les magasins commencèrent à fermer. Mac et Mrs Mackensie, Robbie et les garçons bouchers eurent la chance de monter dans un tram déjà bondé, qui roulait de plus en plus lentement à travers la ville, pris dans le flot de citadins qui convergeaient par les rues vers le Parlement. Robbie voulait être aussi près que possible de l'action. Il se fraya un chemin, marchant sur des orteils, recevant des coups de coude dans les côtes, essuyant quelques injures au passage, jusqu'à ce qu'enfin il trouve Billy, plutôt chic dans son uniforme de receveur, à moins de cinq rangées de la montée. Lorsque le Gouverneur, le Premier ministre et le chef de l'opposition apparurent devant l'édifice, ils joignirent leurs voix à douze mille autres dans un concert d'acclamations.

Le Gouverneur avança d'un pas et le silence se fit, dans une attente qui faisait frissonner Robbie, lui donnait la chair de poule, tandis qu'un invisible manteau vivant s'étendait sur la foule.

« C'est la guerre, chuchota Billy. Forcément, ça va être la guerre. »

Ils écoutèrent le Gouverneur lire la déclaration de Sa Majesté, puis sa propre réponse. « Chers compatriotes, poursuivit-il quand les applaudissements s'espacèrent, depuis que je vous ai envoyé cet avis ce matin j'ai reçu un nouveau télégramme. LA GUERRE VIENT D'ÉCLATER AVEC L'ALLEMAGNE. »

Quelque chose, jusque-là noué très serré dans le ventre de Robbie, se relâcha et lui sauta à la gorge. Il tremblait, sa voix se mêlant à celle de Billy, aux voix de la foule, dans un tonnerre d'ovations. Ils acclamaient le Gouverneur, ils acclamaient le Roi, ils chantaient le *God Save the King*, des milliers et des milliers de voix à l'unisson. Robbie et Billy se tenaient par les épaules en oscillant. Robbie sentit des larmes au fond de ses yeux. Il se secoua et chanta plus fort, d'une voix râpeuse qui se brisait.

Le Gouverneur annonça qu'il enverrait la réponse suivante : « L'Empire restera uni, calme, résolu, et confiant en Dieu. »

Quand les applaudissements s'éteignirent, le Premier ministre avança à son tour : « … nous serons appelés à faire des sacrifices… mais je compte que ces sacrifices, chacun y fera face de bon cœur, en se montrant à la hauteur des circonstances et des plus hautes traditions de la grande race, du grand Empire auxquels nous appartenons… Gardez votre calme, tenez bon, accomplissez votre devoir vis-à-vis du pays et de l'Empire.

– C'est ce que nous ferons ! » cria Robbie. Des têtes se tournèrent et il rougit.

Le Premier ministre le regarda dans les yeux. «J'en suis certain», dit-il.

Billy donna une grande tape dans le dos de Robbie: «T'as toujours aimé te faire remarquer, hein?»

À tout autre moment il aurait pu rire et lui rendre la pareille – après tout, n'était-ce pas toujours Billy qui volait la vedette? – mais aujourd'hui la couleur avait quitté son visage. Le chef de l'opposition se mit à parler, mais il l'entendait à peine. Tout ce qu'il voyait, c'était le regard que le Premier ministre avait plongé dans le sien; ses paroles résonnaient dans son esprit.

«Ils croiront jamais que t'as vingt ans», fit Billy en riant.

Robbie jura et lui décocha un crochet du droit, que Billy parvint à esquiver de justesse.

«Je n'aurai jamais l'occasion d'y aller», dit-il à sa mère plus tard, prostré, l'air profondément malheureux. «Tout le monde prétend que ce sera fini avant Noël.

– Si ça pouvait être vrai! s'exclama-t-elle. Tu n'as que seize ans, Robbie.

– J'en ai presque dix-sept, maman!» Il crut qu'elle allait ajouter autre chose, mais elle se contenta d'un regard.

«Personne ne sait combien de temps ça va durer, soupira-t-elle enfin. Mrs Newman a lu dans le *Dominion* que les banquiers pensent que ce sera terminé dans six mois. Selon eux, l'Allemagne n'a pas assez d'argent pour tenir plus longtemps. Mais d'après un général européen, ça prendra trois bonnes années. Dieu nous aide!»

Au Bureau de recrutement de Buckle Hill, l'officier sourit: « On engage d'abord les territoriaux, jeune homme, et pas avant l'âge de vingt ans. »

Robbie se renfrogna. Pourquoi n'avait-il pas la voix profonde de Billy, son physique avantageux?

Il commença à se raser matin et soir. Il buvait deux fois plus de lait: deux verres au petit déjeuner, deux en rentrant à la maison et deux encore avant de se coucher. Il se suspendait au chambranle de sa porte jusqu'à ce que ses doigts soient tout raides et qu'il ne sente presque plus la douleur, jusqu'à ce que ses vertèbres (et les articulations de ses épaules) s'étirent, craquent et se relâchent, alors il se sentait plus long, plus grand. Et même, couché dans son lit la nuit, il s'exerçait à rendre plus profonde sa voix de ténor, comme un ouvrier qui creuse un tunnel dans la montagne, de plus en plus loin dans le noir.

Tous les jours, pendant des mois, il alla au gymnase, où il cognait sur le lourd punching-ball comme si sa vie en dépendait, visant sur le cuir une personne imaginaire. Parfois c'était le visage moustachu du Kaiser; parfois, quand il pensait à sa mère, c'était la figure aux yeux bridés du Chinetoque. Il soulevait des haltères, faisait des abdominaux, des tractions, des flexions.

« Durcis-moi ces muscles! Tu veux que je te tue? » criait Billy en laissant tomber un poids sur son ventre.

Ensuite ils prenaient un tram ensemble. « Dave » – ou « Jack » ou « Ed » –, disait Billy, « c'est mon pote Robbie », et ils montaient tous les deux gratis.

Quel sacré veinard, pensait Robbie. Qu'est-ce que je donnerais pas pour avoir un boulot comme ça!

« Pourquoi pas? disait Billy. Arrange un peu la vérité. Normalement ils penseraient jamais à embaucher un type avant dix-neuf, vingt ans, mais on n'est pas dans une période normale. Y a une guerre en ce moment. Je m'engage, mon vieux. On va tous s'engager. Y aura sûrement des places qui vont se libérer. Va voir Trev. Dis-lui que c'est moi qui t'envoie. »

Katherine n'aurait jamais cru qu'il y parviendrait. Qui avait jamais entendu parler d'un traminot de dix-sept ans ? Tout le monde savait que, même avec la guerre, pour une place de traminot il y avait toujours six hommes sur les rangs.

Lors de l'entretien, Robbie les convainquit par son culot. Dix-neuf ans, affirma-t-il, pour être sûr de remplir la condition d'âge minimum. Il savait par cœur les horaires des trains, des bateaux, des cars. Il pouvait montrer tous les plus beaux sites de la ville de Wellington. Oui, il connaissait chaque boutique, presque tous les gens qui vivaient dans Cuba Street, Manners, Lambton Quay. Mais était-il patient, savait-il garder son sang-froid ? Avait-il du tact ? Il resta de marbre. Bien entendu. Il passa l'examen médical, les autres épreuves. Sa vue était parfaite ; son équilibre impeccable.

On lui donna le livret d'instructions et une liste des cartes d'abonnement perdues ; un manteau et un uniforme récemment nettoyé qui sentait vaguement la térébenthine, l'ammoniaque et la gomme arabique. Les femmes admiraient la serge bleu marine, les boutons d'argent, la casquette plate et sa visière.

Il n'y avait pas de pause pour le thé, mais Robbie s'en moquait. Il aimait boire son thé en travaillant, ses dents vibraient contre la tasse en émail, les roues d'acier chantaient quand ils prenaient un tournant.

De temps en temps il voyait Wal, et quand les inspecteurs n'étaient pas là, il le laissait faire un tour gratuit, mais à présent, tout son temps libre il le passait au gymnase. Et Wally, pas moyen de le persuader de s'entraîner.

Billy partit au camp de Trentham. Les seuls hommes à rester, semblait-il, étaient ceux qui étaient trop vieux ou manifestement trop jeunes, ou ceux qui, comme Wal, avaient loupé l'examen médical.

Robbie s'entraînait plus assidûment, il sentait ses muscles changer lentement. Il avait l'emploi de ses rêves. Il n'aspirait encore qu'à deux choses. Pour que tout fût parfait.

Le coffret de plomb

Edie était triste de voir le docteur Bennett s'en aller. Sur le quai, le vent leur soufflait du sel au visage, les mouettes criaient leurs vilains adieux.

« On ne peut pas rester les bras ballants, Edie, lui dit le docteur Bennett en lui touchant l'épaule. On doit saisir les occasions qui se présentent. En créer au besoin. L'Armée de Nouvelle-Zélande ne veut peut-être pas accueillir de femmes, mais la Croix-Rouge, si. »

Edie avait envie de pleurer. Et si elle ne revenait jamais ?

Le docteur Bennett la serra très fort contre elle. « As-tu lu *Le Marchand de Venise*? demanda-t-elle. Bassanio choisit le coffret de plomb plutôt que celui d'argent ou d'or. Sais-tu ce qu'il contient ? »

Edie hocha la tête. *« Qui me choisit doit donner et risquer tout ce qu'il possède.*

–Oui », approuva le docteur Bennett en souriant. Elle posa ses mains sur les épaules d'Edie et la regarda attentivement. « N'oublie jamais ça, Edie. Tu dois avoir le courage de tout donner, de tout risquer. Tu dois être prête à supporter les pires contrariétés, les pires déceptions, les pires motifs d'exaspération.

« Oh, Edie, ce n'est pas aussi pénible qu'il ne paraît. Pas tout le temps ! » Elle rit. « Tu as le droit de t'amuser aussi, tu sais, mais... » – et là elle devint très sérieuse – « l'intelligence cérébrale n'est pas tout. Si tu veux réaliser tes rêves, tu devras travailler sans relâche. Au moins deux fois plus dur qu'un homme. Tu dois trouver en toi la détermination, la volonté et la sagesse nécessaires. Et tu devras aussi cultiver l'intelligence du cœur.

« Écris-moi, ma chérie, et je ferai de mon mieux pour te répondre – mais tu te rends bien compte que le courrier au front peut être irrégulier. »

Le docteur Bennett serra une nouvelle fois Edie dans ses bras. Elle la retint contre elle, lui caressa le dos. « Ma mère est morte quand j'étais toute jeune, Edie. Je me suis sentie si seule. Mais toi, tu as Mrs Newman. Tu as encore ta mère. »

Edie vit le navire larguer ses amarres et lentement passer du bassin dans le port. De Sydney, le docteur Bennett naviguerait par le canal de Suez jusqu'au Moyen-Orient. Et de là, vers qui savait où ? Qui savait quoi ?

Comment pouvait-elle être aussi sûre d'elle ? Aussi sereine ?

En regardant le navire disparaître, Edie se rappela les coffrets.

Le serment

Robbie respirait la poussière qui volait du sol tandis que des charrettes, des tramways, des automobiles se pressaient dans Taranaki Street. Certains des hommes se dirigeaient vers les pubs, une bière ou un whisky en tête; d'autres rentraient à la maison, songeant au ragoût ou au rôti du dîner.

Il sourit. Il apercevait l'énorme bâtiment de briques à deux étages, un peu plus loin au carrefour. Il s'y était entraîné comme cadet dans les stands de tir au sous-sol. Le soir où la guerre avait été déclarée, il se trouvait dans la foule de Buckle Street, une masse compacte de jeunes gens et d'hommes qui lançaient des acclamations. Cela faisait dix-sept mois qu'il avait été éconduit par l'armée, mais son entraînement avait porté ses fruits. Il avait grandi de huit centimètres, gagné sept kilos, sculpté son corps élancé et à présent il sentait les durs contours du muscle sous son uniforme bleu foncé. Il passa la main sur son menton. Il ne s'était pas rasé depuis plus de deux jours.

Il s'arrêta dans le vaste hall, admira les piliers d'acier qui soutenaient le toit, et se souvint qu'un jour, tout jeune garçon, il avait séché l'école pour venir voir les chevaux aider à les hisser et à les mettre en place à l'aide de palans. Une lumière de fin d'après-midi tombait à travers les verrières. Des militaires assis derrière leurs bureaux remplissaient des formulaires; des hommes en costumes, en bleus de travail, en habits d'ouvriers leur faisaient face, un homme ici, deux ou trois là.

Robbie examina les visages. Si quelqu'un le reconnaissait et savait son âge, il irait ailleurs. Il y avait des bureaux de recrutement dans tout le pays. Il pouvait prendre le train pour Petone et s'enrôler là-bas. Ou même plus loin. Il trouverait bien un officier pour l'engager.

Lorsqu'il s'assit, l'officier recruteur le toisa. Mais on n'était plus en 1914. Il y avait un nouveau vocabulaire à présent: Gallipoli, Anzac, Chunuk Bair. Chaque matin des mères, des épouses, des fiancées ouvraient le journal et consultaient directement la « liste des soldats tombés au champ d'honneur », parcourant les noms sous les rubriques: Tués au combat, Morts à la suite de blessures, Blessés admis à l'hôpital. *Evans, (fusilier) Harold William. Plus proche parent: (mère) Mrs Evans, 12,6 Riddiford Street, Newtown. Pied droit et joue.*

L'officier étudia l'uniforme de Robbie. Combien de gosses de moins de vingt ans allaient jusqu'à se renseigner pour un pareil engagement? Il posa les questions et remplit le formulaire: nom – Robert John McKechnie; lieu de naissance – Wellington; sujet britannique – oui; date de naissance… Robbie l'avait répétée jusqu'à plus soif, au point que maintenant il y croyait presque. La même date, mais deux ans plus tôt.

L'officier sourit. « Bon anniversaire », dit-il, et il passa à Robbie le formulaire à signer, puis il lui fit prêter serment, promettre et jurer du fond du cœur d'être loyal, respectueux et obéissant, « Je le jure devant Dieu ».

Le médecin mesura sa taille et son poids, le tour de son torse à l'inspiration et à l'expiration. Il vérifia sa vue, son ouïe, son cœur et ses poumons, l'état de ses dents. (Les avait-il brossées ce matin ?) Il lui fit faire des rotations des poignets et des chevilles, plier et tendre bras et jambes. Il le fit se tenir debout, jambes écartées, les mains sur le drap de coton blanc de la table d'examen. C'était la chose dont il avait entendu parler. Par tous les copains. Il retint son souffle tandis que le docteur lui écartait les fesses et, passant la main entre ses jambes, lui palpait les testicules. « C'est bien », commenta-t-il, puis il ajouta : « Au fait, quelle est votre religion ? » Qu'est-ce que la religion a à voir avec un examen médical ? pensa Robbie.

« Presbytérien ? » demanda le médecin, et il signa le certificat.

Quand Robbie rentra à la maison et mit sa mère au courant, elle s'emporta. Comment osait-il lui faire une chose pareille ? Il ne voyait pas les listes dans les journaux tous les jours ? Le fils de Mrs Dunn avait été tué à Gallipoli. Celui de Mrs Shirley avait survécu, mais avec une jambe en moins. « Tu as…

– Dix-huit ans aujourd'hui », répondit-il calmement. Avec défi. Il sentait une odeur d'agneau rôti, savait que sa mère s'était donné du mal pour lui préparer ses plats préférés. Un instant il eut des remords, pourtant il ne put s'empêcher de dire : « Papa m'aurait soutenu sans réserve.

– Je me fiche de ton père ! Il est mort… depuis neuf ans. *Neuf ans*, tu m'entends ? Et il faut toujours que tu le ramènes sur le tapis ! »

Des larmes montèrent soudain aux yeux de Robbie. Il la bouscula, sortit en trombe et claqua la porte derrière lui.

Edie et Katherine dînèrent, les yeux fixés sur la chaise vide. Si elle l'empêchait de s'engager ici, il pouvait tout aussi bien s'enfuir, pensait-elle. Il pouvait s'engager à Napier, à Wanganui ou même à Christchurch, à Dunedin. Il pouvait s'enrôler sous un faux nom. Et tout ce qui lui resterait serait une absence. Le silence. Une tombe qu'elle pourrait chercher, chercher sans jamais la trouver parce qu'elle porterait un autre nom que celui de son fils.

Les lions

À l'idée des perspectives qui s'ouvraient devant elle, les joues d'Edie brûlaient d'excitation. Les préoccupations féminines habituelles, comme les achats de vêtements, ne l'avaient jamais beaucoup intéressée, mais ce jour-là, il s'agissait d'organiser son départ, de commencer à se faire une vie personnelle. Elle avait besoin de sous-vêtements chauds, d'une jupe bleu marine en laine, d'un nouveau manteau. D'être préparée pour la neige – car enfin, la femme moderne doit savoir faire face à toute éventualité.

Comme elles remontaient Adelaide Road, chargées de sacs et de paquets, sa mère dit: « Nous avons besoin de légumes pour le dîner.

– Oh, maman, tu ne peux pas les prendre demain ? » Edie était impatiente de rentrer à la maison. Elle voulait déballer ses achats, ranger sa malle.

« On a mangé tout le chou hier soir; il ne reste que deux pommes de terre, une carotte, et pas un seul oignon. »

Edie gémit mais suivit sa mère dans la boutique. Elle ne pouvait pas la laisser tout rapporter à la maison.

Mr Wong sortit et leur fit un grand sourire. « Vous avez fait des courses ?

– Oui ! » La mère d'Edie sourit. « Edie part pour l'École de médecine à Dunedin. » Elle paraissait si fière qu'Edie en fut gênée, mais Mr Wong semblait très content lui aussi.

« C'est bien, dit-il. Aider les autres. » Il coupa une poire et leur en donna une tranche généreuse à chacune.

« Elles sont délicieuses, maman. Prenons-en quelques-unes. »

Mr Wong lui tendit un sac en papier. « Non, pas celle-ci, conseilla-t-il. Trop mûre. Celle-ci meilleure. Pas tachée. »

Il pesa les poires, en ajouta une. La médecine c'était bien, commentait-il, mais – il sourit d'un air penaud – la médecine chinoise était meilleure. Il referma le sac, le donna à Edie, parla du pouls – du moins c'est ce qu'elle devina à son geste, un doigt appuyé à l'intérieur du poignet. Il parla aussi du pouvoir curatif de la nourriture et des herbes médicinales chinoises. Quelque chose à propos du chaud et du froid. Elle ne comprenait pas bien.

« Encore de la poire ? » proposa-t-il, en montrant le couteau, la poire découpée. « Servez-vous. »

Edie remarqua ses dents blanches et régulières, l'aisance et la chaleur de son sourire.

« Sun Yat-sen, disait-il, il est père de la Chine moderne. Il a étudié médecine. »

Edie ne savait rien de la Chine, mais elle comprit le compliment.

Sa mère rayonnait. « Nous avons besoin de légumes », dit-elle.

Il sourit et recommanda les haricots, les cardons, les pommes de terre nouvelles. Et les prunes étaient très bonnes. Goûtez-en une.

« Très froid à Dunedin, poursuivit-il. Mon cousin vit là-bas. Achète habits chauds. Tu veux pas aller à l'hôpital. »

La mère d'Edie rit. « C'est ce que nous avons fait. Et de toute façon, elle va être médecin. Bien sûr qu'elle ira à l'hôpital ! »

Les yeux de Mr Wong brillèrent. « Les Chinois disent : Tu vas à l'hôpital, tu meurs à l'hôpital. Travailler à l'hôpital c'est bien. Mourir à l'hôpital pas bien. »

Edie remarquait l'éclat du visage de sa mère, le sourire espiègle de Mr Wong. Elle rougit. Elle n'avait jamais vu sa mère ainsi avec quiconque.

Mr Wong leur demanda d'attendre, puis il disparut dans l'arrière-boutique. Lorsqu'il revint, il portait deux grandes sculptures en stéatite.

« Des lions. Ça, homme lion », expliqua-t-il en brandissant la statue qui tenait une boule ornementée sous la patte gauche. « Et là, dame lion », dit-il de celle qui avait sous la patte droite ce qui ressemblait à un lionceau.

Edie n'avait jamais rien vu de pareil. Les statues présentaient des figures bulbeuses d'animal mythique. En fait, aucune des deux ne ressemblait en rien au lion du zoo de Wellington.

« À Dunedin, recommanda Mr Wong, tu mets homme lion côté droit de la porte et dame lion côté gauche. Ils vont te protéger. D'accord ? »

Edie ne savait que répondre. Ils étaient lourds, encombrants, exactement ce dont elle n'avait pas besoin dans sa malle. Mais elle ne voulait pas être impolie, surtout devant sa mère.

Elles sortirent de la boutique portant chacune un lion, les sacs contenant leurs emplettes, les poires. « Il manque tellement d'esprit pratique parfois», remarqua sa mère en souriant.

Arrivées à la maison seulement, elles s'aperçurent qu'elles n'avaient pas pris de légumes. Elles n'avaient même pas payé les poires.

«Tant pis», fit sa mère, avec un rire de gamine. «J'y retournerai demain. Nous n'aurions rien pu porter de plus, de toute façon.»

Edie songea à briser les lions. Elle avait encore du mal à y croire. Pas étonnant que Robbie l'ait si mal pris. Sa mère ne manquait pas de charme. Mais elle n'aurait pas pu trouver un homme respectable?

Et pourtant, quand avait-elle vu sa mère aussi détendue?

Jamais avec son père.

Elle étudia attentivement les lions. Ils n'étaient pas si différents de ses collections d'insectes – si laids qu'en fait ils étaient plutôt impressionnants. Au dernier moment, elle décida de les emporter.

Tout le long du voyage jusqu'à Dunedin – pour gagner le navire, la gare et enfin St Margaret – elle se démena avec sa malle, maudissant Yung, et se trouva obligée d'accepter l'aide de plusieurs messieurs, les uns gentils, les autres un peu envahissants: un jeune homme maigre qui semblait à peine capable de porter sa propre carcasse, mais dont la fierté lui interdisait de s'avouer battu; un banquier assez corpulent dont la figure se couvrit de sueur et devint rouge comme une boîte aux lettres de l'Empire britannique; un docker qui souleva la malle comme un fétu de paille.

À la pension, les jeunes filles firent toutes des commentaires sur les lions. Edie leur parla de cet insensé de Chinois qui les lui avait donnés. Un marque-page, quelque chose de léger, qui ne tienne pas de place, aurait sûrement mieux convenu, dit-elle. Elles rirent. Avec le temps elle inventa des tas de légendes sur leurs origines exotiques, leurs myriades de pouvoirs magiques.

Le thé

Katherine errait dans la maison vide. Elle entrait dans les chambres des enfants, passait ses doigts sur leurs oreillers, respirait leurs draps.

Elle garderait tout en l'état – les trains modèles de Robbie bien époussetés sur la commode, les aéroplanes qu'il avait fabriqués à partir de balsa, de papier et de ficelle et suspendus au plafond, ses gants de boxe accrochés derrière la porte. Il viendrait en permission, après tout, du moins pendant quelques mois avant de prendre le bateau.

Dans la chambre d'Edie, Katherine examina les collections d'insectes et d'os, classées dans leurs plateaux, feuilleta les classeurs remplis de coupures de journaux parlant de désastres et de dessins d'anatomie; effleura le médaillon de nacre sur la boîte à bijoux en bois de rose. Donald l'avait offerte à Katherine avant leur mariage, mais après sa mort elle l'avait donnée à Edie. Elle contenait une bague sur laquelle on avait serti un morceau de verre taillé, une broche d'améthyste ayant appartenu à la mère de Donald et deux colliers.

Katherine caressa la doublure de velours bleu. Par le passé, elle avait gardé dans le tiroir secret des lettres, des cartes postales, quelques babioles auxquelles elle tenait. Elle souleva le mécanisme… et resta bouche bée. À l'intérieur gisait le *Doxocopa cherubina*, le bleu irisé de ses ailes déchirées mis en valeur par le velours.

Elle ne retourna pas dans la chambre d'Edie, sauf pour laver les draps et refaire le lit, aérer la pièce et épousseter les meubles. Elle n'ouvrit pas les tiroirs et ne toucha à aucune des affaires de sa fille.

Elle parcourut les autres pièces, envisageant des changements pour que la maison parût différente, moins vide peut-être. Mais lorsqu'elle eut tiré la table du centre de la pièce pour la placer sous la fenêtre, elle eut l'impression d'être entrée dans une maison inconnue ; elle s'assit sur la chaise encore chaude de Robbie pour finir un dîner abandonné. Quand elle jeta un coup d'œil dans les deux garde-manger, soudain il lui semblât vain de cuisiner pour elle seule.

Le lendemain, à son grand soulagement, les exigences de Mrs Newman remplirent sa journée et lui occupèrent l'esprit. *Le diable trouve toujours du travail pour les mains oisives,* lui disait sa mère. Et quand elle s'arrêta à la boutique de fruits en rentrant chez elle, quand les doigts de Yung effleurèrent sa main en lui donnant les pommes, Katherine se rendit compte qu'elle n'aurait plus à se lever de son lit à une heure ou deux heures du matin. Elle attendit que Mrs Paterson eût disparu avec ses carottes, et pour la première fois invita Yung à venir chez elle.

S'il voyait quelqu'un dans la rue, Yung dépassait la villa de Katherine et faisait le tour du pâté de maisons. Il n'ouvrait le portail de service que s'il était sûr que personne ne l'avait vu. Il retirait vite ses chaussures et, surveillant les stores du voisin, sans bruit, ses souliers à la main, il suivait le mur latéral jusqu'au jardin. Là, il montait les marches de bois, laissait ses chaussures sur la véranda et entrait discrètement, sans frapper.

Elle lui offrait du gâteau ou un petit biscuit et du thé, qu'il buvait léger et sans lait. Il la regardait ajouter du lait et du sucre dans sa tasse et se demandait si elle devait sa peau claire au lait qu'elle buvait à petites gorgées.

Il attendait.

Les toutes premières fois, il attendit qu'elle le conduise à sa chambre, parce que c'était sa maison et si elle ne l'emmenait pas il boirait son thé en observant son visage, la façon dont elle le regardait, la douceur de ses yeux, et si elle ne disait rien, ne faisait rien, eh bien au bout d'une heure ou deux il repartirait sans l'avoir touchée. Pourtant chaque fois elle l'entraînait, ils sortaient de la cuisine, empruntaient le couloir et montaient l'escalier. Et il était toujours conscient de la lumière et des ombres qui pouvaient passer sur les stores, quand il la prenait dans ses bras, quand il venait sur elle.

Au bout de quelque temps, lorsqu'il sut déchiffrer l'expression de ses yeux en ouvrant la porte, parfois il n'attendait pas qu'elle lui offre du thé, ni la moindre invitation. Il la prenait avant qu'elle puisse parler. Il la prenait où qu'elle se trouve : sur la table de la cuisine, sur le sol de l'entrée, la faisant marcher à reculons vers le salon ou bien l'y portant dans ses bras, sur le sofa en bas ou dans son lit au premier.

Quelquefois elle criait *Je t'aime.* Ces mots lui pénétraient la peau. Il les respirait.

Comme de l'encens.

S'il n'est pas encore temps

Yung cuisinait un *kau yuk.* C'était un acte d'amour. De même que les éternuements au printemps viennent par trois, il préparait trois ingrédients. D'abord la poitrine de porc, riche en couenne et en couches de gras et de viande, en tranches épaisses marinées dans du gingembre, de l'ail, de l'anis étoilé, du sucre et du soja, puis frites et de nouveau marinées. Ensuite la betterave, lavée, pelée et coupée en tranches, dont le jus rouge violet lui pénétrait la peau, une tache d'amour sur ses doigts. Et enfin l'œuf, battu avec un peu de sel, cuit en fines omelettes et coupé en morceaux.

Et voici comment il les assemblait : d'abord une tranche de porc, puis un morceau de betterave et une tranche d'omelette, suivis d'une autre tranche de porc. Il disposait les couches en spirale serrée à l'intérieur du plat. Puis il attachait le tout avec de la ficelle, comme un paquet. L'après-midi il le cuirait à la vapeur sur la cuisinière, jusqu'à ce que la viande grasse devînt luisante et fondante et qu'elle baignât dans le jus. Quand tout le monde arriverait, il soulèverait le plat par la ficelle, verserait le jus épais dans une casserole et le lierait avec de l'amidon. Il servirait des nouilles frites ; et un poisson, le *terakihi,* cuit entier à la vapeur avec du gingembre et du soja; du poulet à la peau croustillante; des champignons chinois avec de la sauce aux huîtres disposés sur un lit de laitue cuite à l'eau; du fromage de soja; des brocolis chinois frits arrosés de sauce aux huîtres et d'huile chaude, et une bonne soupe de porc, mêlée de fils gélatineux d'aileron de requin et d'œuf battu. Il retournerait le *kau yuk* sur un plat d'épinards et verserait le jus par-dessus. Enfin, il s'assiérait pour banqueter avec la famille et les amis.

Pas toute sa famille, pas tous ses amis.

Il ne savait comment l'appeler. Il ne savait même pas comment expliquer.

Il versa de l'eau dans un récipient, y plaça le *kau yuk* pour le cuire à la vapeur et posa un couvercle dessus. Ce soir il mangerait, boirait et se réjouirait parce que Yuan Shih-k'ai, le dictateur, le meurtrier, était mort.

Six mois plus tôt seulement, Yuan avait tenté de se proclamer Empereur. On n'avait pas besoin d'être un révolutionnaire pour en être profondément outragé. Un homme qui, avec la ruse d'un serpent, avait volé la présidence à Sun, qui avait bradé le pays et laissé vides les coffres du trésor. L'homme qui avait assassiné Sung Chiao-jen, le plus grand espoir de la République, et qui pas à pas, avec calcul, avait détruit la République tout en massacrant la population.

Et puis un dimanche soir, le Consul Kwei avait convoqué un meeting à l'Association de Tory Street. Pauvre Consul Kwei! Ne devenez jamais un officiel si votre conscience pèse plus lourd que votre devoir. Tout le monde s'y était rendu, évidemment, tous les hommes. Ils se tenaient par petits groupes ou s'asseyaient dans les rangées, fumant et parlant du prix des citrons de Californie, qui était passé de quelques pence à un shilling; d'Ah Lee, qui avait ramassé un joli paquet en accumulant de larges stocks de riz avant que le prix ne double. Ils mangeaient des graines de pastèque grillées, brisant la cosse entre leurs dents, avant de la jeter au sol. Ils parlaient de Wong-Too qui était rentré au pays pour quelque temps et ne pouvait pas revenir; de la pénurie d'emplois à cause de la guerre. Puis le Consul Kwei se leva et remercia tout le monde d'être venu. Il les remercia d'avoir soutenu le Président Yuan. Maintenant il les encourageait à soutenir l'Empereur Yuan.

Quelqu'un éteignit la lumière alors que Kwei parlait encore. Soudain la moitié de la foule était debout et hurlait: «Assassin! Traître! Battez-le à mort!» Les gens se mirent à lancer des chaises et tout ce qui leur tombait sous la main. Yung attrapa une chaise au vol, juste avant qu'elle ne touche Fong-man. Une autre le heurta dans les côtes. Il chercha le Consul et le vit sous la table.

Lorsque le tumulte s'apaisa enfin, Yung s'adressa à la foule: «Nous sommes peu nombreux à soutenir Yuan Shih-k'ai. En fait, pour la plupart, nous maudissons le ventre qui l'a porté. Mais ce n'est pas une excuse pour nous conduire de cette façon.» Puis, avec l'aide de Fong-man et de Shun Goh, il escorta le Consul à l'extérieur du bâtiment.

Les choses avaient changé à l'Association chinoise. Depuis ce meeting, ils avaient perdu leur unité. Ils parlaient de créer leurs propres associations, par comté. C'était ridicule. Le fils du Consul Kwei avait confié à Yung qu'il voulait fabriquer une bombe. Pour faire sauter Yuan. L'inconscience de la jeunesse. Yung lui avait conseillé d'être plus circonspect, mais à présent la question était réglée. Yuan était mort, brisé par ses propres méfaits. Une comptine se rappela à Yung, venue tout droit des allées de son enfance :

La bonté engendre la bonté
Le mal engendre le mal
Rien n'est sans conséquences
S'il n'est pas encore temps
Sûrement le temps viendra
Pour les conséquences.

Des petits bienfaits

Les discours sur les marches du Parlement, Katherine les entendait encore résonner dans sa tête, de même qu'elle voyait encore le visage illuminé de Robbie levé vers le ciel.

Soyez reconnaissants pour les petits bienfaits. C'était ce que sa mère lui avait appris. Et elle était reconnaissante. Car cette année le séjour de Mrs Newman à Sydney coïncidait avec l'embarquement de Robbie. Ainsi, elle n'aurait à travailler qu'une heure ou deux par jour ; elle pourrait prendre quelques jours de congé ; elle pourrait lui préparer des petits brochets, du quatre-quarts, tous ses plats favoris. Le jour de son départ elle pourrait suivre le défilé et faire des signes d'adieu sur le quai.

Des petits bienfaits.

Yung venait quatre ou cinq nuits par semaine, quelquefois six, mais les nuits où il n'était pas là, elle se couchait de bonne heure et n'arrivait pas à dormir. Elle restait éveillée des heures à penser à Robbie, à son embarquement, aux campagnes qui se déroulaient en Europe. Reviendrait-il à la maison, et s'il revenait, dans quel état ?

Elle ressentait une lassitude jusque dans ses os, et traînait avec elle une toux persistante.

Pour la dernière permission de Robbie, elle demanda à Yung de ne pas venir. Elle passa à la boutique en rentrant de son travail – son fils ne dormirait à la maison que pendant une semaine, après tout. Ensuite sa permission serait réduite à quelques demi-journées et il devrait être rentré au camp avant minuit. Quand Robbie aurait regagné Trentham, alors Yung pourrait venir. Elle l'embrassa, pressa sa main. « C'est mon fils », lui dit-elle.

Robbie passait des heures à se balader en tram, ou bien il allait au gymnase ; il revenait pour le dîner puis ressortait avec ses copains et ne rentrait que pour tomber dans son lit, empestant la bière. Katherine ne s'en souciait pas outre mesure. Il était à la maison. Elle se dépêchait de finir son travail chez Mrs Newman, s'arrêtait à la boutique, puis le reste du temps elle faisait des achats, cuisinait, lavait et repassait les vêtements de Robbie, tricotait des chaussettes ou encore préparait du gâteau de Noël et des sablés pour qu'il les emporte.

Elle se retenait de tousser.

Le temps que la permission de Robbie se réduise à des demi-journées et que Yung revienne, Katherine avait mal à tous les membres, elle avait l'impression d'avoir le crâne rempli de chiffons mouillés ; elle utilisait dix mouchoirs par jour, son nez était rouge et irrité.

L'avant-dernier soir, après que Robbie fut reparti pour le camp, Yung posa un sac de citrons sur la table de la cuisine. Pour son rhume, expliqua-t-il. Ils s'assirent, elle buvant du citron chaud avec du miel et lui du thé léger sans lait.

« Il n'a que dix-huit ans », soupira-t-elle.

Après un moment de silence, il dit : « Quand je quitte la Chine, j'ai dix-huit ans. »

Katherine regarda dans ses yeux sombres et calmes. Il ne comprenait pas ce qu'elle ressentait. Ce n'était pas lui qui était resté, qui avait été abandonné. Lui, il avait quitté sa femme et sa famille, et c'était *pour l'appât du gain.* Soudain elle fut en colère. Comment osait-il comparer son passé avec le présent de Robbie qui partait pour la guerre ?

Il lui tendit la main à travers la table, mais elle retira la sienne.

Elle sentait venir des larmes mais ferma les yeux. Grâce à la cuisinière à charbon, la pièce était chaude, pourtant elle tremblait. « Et s'il ne revient pas ? Et s'il revient sans bras ou... ? »

Il resta longtemps silencieux. « Tu as de la chance, dit-il enfin doucement. Ton fils, tu l'as eu dix-huit ans. Moi jamais... »

Elle ne voulait pas entendre parler de ses enfants, de sa femme. Que savait-il de Robbie ? Qu'est-ce que ça pouvait bien lui faire ?

Elle se leva et lui demanda de partir. Elle était fatiguée. Non, elle ne pleurait pas, elle avait un rhume, son nez coulait toujours quand elle avait un rhume, pouvait-il partir maintenant ?

Elle s'efforça de le chasser de ses pensées.

Le lendemain, elle fit rôtir du mouton avec des pommes de terre et des *kumara.* Elle prépara du chou-fleur en sauce blanche au lieu du chou bouilli habituel, et fit du pudding avec du pain et du beurre piqué de raisins de Corinthe et de Smyrne.

C'était le dernier soir de Robbie à la maison. Pendant tout le dîner, Katherine ne sut que dire. Que dit-on à quelqu'un que l'on ne reverra peut-être jamais ? Que dit-on après des années de silence ?

Au moment des adieux, elle le serra dans ses bras sur le seuil. Il l'enveloppa dans les siens, l'abritant du vent du sud. À quel moment avait-il cessé d'être un enfant pour devenir un homme ? Elle ne voulait pas le laisser partir. Quand il s'éloigna dans l'obscurité, elle serra ses bras vides contre elle.

Elle ferma la porte, se moucha et monta se coucher. Autour d'elle la maison était déserte, le vent faisait trembler les fenêtres, secouait les murs de planches.

Elle ne savait pas si elle voulait que Yung vînt. Tout lui faisait mal, tout l'attristait.

Elle ferma les yeux, perçut de violents éclairs. Elle s'endormit en écoutant le tonnerre, la pluie sur le toit en fer, un monde sombre, argenté, gravé derrière ses paupières.

Le dernier soir

Robbie savait que sa mère lui avait préparé tous ses plats préférés. Ils prirent leur dernier dîner ensemble en silence ; de temps en temps elle se mouchait dans un mouchoir brodé. « Ce rhume, quelle guigne ! » disait-elle.

Parfois il lui jetait un regard et la voyait se tamponner les yeux ou pire, le fixer. Il se dépêchait de regarder ailleurs. Elle n'avait pas besoin de parler. Tout était dit dans son silence. Dans la façon dont elle ne cessait de remplir son assiette.

Il reprit de tous les plats. Puis il ne sut plus que faire. Il avait besoin de marcher, de dissiper l'émotion générée par sa mère, de jeter un dernier coup d'œil sur la ville la nuit.

Elle s'affola. Et le vent du sud, et la pluie qui se prépare ?

Il avait envie de lui répondre : « Qui va se soucier de la pluie au front ? » mais il se retint. « Maman ! Tu sais bien que j'ai toujours aimé le grand vent du sud. » Il parlait sérieusement. Il se sentait vivant grâce au vent, c'était bon d'avoir à le combattre à chaque pas.

Il enfila les gants qu'Edie lui avait envoyés, de la laine vert foncé tricotée un rang à l'endroit, un rang à l'envers.

Ils lui allaient parfaitement et il s'étonnait qu'elle les eût si bien réussis alors qu'elle avait fait les chaussettes au moins trois fois trop grandes. Il faut prévoir qu'elles vont rétrécir, disait sa mère, mais celles qu'elle lui avait tricotées avaient seulement une taille de plus. Il imaginait Edie assise au premier rang de la classe avec son amie Alice, de Timaru, toutes les deux tricotant pour l'effort de guerre en attendant que le cours commençât; et sa mère, tricotant le soir devant le feu.

Il l'embrassa sur la joue et la laissa le retenir aussi longtemps qu'elle le voulait, puis il tira son chapeau sur ses yeux, remonta le col de son manteau et sortit dans le vent.

Il se retourna une fois et fit signe à la silhouette qui se découpait dans la lueur jaune pâle de la porte. Elle lui parut plus petite que dans son souvenir. Ou alors, était-ce lui qui avait grandi? Il chassa un frisson d'un haussement d'épaules, fourra ses mains dans ses poches et descendit Adelaide Road en direction du Bassin.

La lune n'était pas encore levée, il n'y avait que la lueur des réverbères et les rectangles lumineux tombant des boutiques encore ouvertes et de quelques fenêtres faiblement éclairées. En passant, il entendit un homme et une femme se disputer en hurlant, épia un instant leurs ombres derrière les stores baissés. Il les chassa de son esprit et se mit à fredonner, marchant de la lumière à l'ombre et de l'ombre à la lumière. Voici le tram qui ferraillait en descendant la voie, la plainte geignarde du moteur, le sifflement des freins.

Il avait voyagé à travers toute la ville ce jour-là, emprunté toutes les lignes en direction de Miramar, d'Island Bay et de Karori. Ses camarades l'avaient salué d'un coup de casquette et ils avaient bavardé avec lui entre deux tickets à poinçonner. Il avait pris tous les trams – celui à deux étages, le grille-pain de Hong-Kong, le Wellington Palace. Et personne ne lui avait demandé de payer le trajet. Dave lui avait prêté sa casquette, la bourse en cuir et la poinçonneuse et il avait poinçonné quelques tickets, en souvenir du bon vieux temps.

Avant son départ pour le camp d'entraînement, tous les traminots, Dorothy, la fille du bureau et Kevin, le directeur du dépôt, s'étaient cotisés pour lui offrir un porte-cigarettes en argent. Il était dans sa poche de poitrine, avec une photographie: Dot, Kev et quelques autres, lui pile au milieu, devant le terminus.

Il sentait la montre de son père à travers la laine de ses gants, le verre lisse, les anneaux d'or de la chaîne, les amulettes de péridot. Il sentait son corps, droit comme un i, balançant les bras. Il entendait ses bottes résonner sur le trottoir; le bruit de centaines, de milliers de bottes marchant au pas.

Il en avait rêvé quand il avait défilé, et même pendant son entraînement de cadet. À présent l'attente touchait à sa fin. D'ici minuit il serait de retour au camp. Lundi, ils prendraient le train pour la ville une dernière fois, puis, en rangs et au pas cadencé, ils gagneraient les navires de troupes au son de la fanfare de l'armée. Il sentait déjà l'électricité dans l'air, une atmosphère d'orage, l'Histoire en marche.

C'est ainsi qu'il progressa ce soir-là, le long de la voie du tram, devant les maisons en bois et les boutiques, vers le Bassin et la ville. Quelque chose l'attirait, il ne comprenait pas quoi. Il était si absorbé dans ses rêves de bataille, d'héroïsme face à l'ennemi, de victoire sur le mal, qu'il ne savait pas où il allait; il ne s'en rendit compte qu'en entrant dans la lumière, dans les longs rectangles de clarté projetés dans la rue, sur son visage, dans ses yeux. Étaient-ce les couleurs, les formes, les textures qui brillaient à travers la vitrine ? Les ananas, comme d'étranges reptiles sans pattes ; les bouquets jaunes de bananes accrochés comme l'AVRO 504 K qu'il avait fabriqué avec du balsa et du papier et suspendu à son plafond par une ficelle ; les pommes, innocentes comme les joues de Blanche-Neige ? Était-ce le vent qui tombait, le bruit de ses bottes qui venait de s'arrêter ?

Des sons, des vibrations qu'il n'aurait jamais remarqués dans la journée se répondaient dans l'obscurité.

Autrefois, couché tout éveillé dans son lit, il écoutait, ses oreilles, son corps marqués par les sensations les plus légères – les pas de sa mère s'éloignant dans l'escalier, le déclic de la porte de derrière s'ouvrant et se refermant, le poids de son cœur battant.

Puis ses pieds nus et froids sur le gravier du trottoir. Le grincement de la grille ouvrant sur la cour derrière la boutique – sa mère disparaissait. Et lui restait là, abandonné. Seul le narguait l'étalage de fruits – pommes, oranges, poires – dans la vitrine obscurcie.

Une marque fluide

Quand le soldat entra dans la boutique ce soir-là, Yung faisait sa caisse; il roulait des liasses de billets et les attachait avec des élastiques, comptait et empilait les souverains, les demi-couronnes, les florins, et même les pennies, demi-pennies et farthings, dont il faisait des rouleaux, pliant les extrémités du papier, puis inscrivant la somme à l'extérieur.

C'était calme pour un vendredi soir, peut-être à cause du temps. Peu de gens sortaient de chez eux par une nuit froide d'hiver où la pluie s'annonçait. Shun Goh était parti dans Haining Street pour vérifier si son ticket de *pakapoo* était gagnant et faire une partie de dominos; Mei-lin était montée avec Wai-wai. Aussi Yung s'était-il mis à faire la caisse, laissant juste assez de monnaie pour tenir jusqu'à la fermeture.

Tout en calculant sa recette, il pensait à Katherine.

Quand il avait préparé son banquet pour célébrer la mort du Président Yuan, presque tous ceux qu'il avait invités étaient venus. Ils avaient bu du thé et de l'alcool de riz, plaisanté et raconté des histoires, levé leurs verres au nouvel ordre. Mais à présent les restes du festin avaient été liquidés, et déjà la Chine s'était désintégrée en factions, chaque région était dominée et manipulée par son propre seigneur de guerre ainsi que par des bandits. Maintenant la dépression pouvait s'installer, une vieille couverture de coton qu'il fallait tisser à nouveau, un manteau si lourd que chaque matin il se réveillait épuisé.

Katherine n'était pas venue à la célébration. Elle ne savait rien de ses espoirs déçus. Elle avait d'autres soucis en tête.

« Il n'a que dix-huit ans, avait-elle dit. Pourquoi me fait-il ça ? »

Dix-huit ans, pensa Yung. Il était marié à cet âge. Sa femme attendait des jumeaux, bien qu'à l'époque il l'ignorât. Cela semblait si lointain – une autre vie. « Je quitte la Chine, à dix-huit ans, avait-il dit.

– Tu l'avais choisi ! Robbie ne s'en va pas simplement pour gagner de l'argent. Il part à la guerre ! Et s'il ne revenait pas ? Et s'il revenait sans... »

Yung tendit la main à travers la table pour prendre la sienne.

Elle la retira. « Comment saurais-tu ce que c'est, de toute façon ? » Elle sanglotait à présent.

Il pensa à Joe Kum-yung, assassiné, à tous les autres qui n'avaient jamais pu rentrer au pays ; il pensa à ceux qui étaient restés ; et il éprouva un brusque, un inexplicable sentiment de perte. Il n'avait même jamais vu ses fils.

Elle lui demanda de partir. Elle était fatiguée. Non, elle ne pleurait pas, elle avait un rhume, son nez coulait toujours quand elle avait un rhume, et pouvait-il s'en aller maintenant ?

Parfois il la défiait. La provoquait. Il s'en rendait compte. Parfois elle se mettait en colère et le repoussait. Mais il y avait bien des façons de voir la même circonstance. Même sa femme et son fils, même le chaos là-bas en Chine.

Ce soir il irait. Il lui apporterait des fleurs. Elle serait anéantie – sa dernière soirée avec son fils. Il ne dirait rien, il l'écouterait seulement. N'était-ce pas ce que voulaient les femmes ?

Il la prendrait dans ses bras…

Il fallut un moment à Yung pour prendre conscience du bruit de pas, pour le traduire dans son esprit, absorbé qu'il était par les pièces enveloppées de papier dans ses mains, par son pénis qui palpitait quand il pensait à elle, un gouvernail pour son corps. Sans lever les yeux, il crut que c'était le petit Marshall – il entrait toujours vers cette heure-là. Son père, l'un de ses meilleurs clients, fumait deux paquets de Capstan par jour, et Yung et son frère ne vendaient jamais de tabac après huit heures du soir. Mais déjà il percevait que les pas étaient trop lourds. Il s'agissait d'un homme, pas d'un enfant.

Le soldat regardait les piles de fruits, le col de son manteau relevé contre le froid, son « presse-citron » tiré jusqu'aux oreilles.

« Assez froid pour vous ? » demanda Yung en souriant. Il aimait cette forme d'ironie. Katherine lui avait dit ça un jour et après il s'était exercé à le lui répéter tous les soirs quand elle arrivait à sa porte, jusqu'au soir où elle avait ri et lui avait pincé les fesses bien fort en lui disant : « Ferme-la. » *Ferme-la.* Encore une nouvelle expression. Elle l'avait fait taire d'un baiser.

Le soldat ne répondit pas.

Bon, pensa Yung, il n'a pas le sens de l'humour. Ou peut-être qu'il n'est pas très bavard. « Les ananas très bons », dit-il, voyant le soldat examiner les fruits. « Sentez. Bien mûrs. Très sucrés. »

L'homme n'avait pas l'air de savoir ce qu'il voulait. Il prit une pomme, la reposa.

« Les pommes très bonnes aussi, poursuivit Yung. Croquantes et juteuses. » Il prit le couteau à éplucher sur l'étagère derrière le comptoir, alla choisir une jonathan aux joues rouges. En la coupant, un peu de jus lui éclaboussa la main. Il en donna une tranche à l'homme, en coupa une autre et la mit dans sa bouche. « Servez-vous », dit-il, laissant la pomme qui montrait sa chair blanche et le couteau sur la pile.

Il retourna à la caisse et continua ses comptes.

Leva les yeux. L'homme n'avait pas mangé ; la tranche de pomme était toujours dans sa main. « Mangez *la*, très bonne », insista-t-il.

L'homme leva son visage du col de son manteau, et Yung fut frappé par un air familier. Il repoussa son chapeau, regarda Yung dans les yeux, et à cet instant Yung reconnut non pas les yeux eux-mêmes, des yeux bleus qui paraissaient très froids, mais quelque chose autour, les sourcils roux, la peau claire tachée de son et les lèvres, les mêmes lèvres pleines. C'était à peine un homme et il avait les lèvres de sa mère.

Yung voyait, à l'angle de la mâchoire, la haine, ou était-ce de la colère mêlée de peur ? Et pourtant tout ce qu'il voyait, c'était son visage à elle. Il ne pouvait pas le regarder sans voir l'amour désespéré de sa mère. La bouche s'ouvrait, se fermait et s'ouvrait encore, les muscles faciaux se contractaient, les mains, les bras gesticulaient. Le garçon fit un pas vers lui.

« Tu vas trop vite, lui disait toujours son frère. Tu ne réfléchis pas. À quoi ça te sert d'être instruit si tu ne réfléchis pas ? »

À présent Yung n'avait pas besoin de réfléchir. Il regardait cet homme qui était à peine un homme. Qui voulait si désespérément en être un. Yung respira. C'était aussi simple que cela. L'inspiration, la lente expiration. C'était le rêve, le premier souffle et le dernier.

Ce n'est qu'une silhouette gisant dans le coin inférieur gauche d'un paysage. Des montagnes s'élèvent, nues, escarpées, à travers la brume et la pluie. Il est très petit, au bord du tableau. Il repose sous un pin tordu d'où il contemple le monde. Un monde d'air et d'eau. Un monde de papier de riz dans lequel il est une marque fluide, négligeable sous le lavis des montagnes.

Les adieux

Katherine passa le samedi et le dimanche au lit, ne se levant que pour aller aux toilettes ou pour se faire une tasse de thé. Une fois, elle mangea un bout du pudding au pain et au beurre resté dans le garde-manger. Une autre fois elle se fit une boisson chaude avec du citron et du miel. Comme elle se sentait faible, elle alla se recoucher et dormit.

Yung ne vint pas. Il savait qu'elle était malade, qu'elle avait du chagrin à cause de son fils. Pourquoi ne venait-il pas ? Le moins qu'il puisse faire était de venir au lit et de la prendre dans ses bras. Mais elle se sentait trop malade pour y attacher de l'importance. Elle dormit. Dormit.

Le lundi matin, elle se leva, se brossa les cheveux, prit un bain. Elle avait la tête plus claire, même si elle avait encore mal à la gorge. Elle se sentait étourdie, comme si son corps devait se réhabituer à la position verticale, ses jambes réapprendre à marcher. Elle but une tasse de citron chaud avec du miel, mangea un peu de porridge avec du sucre, mais sans lait. Et se sentit mieux.

Elle prit un tram pour la gare, déjà plus bondé que d'habitude. Comme il descendait Adelaide Road, elle chercha des yeux la boutique, tenta de l'apercevoir à travers la vitrine.

Elle était fermée. Bizarre, pensa-t-elle. Quand leur arrivait-il de fermer, à part le dimanche et les jours fériés? Était-ce un jour de fête pour eux? Elle savait qu'ils fermaient pour le Nouvel An chinois. Elle se pencha pour jeter un nouveau coup d'œil et marcha sur un pied.

« Pardon ! Je vous ai fait mal ?

– Non, non. » La femme sourit. « Vous allez voir le défilé aussi ?

– Mon fils embarque aujourd'hui, répondit-elle en s'efforçant de lui rendre son sourire.

– C'est palpitant, vous ne trouvez pas ? Je vais voir tous les défilés. Rien de tel que les orchestres et tous ces vaillants jeunes gens. Ils ne sont pas beaux dans leurs uniformes ? »

En la regardant de nouveau, Katherine s'aperçut que c'était une jeune fille, à peu près du même âge que Robbie et Edie.

Elles descendirent ensemble du tram mais rapidement elles se perdirent dans la foule. Katherine chercha parmi les rangées d'hommes en uniforme et finit par apercevoir Robbie. Quand son unité se mit en marche, elle le suivit depuis le siège du gouvernement, le long de Lambton Quay, Willis Street, Manners et Cuba. Elle devait bousculer un peu les spectateurs qui bordaient la rue pour voir Robbie défiler, le dos droit, les bras balancés en cadence sur la musique des Clairons de Trentham, trois fanfares de cuivres. La jeune fille avait eu raison : tous ces beaux garçons dans leurs uniformes fraîchement repassés, leurs presse-citrons inclinés exactement selon le même angle, chacun marchant en mesure avec les autres, le bruit rythmé de centaines de bottes frappant la chaussée, le souffle d'air entre deux pas ! Si seulement il ne s'agissait que de porter de belles tenues et de défiler en musique, pensait Katherine. Pourtant il était difficile de ne pas se sentir pris par la ferveur, tandis que les hommes du 14e régiment de renforts, le génie, l'artillerie et l'infanterie, ceux du 4e de renforts, des Maoris, tous musclés, bien charpentés – et Robbie, comme il avait grandi ! – défilaient sous les saluts et les acclamations de la foule. Arrivés au quai d'embarquement, ils montèrent à bord, se débarrassèrent de leurs paquetages et déferlèrent sur les ponts.

Les cris échangés entre les navires et le rivage étaient assourdissants. Une mer de mouchoirs s'agitaient comme des drapeaux de victoire. Tout le monde brandissait le sien sauf Katherine. Le sien était trop humide, mais en regardant autour d'elle, elle vit que la plupart des mouchoirs étaient blancs et bougeaient frénétiquement, comme si une armée de fous déclaraient une trêve mais tous étaient trop excités pour le savoir.

Elle cherchait partout Robbie, et elle l'aperçut bientôt debout sur le pont parmi des centaines d'autres garçons – d'hommes. Des centaines d'hommes aux visages souriants, ignorant la peur. Il avait été si impatient de partir outre-mer, de s'engager dans cette aventure de grand garçon. Vendredi soir, il avait quitté la maison pour retourner au camp, le visage rouge d'excitation, pour dire adieu à Wellington, avait-il expliqué, peut-être prendre un tram de nuit et contempler les lumières. Pourtant, à présent, il se tenait sur le pont du navire – les yeux de Katherine la trahissaient-ils ? Était-ce vraiment lui, parmi le flot de soldats qui faisaient des signes, aussi immobile, le visage sans expression, sans un sourire ?

Elle vit les navires, l'un après l'autre, larguer leurs amarres, tandis qu'autour d'elle les cris, les clameurs s'intensifiaient, palpitaient et battaient comme un seul grand cœur. Elle agita la main, mais Robbie ne leva pas la sienne. Elle vit les remorqueurs haler les navires hors du port, les silhouettes sur le pont se réduire à des taches animées sur des bateaux jouets, qui à présent voguaient de leur propre vapeur et crachaient leurs panaches de fumée. Elle resta là jusqu'à ce que le bourdonnement de la foule autour d'elle se dissipe, et qu'aux bribes de conversations, à la fumée des cigarettes se substituent les cris des mouettes, leurs évolutions dans le ciel, l'odeur de sel et de poisson.

Pourquoi n'avait-il fait aucun signe d'adieu ?

Le ciel pâlissait, l'apparence de chaleur hivernale dissipée par la fin du jour. Elle traversa la ville, évitant le trottoir humide devant les poissonneries, oubliant presque de faire attention aux trams, aux charrettes, aux automobiles. En arrivant dans Adelaide Road, elle entra chez les Paterson. Elle ne savait pas ce qu'elle aurait pour dîner mais l'odeur du pain frais lui donnait faim.

Mr Paterson lui sourit : « Il va s'en tirer, ma belle. Vous verrez, il reviendra avec une médaille, ce garçon. » Il lui tendit son pain et lui rendit la monnaie. « C'est terrible, ce qui s'est passé à côté, hein ! Ça m'a tout l'air d'un cambriolage... »

Katherine sentit le sang se retirer de ses joues. Elle voyait la bouche de Mr Paterson remuer, le bord de ses dents blanches quand ses lèvres s'écartaient, se fronçaient, puis se rouvraient, l'éclat de ses yeux. « Où étiez-vous passée ? Vendredi soir. Il l'a laissé pour mort, le Chinois. Mort. Il s'est servi de *son* couteau. Les flics sont venus mais je pouvais pas vraiment les aider. Les voilà tout d'un coup qui viennent frapper à ma porte… Y en a deux qui sont restés pour garder la boutique, jusqu'à ce matin. »

Lequel ? voulait-elle demander. Lequel a été laissé pour mort ? Mais elle avait trop peur. Il n'était pas venu vendredi soir… samedi… dimanche…

Katherine sortit de la boulangerie, s'engouffra dans l'allée, les jambes faibles et tremblantes comme de la gelée en été. Elle ouvrit la grille derrière la maison et se dirigea vers la porte, devancée par ses pensées – et si, et si, et si ? Il fallait qu'elle se réveille maintenant, allez, allez, réveille-toi ! Elle resta un instant sur le seuil, à côté des sacs d'épluchures de légumes, frappa, entendit des pas venir. Quand la porte s'entrebâilla, elle cessa de respirer.

Mr Wong, l'aîné, jeta un coup d'œil et lentement lui ouvrit, la fit entrer.

Katherine sentait les mots pris dans sa bouche comme de lourds petits oiseaux. Et puis ils se libérèrent, désincarnés, criards, battant des ailes.

Il secoua la tête, s'assit à la table, le visage dans les mains.

« Que s'est-il passé ? » La voix de Katherine devenait plus stridente encore. « Pour l'amour de Dieu, dites-moi ce qui s'est passé ! » Elle sentait ses mains se tordre, son corps, sa voix échapper à son contrôle.

Il ne leva pas les yeux. « Je lentle à la maison et elle pleule, elle affolée. Elle entend la polte claquer, elle appelle, elle a tlès peul. Gland silence. Elle descend escalier. Yung couché dans la boutique. »

Quelque chose se brisa en elle. Elle tendit la main, s'appuya à la table, s'assit sur une chaise en bois dur. Et voilà. Plus d'espoir. Pas de retour en arrière.

Longtemps elle resta silencieuse, mais soudain elle entendit sa propre voix demander doucement, posément: « Quelqu'un a vu celui qui a fait ça ? »

Il lui jeta un regard avant de répondre : « Pelsonne a vu. »

Jasmin

Serrée dans son manteau de laine, elle enfouit davantage son visage dans son écharpe. Elle ne pouvait pas dormir, ni déambuler de pièce en pièce toute la nuit. Alors elle marchait.

Elle suivait les chemins qu'ils avaient pris ensemble, sentant sa présence à chaque pas. Dans chaque ombre. Elle savait qu'elle aurait dû emprunter de nouveaux chemins, mais tout ce qu'elle voyait, c'était le jardin où il avait volé une rose au rosier grimpant, le caniveau où elle avait trouvé une pierre en forme de cœur, ou bien encore le réverbère sous lequel il avait balayé l'air, l'une des nuits de la comète.

Même l'obscurité le lui rappelait. Lui rappelait ses cheveux, ses yeux, ses lèvres sur sa gorge.

La dernière fois qu'elle l'avait vu, elle l'avait renvoyé sans un baiser, sans même lui presser la main. Pas d'adieu, pas de mouchoir blanc qu'on agite. Elle avait tourné le dos et ne l'avait pas vu partir, elle avait seulement entendu le bruit de la porte qui se refermait.

Elle aurait voulu revenir en arrière. Quand il viendrait vers elle, qu'il essaierait de l'embrasser, elle ne le repousserait pas. Elle le prendrait. Elle arracherait sa chemise et tant pis si un bouton s'envolait, si une manche se déchirait sur son épaule. Elle lui ferait l'amour. Elle le ferait payer. Et payer. Pour être mort ainsi. Pour l'avoir quittée quand elle voulait encore de lui.

Elle l'emmènerait dans son lit, elle y resterait avec lui, le visage niché contre son torse, un bras autour de son corps lisse.

Si seulement elle pouvait lui parler encore une fois. Le sentir. Le toucher.

Il avait souhaité qu'elle participe aux célébrations pour l'avènement de la République. Elle aurait été le seul visage blanc, dans une mer de visages chinois parlant une langue incompréhensible.

Il aurait voulu qu'elle vienne dîner chez lui. «Je suis très bon cuisinier, disait-il. Je sais faire beaucoup plats.» Elle avait regardé son visage sérieux, ses longues mains légèrement tremblantes, et elle avait su que c'était vrai. Il aurait passé des heures dans la cuisine à préparer des plats magnifiques.

Il aurait voulu la raccompagner chez elle en plein jour, qu'elle se rende chez lui ouvertement, qu'ils empruntent ensemble le téléphérique jusqu'au kiosque de Kelburne pour y prendre le thé, le fameux thé du Devonshire.

Si seulement elle avait pu changer la couleur de sa peau. Mais alors, quel genre d'homme aurait-il été?

Si seulement elle avait pu lui parler dans sa propre langue. Si seulement il avait pu parler librement. Couramment. «Ne laisse personne te voler ce qui t'appartient», aurait-il dit. Elle voyait presque son visage, entendait presque sa voix. « N'aie jamais peur du langage. Tu es ton propre maître, Katherine. Si tu maîtrises la langue, tu maîtrises le monde. »

Elle marchait depuis plus d'une heure. Chaque pas ravivait sa mémoire, chaque rue semblait mener à une autre et encore une autre, et elle se retrouvait là, à fuir des ombres.

Et quel était ce parfum ? Comme pour la tourmenter. Elle tendit la main dans l'obscurité et toucha le feuillage qui débordait de la palissade, les grappes de boutons délicats, les fleurs comme de petites étoiles. Elle en aurait cueilli une petite branche autrefois, ou lui peut-être l'aurait cueillie. Elle pressa son visage contre les feuilles, les fleurs ; ferma les yeux. Si près, si loin – cette vaste étendue de ciel au cœur noir tissé d'étoiles.

Le gardien

C'était toujours Yung qui avait écrit les lettres destinées à leurs parents, ses caractères coulaient élégamment sur le papier en colonnes régulières. Comme un enfant qui apprend à écrire, Shun voyait bien le carré que chaque caractère devait occuper sur le papier, chaque trait construisant un mur ou un toit ou une fondation, chaque mot une fois terminé pareil à une maison bien bâtie. Mais il avait beau faire, ses mots à lui s'écroulaient le long de la page comme un village sous un tremblement de terre.

Avant l'arrivée de Yung, un cousin avait écrit les lettres pour Shun, et quelquefois, comme Yung, il ajoutait des traits d'esprit ou des vers dont Shun n'avait jamais entendu parler. Mais il était rentré au pays depuis dix-sept ans.

Ce matin Shun avait accompagné Wai-wai à l'école. Par précaution. Il avait plusieurs heures devant lui avant de retourner le chercher. Il avait laissé Mei-lin endormie dans leur chambre. Il ne pouvait pas la laisser longtemps. Même pendant la journée. Le soir, il n'allait plus dans Haining Street. Il se couchait de bonne heure. Quand Mei-lin se réveillait en hurlant, il la prenait dans ses bras.

Shun ferma à clé la porte de derrière, tourna la poignée et poussa. Il regarda le ciel laiteux, haussa les épaules dans son manteau de laine, descendit les marches et sortit sous une pluie fine. Il examina le jardin, cherchant des ombres inhabituelles, puis il passa le portail et remonta l'allée. Il fit un signe de tête à Mr Paterson, entrevu par la vitrine de sa boulangerie. Celui-ci le lui rendit. Il s'arrêta un instant dans la rue et regarda la pancarte indiquant FERMÉ pendue à la porte, les fruits invendus dans la vitrine. Puis, les mains dans les poches de son manteau, il descendit Adelaide Road, contourna le Bassin de la Réserve et se dirigea vers le centre de la ville.

Qu'allait-il écrire ? Il était l'aîné. Il était *le gardien de son frère.* N'était-ce pas la phrase qu'il avait apprise ? Il s'essuya le visage. Même cette pluie légère finissait par le mouiller.

Une automobile corna, Shun fit un saut en arrière et marcha dans une flaque. Il jura, regarda des deux côtés de Tory Street, derrière et devant lui dans Buckle. Il traversa, respirant de la fumée d'échappement, pressa le pas à l'approche d'un tram, se faufila derrière une charrette à cheval. Il passa devant le commissariat de police de Mount Cook, ses pieds pataugeant dans ses souliers, le bas de son pantalon collé à ses chevilles.

Le fils de Yung était déjà en route. Il n'arriverait pas à temps. Il ne verrait pas son père descendre dans la tombe.

Shun traversa encore une fois et tourna dans Cuba Street. La réputation de calligraphe de Fong-man n'égalait pas celle de Yung, mais il était instruit. Yung et lui avaient échangé de la poésie. C'était son meilleur ami.

Fong-man emballait un chou lorsque Shun entra dans sa boutique. Il leva les yeux, hocha la tête, tendit le paquet à la cliente et mit ses pièces dans la caisse. Il appela son fils pour qu'il vienne servir.

Il sortit par-derrière et Shun le suivit, le regard fixé sur la tête de Fong-man juste à l'endroit où les cheveux s'éclaircissaient et la pâleur du cuir chevelu transparaissait.

Il ne savait pas quoi dire.

Le kiosque

Mr Wong l'aîné rendit visite à Katherine le jeudi après-midi. Il resta sur la véranda derrière la maison et déclina son invitation à prendre le thé. Les obsèques auraient lieu à dix heures et demie le lendemain, lui dit-il. À la Mission chinoise de Frederick Street. Yung serait enterré au cimetière de Karori.

Katherine le remercia et le regarda s'éloigner. Elle ne retrouvait rien de Yung chez son frère.

Le lendemain matin, Katherine s'aspergea le visage d'eau froide. Elle prit un bain et revêtit ses plus beaux habits – une robe de couleur crème et un chapeau assorti que Mrs Newman lui avait achetés chez *Kircaldie* pour son anniversaire.

À dix heures, elle enfila son manteau et prit le tram de Lambton Quay. Elle sentait l'humidité dans l'air, la menace de pluie, mais elle monta tout de même sur l'impériale et contempla les collines, la haute cheminée qui surplombait le générateur du téléphérique à Kelburne. Elle observa la traînée de fumée dont la direction servait de girouette à la ville et se rappela les paroles de Robbie avant qu'il ne s'enfonce dans la nuit: «Tu sais bien, maman, que j'ai toujours aimé le grand vent du sud.» Elle croisa les bras sur sa poitrine et frissonna.

Il tombait une pluie légère lorsqu'elle descendit à l'allée du Téléphérique. Elle acheta un ticket et choisit un siège exposé, seule à l'arrière de la cabine. Les téléphériques étaient d'anciens trams rénovés. C'était ce que Robbie lui avait expliqué. Pourquoi se souvenait-elle de détails aussi insignifiants? Pourquoi se souvenait-elle tout court? Elle essuya une larme du dos de sa main et, tantôt traversant de sombres tunnels, tantôt passant sur des viaducs, elle vit la ville diminuer sous ses yeux. La cloche sonna à Clifton, Talavera, Salamanca et, après le moulin à vent, elle aperçut enfin Upland, au sommet de la colline.

Oh, la majesté du salon de thé du kiosque de Kelburne: les tourelles jumelles, les tuiles orangées du toit, les larges fenêtres donnant sur la vaste véranda...

«Madame?» demanda le receveur.

Elle reprit ses esprits, descendit, suivit le court sentier vers les marches aux balustrades ornementées, les gravit jusqu'à la palissade blanche et franchit le portail. Elle était soulagée qu'il plût, que cette journée ne fût pas un dimanche. Et de trouver le kiosque presque vide.

Elle laissa son manteau au vestiaire, choisit une table près de la baie et commanda deux thés du Devonshire.

La serveuse apporta un plateau chargé de théières et d'eau chaude, d'un pot de lait, de tasses en porcelaine fine avec leur soucoupe et leur assiette assorties, des petites cuillères et des couteaux en argent, deux gros scones, un bol de confiture de framboises et un autre de crème fouettée.

« Dois-je revenir ? demanda la serveuse. Le monsieur n'est pas arrivé ? »

Katherine fixait la nappe blanche amidonnée, le sucrier. Elle ferma les yeux, secoua la tête. Sa lèvre tremblait.

« Vous allez bien ? » demanda la serveuse.

Elle éclata en sanglots, se couvrit le visage des mains. Elle ne pouvait s'arrêter de trembler. « S'il vous plaît..., dit-elle enfin, laissez... simplement... le thé ici... »

Elle entendit les pas de la serveuse qui se retirait. Elle se moucha. Regarda à travers la vitre les grands édifices, les minuscules maisons de bois, la masse vert sombre du Mount Victoria et les limites de la ville ; le port, Leper et Somes Islands, les collines lointaines, comme des couches de papier gris déchiré – la couche la plus sombre rencontrait l'eau, la plus claire se dissipait dans le ciel laiteux. Elle vit un bateau quitter le quai, traverser le port et disparaître derrière Point Halswell pour pénétrer dans les Heads.

Elle consulta sa montre. Midi moins le quart. Elle soupira.

C'était la première fois qu'elle prenait le thé au kiosque.

Elle leva la théière et versa. Ajouta de l'eau de l'autre pot. Léger, sans lait, sans sucre pour lui ; avec un peu de lait et un sucre pour elle. Il serait froid, mais c'était sans importance. Elle coupa les scones en deux et y étala de la confiture et de la crème.

Elle contempla la chaise vide. La tasse de thé sans lait, le scone avec son tourbillon de crème sur un soupçon de confiture. Elle porta sa tasse à ses lèvres.

Devant le kiosque, elle monta dans l'autobus et, une fois assise, se laissa ballotter sur les routes mouillées, cahoteuses. Elle remarquait à peine le paysage escarpé, les trams venant en sens inverse, sensible seulement à l'odeur d'huile de moteur, au grondement du bus à l'assaut des côtes, au grincement et aux sursauts de l'embrayage et des vitesses. Ses doigts s'agrippaient au siège dans les tournants et la descente vers la ville.

Elle n'était venue par ici qu'une seule fois. Dans une autre vie.

Elle débarqua dans une flaque. L'ourlet de sa robe crème était mouillé à présent, maculé de boue, mais elle n'en avait cure.

Elle demanda son chemin à la maison du sacristain. Sans croiser le regard curieux de l'homme.

Tout autour, les collines. De part et d'autre des larges allées en étages, des rangées et des rangées de pierres tombales, des arbres plantés en désordre entre elles. Celles d'inconnus. D'amants. Des vies vécues et oubliées.

Dans la foule, presque tous avaient les cheveux noirs, presque tous portaient du blanc. Quelques-uns seulement étaient en noir. Elle se posta derrière un arbre et observa de loin ; elle ne percevait que le bruissement du vent dans les feuilles, le doux murmure de la pluie, un chant d'oiseau. Une odeur de terre humide.

Quand le cortège se dispersa, la belle-sœur leva les yeux.

Katherine attendit qu'ils eussent tous quitté le cimetière. Elle regarda l'endroit où ils s'étaient tenus. Les êtres laissent-ils quelque chose d'eux-mêmes – plus que des souvenirs – lorsqu'ils sont partis ?

Elle sortit les fleurs minuscules de la poche de son manteau. Elles étaient un peu écrasées mais elles exhalaient encore leur senteur crémeuse, mélancolique, comme bordée de rose.

Elle marcha vers lui.

Ombres

Parfois Mei-lin le voyait. Tard le soir, quand la boutique était fermée et que tout le monde dormait. Elle se réveillait, ou peut-être ne s'était-elle jamais endormie, observait le léger mouvement des couvertures qui se soulevaient et retombaient. Elle regardait le père de son fils, sa figure ridée et pourtant enfantine dans le sommeil. Des ombres bougeaient à travers le plafond pâle. L'appel d'une chouette. Elle se levait et descendait à la cuisine.

Quelque chose l'obligeait toujours à se retourner et à ouvrir la porte de la boutique. Un éclair de lumière peut-être, une ombre, le sentiment que quelqu'un bougeait. La première fois, elle avait failli crier. Il avait un corps si plein – comme fait de muscle, de peau et d'os – qu'un instant elle l'avait pris pour un intrus. Et puis elle l'avait reconnu. Son long nez aquilin, sa façon de se déplacer, comme s'il était tout à fait à l'aise dans son corps.

Elle l'avait vu ainsi cinq ou six fois. Parfois, penché, il examinait une pile de fruits, la main tendue comme pour prendre une pomme. Parfois il s'éloignait à pas lents.

Ensuite, elle se demandait toujours pourquoi elle ne l'avait pas appelé, mais pour lui elle était invisible et sur le moment, elle était incapable de parler. De la lumière tombait du réverbère à travers la vitrine, jetant des flaques de clarté dans la pièce et partout des ombres à demi-familières. Quand elle risquait un nouveau regard, il était parti.

Elle n'en parlait à personne. Ils avaient trouvé une autre boutique dans Tory Street, un peu plus petite, mais où il n'y aurait pas de vies à oublier. Elle se demandait ce qui se passerait après leur départ. Tendrait-il encore la main comme pour prendre des fruits, pour ne trouver que des souliers par exemple, ou des flacons d'élixir ou même rien ? Saurait-il où les rejoindre ?

Elle plongeait le regard dans l'obscurité au-delà de la vitrine, dans la lumière noyée d'ombre, puis elle tournait les talons et sortait, refermant la porte derrière elle. Dans la cuisine, elle se versait une demi-tasse d'eau refroidie de la bouilloire, la buvait puis remontait lentement l'escalier.

Le gâteau de lune

Katherine fut surprise de la voir à sa porte. «Je vous en prie, dit-elle, entrez.»

Elle fit du thé. Le versa léger et sans lait.

«Je suis désolée, s'excusa-t-elle, je n'ai pas de gâteau ni de biscuits à vous offrir. Les enfants sont partis et je…»

Mrs Wong sourit. Son regard était doux, chaleureux. C'était sans importance. «Je vous vois, dit-elle. À côté arbre.

– Oui, répondit Katherine, je suis désolée.

– Pas désolée», protesta Mrs Wong, puis, après un silence: «Vous connaissez Fête la Lune?

– Oui.»

Yung lui avait parlé du quinzième jour du huitième mois lunaire, la nuit où chaque année la lune est la plus pleine et où les familles chinoises se réunissent pour la contempler, autour d'un grand repas. Il lui avait montré un calendrier chinois – un petit bloc épais, une page par jour, les années, les mois, les jours tous représentés par un chiffre. Comment vit-on dans deux temps différents? s'était-elle demandé. Dans deux mondes différents.

«Je fais gâteaux lune», dit Mrs Wong. Elle sortit un sac en papier de son panier, le donna à Katherine. «Pas bon. Pas bon cuisine.»

Katherine vit la rougeur de plaisir sur le visage de Mrs Wong. Elle comprit qu'elle avait confectionné les gâteaux elle-même, que c'était une chose qu'elle faisait très bien. Il y en avait deux dans le sac, enveloppés à part dans du papier sulfurisé.

Katherine apporta des assiettes, un couteau, des serviettes. Yung lui avait déjà donné des gâteaux de lune. Il lui avait expliqué que les Chinois en offraient à la famille, aux amis. Toujours en nombre pair.

Elle coupa un gâteau en deux. Elles le mangèrent en silence.

Katherine ne savait que dire, pourtant elle avait de la sympathie pour cette femme.

En partant, Mrs Wong lui annonça qu'ils allaient déménager. « Tory Street, précisa-t-elle. À côté boutique de prêts Mr Stein. »

Katherine regarda la jeune femme ouvrir le portail et le refermer. Elle n'était pas retournée à la boutique ces derniers mois. Elle lui fit un léger signe de la main tandis qu'elle s'éloignait.

La nuit de la pleine lune, Katherine marcha à travers la ville, à travers les jardins entre Cambridge et Kent Terraces. Elle s'arrêta à la statue de la reine Victoria et posa sa joue contre le piédestal de granit froid.

« Viens », avait-il dit, et Katherine s'était retournée. Elle sentait presque la chaleur de sa main.

Elle continua jusqu'au port et suivit le quai. Quelle question avait-il posée ? Pour quelles raisons les gens mouraient ? Pas à cause de la boisson. Ni parce qu'ils conduisaient des automobiles…

Elle monta les marches du kiosque à musique et contempla la lune reflétée dans l'eau noire. Les lumières dispersées de la ville.

Les gens mouraient parce qu'ils n'avaient pas le courage de sortir sur des eaux dangereuses. Ils n'avaient pas le courage de contempler la terre... quand, en l'espace d'une nuit, elle se parait d'argent.

Elle leva les yeux vers les étoiles dans la vaste étendue obscure.

Où es-tu? Où es-tu maintenant?

Redescendant les marches, elle gagna le rivage et plongea la main dans la fraîcheur de l'eau.

Parmi les rochers, elle trouva une petite plage de cailloux très fins. Elle les lissa de la paume, puis d'un doigt elle traça trois petits mots.

De la poche de son manteau, elle tira un sac en papier. Le gâteau était lisse, glacé, orné d'un dessin chinois – un mot peut-être – gravé dans la pâtisserie satinée. Elle passa son doigt le long des sillons de langage en se demandant ce qu'il pouvait signifier.

De sa poche encore, elle sortit un petit couteau à manche d'os. Elle s'assit et soigneusement coupa le gâteau en quatre. De son centre tombèrent des morceaux de lune. De l'œuf de canard salé, lui avait-il expliqué. Le jaune, cuit à l'eau, était entouré d'une pâte de haricots rouges. Elle leva les yeux vers la lune. Elle l'avait vue jaune parfois, mais ce soir elle était blanche, et très large.

La pâte de haricots était noire, lisse comme de l'eau huileuse. Elle prit un quartier et le goûta: c'était doux, un peu lourd sur la langue. La lune salée et râpeuse. Elle se lécha les doigts.

La fraîcheur de la pierre s'infiltrait à travers son manteau de laine, sa jupe et ses jupons. Le vent du sud se levait, soufflait dans ses cheveux, sur son visage, sur ses doigts humides. Elle posa les trois morceaux restants de gâteau dans le O du mot du milieu, parmi ceux qu'elle avait tracés dans les cailloux; puis elle se leva et glissa le couteau dans le sac en papier qu'elle remit dans sa poche droite. De la gauche, elle sortit un brin de jasmin. Respira son doux parfum persistant et le posa par-dessus ses offrandes.

Ses mots allaient-ils s'élever, franchir le port et prendre la mer? Pour le nord et la Flandre, vers les morts encore chauds, les vivants et les blessés de la veille? Pour le sud et les gros livres poussiéreux de Dunedin? Et vers cet autre lieu où il demeurait à présent, elle ne savait où?

Elle regarda encore une fois la lune, l'eau, la terre parée d'argent. Elle se souvenait des flûtes qu'il fabriquait à partir de bambou; du violon dont il avait joué dans sa chambre une nuit (avant que son frère cogne à la porte et lui crie après en chinois). Il tenait entre ses jambes le petit ventre rond de l'instrument, couvert d'un côté d'une peau de serpent, la disposition des sombres écailles évoquant un jardin, le désir, la cueillette des fruits. Elle revoyait la façon dont sa main, son bras, son corps conduisaient l'archet, voltigeant entre les deux cordes. Elle entendait encore la mélodie, qui hantait maintenant ses rêves: *Les Amants papillons*, l'avait-il appelée. Mais elle ne savait pas la chanter ni même la fredonner. Tout ce qu'elle parvenait à produire était quelque chose qui venait du tréfonds de son être, sa voix jetée dans l'air nocturne: *Une vieille connaissance faut-il l'oublier, ne plus y songer, une vieille connaissance, faut-il l'oublier dans les jours du lointain passé...*[1]

---

1. *Auld Lang Syne*: titre et paroles de la célèbre chanson de Robert Burns, en français *Ce n'est qu'un au revoir.*

Champ sur cœur

Katherine savait que cela se produirait, et pourtant lorsqu'elle passait devant dans Adelaide Road elle avait toujours un choc: la boutique vide, sa vitrine obscure pareille à des yeux morts, la banderole À LOUER qui s'effilochait sur les bords, comme la frange du souvenir.

Soupirer après. «Si», avait-il traduit, le son pour le mot en chinois. À présent elle ne se souvenait pas comment c'était venu, comment ils en étaient arrivés à parler de ce verbe. La raison s'était perdue, il ne lui restait que le voyage.

Il était venu derrière elle, si bien qu'elle avait appuyé son dos contre lui, et il l'avait entourée de ses bras. Il lui avait pris la main et avait écrit du doigt sur sa paume le mot pour dire *champ*, et en dessous, le mot *cœur*, et elle se rappela les caractères qui représentaient son nom. Était-ce après cela que les Chinois soupiraient, pensa-t-elle, ce bout de terre appelé leur «chez-eux» qui pesait comme une pierre sur le cœur? Elle sentait le léger tremblement de sa voix, qui se perdait dans l'air. «Est-ce que...» commença-t-elle, mais à présent il lui embrassait les cheveux, la nuque, puis l'oreille, sa langue douce, insistante, sur le lobe. Elle frissonnait, à peine, une pousse émergeant de la nuit dans une brise légère. Son corps se détendit, se retourna vers lui et elle sentit ses lèvres sur sa paupière, son nez, le coin de sa bouche. Alors elle l'embrassa, des petits baisers-étoiles qui s'ouvraient, se déployaient en elle.

Sur le lit, il demanda s'il lui faisait mal en aspirant sa lèvre supérieure, tendrement, dans la chaleur de sa bouche. « Non », murmura-t-elle, ayant presque peur de le regarder. Presque peur de voir son regard sur elle.

Elle resta devant la boutique et fixa les murs nus, les étagères vides. *Il n'y a rien de plus vide que ce qui autrefois était plein.* Un instant elle crut voir de hautes piles d'oranges, des pommes, des poires, le vert intense des épinards et des bettes, les bananes suspendues en vitrine. Un instant elle crut saisir un mouvement: sa main berçant une pomme, les longs doigts qui avaient écrit sur sa paume, suivi le contour de ses lèvres.

Elle ferma les yeux. Elle avait toujours eu tant de pensées en elle, des pensées qui ne sortaient jamais. Elle s'était toujours sentie si mal à l'aise dans sa peau blanche, tachée de son. Mais à présent elle comprenait. Il lui avait donné le langage: le sien, une nouvelle ouverture sur sa langue à elle. Et il l'avait aidée à habiter son corps. Grâce à lui, elle s'y sentait chez elle.

QUATRIÈME PARTIE

Dunedin & Wellington
(1918-1922)

Un arbre remue dans la brise, légèrement, à la façon dont le vent du sud s'imprime sur le tronc, dépose sa fraîcheur sur les branches, joue avec le clair et le sombre des feuilles. Des fleurs-de-sang. Jour après jour, des aiguilles de sang tombent, du rouge éparpillé sur la terre.

Katherine McKechnie

Gelée noire

Robbie entend encore les obus, revoit encore les explosions – pourpres, jaunes, vertes –, la terre vomissant des flammes. Ils sont couverts de boue : elle remplit leur paquetage et leurs bottes, elle plaque les habits à la peau ; elle bouche leurs fusils. Ils pataugent dans de l'eau noire jusqu'à la taille, le chemin de caillebotis a été emporté. À chaque pas, la boue les aspire jusqu'aux genoux. Il y a quelques jours, l'homme de tête, Tracy, est tombé dans un trou d'obus et il a disparu, ils n'ont pas pu le retrouver, seules deux bulles crevaient l'eau noire. On voit des bras, des jambes dépasser des murs de boue, parfois c'est une figure noire avec ses yeux blancs et fixes. Des rats gros comme des lapins se glissent par-dessus les parapets, leur corps gras et luisant ralenti par leurs agapes. La putréfaction vous donne la nausée, mais il faut bien respirer. L'odeur vous colle à la peau, on ne peut jamais l'effacer.

La pluie n'arrête pas de tomber. À chaque obus la boue tremble comme de la gelée noire. Robbie ne sent plus ses pieds, même s'il les graisse à l'huile de baleine. Ceux de Jimmy ont doublé de volume, puis, quand les orteils se sont putréfiés et que la chair s'est mise à tomber, les hurlements ont commencé.

Ils ont froid. Ils ont faim, ils sont trempés et bougrement frigorifiés. Et les poux les rendent fous – ils sortent par toutes les coutures, on passe son ongle sur une couture, crac, crac, crac, pour leur briser le dos, ils rampent sur la peau, et si vous les écrabouillez avec l'ongle, il en sort du sang. Votre sang. Un instant, Robbie est en train de parler avec Billy, ils parlent de se tirer de ce trou de merde, de retrouver la petite amie de Billy, Linda, elle a une fossette juste ici, tu l'as jamais rencontrée, hein, Robbie ? Tu sais, il ajoute, tu vas pas me croire mais elle est rouquine, elle ressemble un peu à ta… et la minute suivante, une explosion illumine tout entier ce foutu paysage – les trous d'obus, l'eau, les barbelés –, tout est baigné d'une lumière argentée. On entend les obus, l'artillerie, de la terre s'envole. Robbie sent quelque chose de chaud et doux sur sa joue. Il tombe à plat ventre, se tourne vers Billy. Il a un air de surprise sur la figure, Billy, les yeux fixes, une bouillie de cervelle s'échappe de son front.

Robbie, Robbie. Il pleut, il pleut tout le temps, et les murs n'arrêtent pas de bouger, les portes pendent de leurs gonds. Une femme appelle, elle crie ton nom, et tu connais cette voix, tu la connais, mais tu n'arrives pas à savoir à qui elle appartient.

Une simple collection d'os

Le médecin expliquait à Edie que ça pouvait être dû aux obus. « Un obus qui éclate crée un vide, et quand l'air s'engouffre de nouveau, le liquide cérébro-spinal est atteint. » Il expliquait cela comme s'il lui annonçait une bonne nouvelle, ou qu'il venait de gagner une grosse somme d'argent. Il souriait, de sa bouche pleine de dents.

Edie s'efforçait de ne pas la fixer. Sa bouche lui rappelait un cimetière mal entretenu, les pierres tombales laissées à l'abandon, s'écroulant les unes sur les autres. Elle fixait plutôt le premier bouton de sa blouse blanche. Il lui restait un an et demi à l'École de médecine et elle se sentait flattée qu'il lui parlât comme à une consœur. Après tout, en quoi les enthousiasmes de cet homme différaient-ils des siens ? Pourtant l'absence de tact du docteur Fischer dans sa façon de lui communiquer son diagnostic au sujet de son frère paraissait presque indécente, ou comme Mrs Newman l'aurait formulé, elle dénotait un certain manque d'éducation.

« Geoffrey, ajouta-t-il. Appelez-moi Geoffrey. » La regardant dans les yeux, il lui serra la main encore une fois, la retenant plus longtemps que nécessaire. « Il existe, bien sûr, d'autres pistes à explorer », poursuivit-il tandis qu'elle libérait ses doigts. « Les neurologues français et allemands ne pensent plus que ce soit provoqué par un choc organique. Le traumatisme du soldat soumis à un bombardement serait plutôt *un désordre nerveux fonctionnel se présentant chez une personnalité prémorbide…* »

Personnalité prémorbide… Edie n'aurait jamais songé à entendre des termes pareils appliqués à sa famille.

« Les symptômes, enchaîna le docteur Fisher, sont en fait les mêmes que pour la neurasthénie post-traumatique. » Il sourit. « Ce que le commun des mortels appellerait "hystérie".

« Selon l'opinion la plus récente, toute circonstance, y compris les explosions d'obus, est susceptible de la déclencher. Mais la raison prédisposante, c'est la peur, combinée à un épuisement psychique progressif… bien sûr, ici, nous parlons d'un patient neuropathe. »

Edie pensa à son frère. *Neuropathe ?*

« Alors quel est le traitement ? demanda-t-elle.

– Persuasion, encouragements, le grand air, de l'exercice, des repas nourrissants, du travail – oui, c'est le travail qui compte, c'est bien ce que dirait le docteur King … »

Le docteur Truby King. Après toutes les horreurs dont Mrs Newman l'avait accablé, elle était déçue que le directeur de l'hôpital se trouvât en Angleterre. Edie aurait voulu se rendre compte par elle-même, comparer le mythe avec l'homme. À présent il lui faudrait attendre l'année prochaine, lors de sa visite dans leur classe. Elle avait appris que le docteur King traiterait de cas d'aliénation mentale, qu'il présenterait son patient favori – le tristement célèbre Lionel Terry. Apparemment, Terry ferait un véritable numéro. Flanqué de deux gardiens, il prononcerait un discours, réciterait de la poésie, et les étudiants en redemanderaient, ils voudraient savoir pour quelle raison il était emprisonné.

« … Nous mettrons Robert au jardin, disait le docteur Fisher – Geoffrey –, il sarclera autour des rhododendrons, il s'occupera des haricots et des laitues. » Il sourit. « Le temps qu'il sorte d'ici, nous en aurons fait un vrai Chinois, vous verrez. Venez, je vous emmène le voir. »

Assis dans un fauteuil, il regardait par les fenêtres qui donnaient sur le jardin. Même avec la lumière du soleil tombant sur son visage et sur son corps amaigri, il paraissait avoir froid. Il était d'une pâleur grisâtre qui contrastait avec l'éclat de ses cheveux, de ses taches de rousseur. Et ses vêtements flottaient sur lui comme s'ils enveloppaient une simple collection d'os.

Edie prononça son nom, mais il ne tourna pas la tête. « Robbie », répéta-t-elle, d'une voix qui sonnait comme un écho. Elle tira une chaise, s'assit à côté de lui et interrogea son visage, le bleu opaque de ses yeux.

Même après la description didactique du docteur Fisher, c'était un choc. Robbie avait toujours été si agaçant, si imbu de lui-même. Elle se souvenait d'un jeu auquel ils jouaient après le dîner, son père faisant apparaître des mots comme un magicien. Elle aurait dû l'adorer. C'était elle, après tout, qui se levait en silence la nuit, qui descendait le vieux dictionnaire de son étagère et le lisait à la lumière vacillante d'une bougie. Mais elle voyait l'impatience de son père – des lettres et des mots se formaient déjà sur sa langue, des dérivés archaïques, des significations obscures toujours prêtes à sauter de derrière sa moustache cirée où elles se tenaient en embuscade – et même si un terme et ses significations montaient dans sa gorge, elle les ravalait, pleurant presque de ne rien trouver d'amusant à dire.

C'était Robbie qui aimait le jeu. Robbie et leur père. Elle voyait la joie s'allumer dans ses yeux à chaque réponse *stupide* de Robbie, sa façon de le féliciter, de rire, de jouer avec lui. Elle espérait, elle priait pour que son frère mourût, devînt infirme ou simplement disparût, que son père oubliât qu'il eût jamais existé, alors ce serait à *elle* qu'il ferait partager ses plaisanteries, à *elle* qu'il raconterait ses histoires insensées, pour *elle* qu'il fabriquerait des jouets avec du balsa et des bobines de coton vides, *elle* qu'il emmènerait jouer au cricket au Bassin.

Même après la mort de leur père, Edie avait continué à en vouloir à Robbie. Leur mère était aux petits soins pour lui, elle s'inquiétait pour lui, elle se fâchait contre lui. Un fanfaron, un voyou, qui produisait tant de bruit qu'il en devenait le centre du monde connu.

Elle plongea son regard dans les yeux vides de Robbie. Il était comme la reliure en cuir dont elle avait essuyé la poussière, qu'elle avait enveloppée dans du papier de soie et cachée au fond de son tiroir, et dont tous les mots avaient été arrachés.

Elle lui prit la main, mais il ne réagit pas.

C'était pourtant son sujet d'études. La vie. La maladie. La mort.

La veille, au musée d'anatomie, elle avait examiné des modèles en cire de l'embryon humain. L'un avait un front arrondi, protubérant, des yeux écartés, un nez aplati et une bouche ouverte d'où la langue pointait. La figure bulbeuse lui rappelait quelque chose, mais elle n'arrivait pas à mettre le doigt dessus – un animal mythique, une chose qui n'était pas humaine…

Elle pressa la main de Robbie. Il se tourna vers elle, mais sans manifester le moindre signe de reconnaissance.

Elle avait travaillé à l'hôpital où elle avait vu des blessures, des maladies épouvantables. Pendant l'épidémie de grippe, elle avait vu des patients cracher du pus et de l'humeur, d'un blanc grisâtre et sanglant; elle les avait vus se noyer dans leurs propres sécrétions. Ils perdaient leurs cheveux, leurs ongles; ils tombaient dans le coma ou le délire. Des grands gars costauds, des hommes dans leur prime jeunesse, des garçons comme George McAlister, le champion de lutte de l'université: avec une rapidité fulgurante, sa peau était devenue d'un pourpre profond, puis, le temps de regarder ailleurs, en un seul instant, d'un noir de jais…

Et pourtant, ce qui se passait là était pire. C'était sa punition. Ses prières avaient été exaucées.

Elle fixait Robbie sans savoir que dire. Elle ne savait même pas ce qu'elle lui aurait dit s'il était revenu indemne.

Elle était restée sur le quai en faisant des signes d'adieu au docteur Bennett, comme elle savait que sa mère avait dû le faire pour Robbie. Qu'avait apporté cette guerre? Le docteur Bennett avait tout risqué en servant les blessés en Serbie. Des bombes avaient atterri à côté d'elle, elle avait contracté la malaria, son frère bien-aimé était mort à Passchendaele…

Edie tenait la main de Robbie. Elle ouvrit la bouche et laissa les mots sortir en désordre.

Les oiseaux

Katherine regardait par la fenêtre du train qui traversait Port Chalmers et quittait le rivage. À mesure qu'elles s'élevaient dans les collines, les mouettes disparaissaient ; de l'eau bleue était encore visible à travers les arbres. Edie lisait un épais traité de médecine en prenant des notes. Peut-être est-ce plus facile ainsi, pensa Katherine, le balancement et les sursauts du wagon sur les rails, le tambourinement dans les oreilles. Plus facile qu'une conversation criblée de silences.

Dans les tunnels, le wagon s'emplissait de fumée et l'éclairage était trop faible pour lire. Même sans regarder, Katherine sentait le crayon d'Edie s'immobiliser – comme pris sur une plaque photographique – puis de nouveau presser le papier quand elles étaient rejetées dans la lumière du jour et que le train serpentait le long des collines au-dessus de Waitati.

Katherine contemplait les plages, les villas du bord de mer. Elle se souvenait de rires à Island Bay, où Edie ramassait des coquillages et des pierres, des petits animaux marins, pendant que Robbie tapait du pied dans un ballon sur le sable. Elles traversaient un paysage vallonné où paissaient des moutons, et soudain, le porteur cria: «Seacliff! Seacliff!» Le train ralentit, puis s'arrêta.

Edie rangea les livres dans son sac et elles descendirent.

Nous ne savons plus comment être ensemble, pensa Katherine. Nous ne savons même plus garder le silence. Elle jeta un coup d'œil à Edie, à son sac qui se balançait lourdement au bout de son bras; à la route devant elles. Dix minutes, avait dit sa fille. Dix minutes de marche.

«Est-ce qu'il parle? demanda-t-elle enfin.

– Non», répondit Edie doucement, presque en soupirant.

Le bruit de leurs souliers sur le gravier.

«Il te reconnaît?

– Maman, tu es sûre que…

– Est-ce qu'il te reconnaît, est-ce qu'il reconnaît quelqu'un?

– Je… je ne sais pas.

– Que disent-ils de ses… chances?

– Je crois qu'il est trop tôt…»

Edie donnait des coups de pied dans les pierres du chemin.

Arrête, arrête, voulait lui dire Katherine.

«Pourquoi est-ce si dur?» demanda Edie.

Pourquoi me le demandes-tu? pensa Katherine. *Quelles phrases puis-je trouver pour rendre le présent plus facile?* Elle regarda sa fille, qui avait toute sa vie devant elle. «Il y a tant de choses que nous ne comprenons pas», dit-elle enfin.

Le soleil était chaud sur leur peau. Elles marchaient en écoutant les chants d'oiseaux, entourées de verdure, de fleurs épanouies, sous un ciel trop bleu. *Pourquoi est-ce si beau? Est-ce pour rendre plus supportable ce que nous vivons?*

« Pourquoi ne m'as-tu rien dit, maman ?
– Quoi, Edie ? Qu'est-ce que je ne t'ai pas dit ?
– Pour Mr Wong. »

Katherine prit une profonde inspiration. « De quoi parles-tu ?
– Pourquoi ne m'avoir rien dit pour Mr Wong et toi ? »

Elle savait. Toutes ces années elle savait…

« Je… Je ne pensais pas que tu comprendrais… ni que tu approuverais… » Elle s'interrompit et regarda sa fille dans les yeux. « Je ne voulais pas avoir à choisir entre vous et lui.
– Mais n'était-ce pas choisir déjà ? » D'un violent coup de pied, Edie envoya une pierre dans l'herbe. Un oiseau s'envola devant elles, dans un battement d'ailes brunes.

« Je suis désolée, Edie… Je…
– Tu l'aimais, n'est-ce pas ? » soupira sa fille.

Katherine cligna des yeux. Elles marchèrent en silence.

« Nous y sommes », dit enfin Edie. Elles franchirent les grilles de l'hôpital, gravirent l'allée sinueuse et, après les vergers et les rangées de framboisiers, arrivèrent devant l'immense bâtisse de pierre grise.

Katherine prit sa main, la serra et il se tourna vers elle. Elle le prit dans ses bras, le retint, son visage frais contre sa gorge. Elle sentait ses os, les fines bandes des côtes, ses omoplates pareilles à des ailes. « Robbie, soupira-t-elle dans ses cheveux. Mon fils. » Elle avait conscience de sa légèreté, de ce qui manquait à ce corps qu'elle avait connu vigoureux. Elle l'embrassa doucement, craignant, si elle insistait, qu'il se dissolve.

Il s'abandonna, s'accrocha à elle, et elle le sentit commencer à trembler, des petits sanglots déchirer ce corps maigre.

Ensuite, Katherine fut incapable de retourner dans sa chambre. Edie la serra dans ses bras – depuis combien de temps ne l'avait-elle pas embrassée ? –, puis elle repartit pour l'École de médecine, la laissant parcourir la ville. Elle monta par Lower Stuart Street jusqu'à l'Octogone, où elle vit la statue de Robert Burns assis sur sa souche d'arbre, une plume d'oie à la main, un rouleau de papier à ses pieds. Soudain, devant ses yeux, une mouette descendit se poser sur la tête du poète. C'était si ridicule que Katherine faillit se mettre à rire. Cela pouvait arriver à tout le monde, même aux grands hommes. La vie pouvait surgir de nulle part – et vous déposer une crotte sur la tête. Elle se mit à trembler, mais ce ne fut pas le rire qui vint, qui s'arracha par vagues de son corps.

Elle s'enfuit, essayant de contrôler son tremblement. Elle entendit des autos corner, des freins hurler, se heurta presque à quelqu'un dont elle ne vit pas le visage. Elle s'efforça d'apaiser sa respiration, de ralentir sa marche.

Elle s'essuya la figure avec un mouchoir. Ouvrit les yeux.

Le bâtiment, dont la flèche s'élevait dans le ciel comme pour inspirer à la ville la crainte de Dieu, représentait tout ce en quoi elle ne croyait pas. La Première Église. Le Seul et Unique Dieu inflexible.

Elle franchit les grilles, longea la pelouse impeccable, les arbres tranquilles, monta les marches de pierre et se laissa avaler par l'édifice.

Dans le vestibule, elle vit la porte ouverte et entra dans le ventre de Dieu.

L'église était vide. Le soleil de la fin d'après-midi tombait à travers les rosaces, laissant ses reflets sur les chaises à dossier droit du chœur. Elle s'assit près de l'entrée, regardant par-dessus les rangées de bancs le fond de l'église où de longs tuyaux s'élevaient tels des canons silencieux. Deux drapeaux britanniques pendaient de la voûte en bois au-dessus de l'autel, l'un à l'est, l'autre à l'ouest. Elle resta assise, seule, des fragments de lumière rose balayant l'ivoire des murs de calcaire.

Dans le silence des mots résonnaient, des mots comme pardon, rédemption. Mais elle n'avait pas de mots à prononcer ni à partager. Elle baissa les yeux. Au dos du banc devant elle quelqu'un avait gravé en lettres anguleuses DIEU EST. Quoi ? se demanda-t-elle. Elle avait entendu beaucoup de mots. Droiture. Justice. Un feu dévorant. Et des mots comme amour, qui pouvaient glisser trop facilement de la langue. Un mot exprimé par la bouche ou avec les yeux, par de petits ou de grands sacrifices. Un mot doté de nombreuses facettes, parfois d'une grande clarté, parfois la source de graves malentendus.

Si elle avait su, aurait-elle agi autrement ? Qu'auraitelle choisi ?

Elle se cacha le visage dans les mains.

La montre

Robbie était occupé à désherber dans la roseraie quand l'inconnu survint à ses côtés.

« Il n'y a que les sots pour croire que les roses sont des symboles d'amour… » La voix était forte. Autoritaire.

Robbie leva les yeux.

L'homme était entièrement vêtu de blanc. Il avait de longs cheveux blancs légèrement ondulés, une longue barbe blanche. Comme un prophète de l'Ancien Testament. Comme Dieu. Il était flanqué de deux infirmiers portant l'uniforme de Seacliff. « Qu'en penses-tu, mon fils ? »

Robbie fixa de nouveau son attention sur le sol brun et riche, sur la sensation qu'il produisait entre ses doigts, sous ses ongles.

« C'est la couleur qui compte avant tout, poursuivait l'homme. Prends le blanc, par exemple – les roses blanches symbolisent l'amour éternel, mais savais-tu qu'elles signifient également le secret et le silence ? »

L'homme rit. « On ne pense généralement pas que l'amour cache des secrets, n'est-ce pas ?

« Et le noir ? Ça n'existe pas, une rose noire. En réalité elles sont plutôt de couleur rouge ou pourpre foncé, mais telle est la puissance du symbole. La mort, mon fils. Le deuil… Personnellement, je ne vois pas de raison de prendre le deuil. La mort est inévitable. Elle peut même parfois servir de démonstration.»

L'homme se pencha sous un rosier, dans un coin que Robbie avait déjà désherbé, et tira une pauvre tige égarée prolongée de fines radicelles, qu'il jeta sur le tas de mauvaises herbes. «On laisse un petit mal prendre racine et en un clin d'œil le pays est envahi d'une horreur inexprimable.

«Quel est ton nom, jeune homme?»

Robbie ne savait pas. Rien ne semblait concorder. Mais il ne cessait d'entendre le même nom, répété à l'infini. Robbie. Robbie. Il l'entendait dans ses rêves.

«Le chat a mangé ta langue?»

La gorge de Robbie était sèche, comme si aucun mot n'y vivait plus. Il essaya de tousser. Un nomade traversant un désert.

L'un des infirmiers intervint: «Son nom, c'est Robert. Sa sœur l'appelle Robbie. Il ne parle pas. Il passe tout son temps au jardin.

– Robbie», répéta l'homme, pensif.

Robbie leva les yeux vers le visage de l'homme, surpris par son silence. Soudain il revit son père – *c'était* son père – ouvrant le dos de sa montre de gousset pour révéler les rouages aux dents minuscules qui tournaient, tournaient en cercles sans fin en faisant entendre leur tic-tac. «Rien n'est immobile, avait dit son père. Même si nous l'ignorons. Même si nous ne faisons rien. La terre tourne, et tout ce qui s'y trouve…» Son père parlait si doucement que Robbie avait du mal à le reconnaître. Son regard se perdait dans le vague, il semblait oublier sa présence. «Mais n'y a-t-il que cela ? Ne sommes-nous que des rouages, nos vies courant inexorablement à leur conclusion ? »

Il se retourna, regarda Robbie dans les yeux. Soudain il rit. « N'aie pas l'air aussi sérieux, fiston. » Il lui ébouriffa les cheveux. « Au lit maintenant, toi. Tout paraît toujours meilleur le matin. »

Mais ce n'était pas vrai, n'est-ce pas ? C'était le matin qu'on l'avait sorti de l'eau.

L'inconnu parlait de nouveau, ses paroles formant un bruit de fond désagréable, mais tout ce que voyait Robbie, c'était les amulettes de péridot, les doigts tachés d'encre de son père, et de l'eau, de l'eau à l'infini, se refermant sur…

Le retour

De la fenêtre au premier étage, dans la chambre où il avait habité enfant, Robbie regardait le jardin. Le rata était toujours là, les degrés de bois qu'il avait cloués au tronc, la branche en surplomb sur laquelle il s'asseyait et faisait pleuvoir sur sa sœur des petits cailloux, des glands, des choux de Bruxelles bouillis qu'il avait écrasés dans sa poche pendant le dîner. L'herbe était très haute, pleine de pissenlits et de pâquerettes qui en été refleuriraient à foison. Autrefois, il y avait peut-être eu un potager, des plates-bandes fleuries, avant qu'ils emménagent, mais dans ses souvenirs il ne voyait que ces images : des herbes folles envahissantes comme un trop-plein de pensées.

Il était resté couché dans son lit blanc et doux pendant presque un jour et une nuit après le long voyage en train et en bateau depuis Dunedin. Il avait mangé la soupe de légumes de sa mère, accompli les rites de l'invalide. La pièce était comme il l'avait laissée, mais elle ne lui allait plus – pas plus que les vêtements que sa mère avait gardés suspendus dans son armoire ou pliés dans la commode en chêne. Il glissa sa chemise dans son pantalon, qui retomba sur ses hanches osseuses jusqu'à ce qu'il eût ajusté les bretelles, puis il enfila un pull-over pour cacher le bâillement à la taille. Ensuite, il décrocha ses modèles d'avion, les trains, les cartes postales et les affiches au mur, et les fourra en tas au fond de la penderie.

Il ne voulait pas se souvenir.

Il enfila des chaussures en faisant la grimace et descendit l'escalier.

Il ne s'arrêta pas pour rassurer sa mère, il sortit simplement par la porte de derrière, marcha dans l'herbe dont les longues touffes humides le retenaient par les chevilles, et gagna l'appentis de tôle. À l'intérieur, des grains de poussière dansaient en scintillant dans la lumière matinale. Sur chaque surface, sur chaque étagère, de la poussière grisâtre s'était déposée en une couche de feutre sale. Là, entre les poteaux du bâti, il trouva une pelle, un râteau, un sécateur et un plantoir.

Il n'avait jamais creusé dans ce jardin auparavant, ayant dès son jeune âge hérité du dédain de sa mère pour le jardinage. Mais le temps qu'il avait passé à Seacliff lui avait donné la main verte, et à présent il ne pouvait voir un terrain à l'abandon sans le transformer dans son esprit en un jardin anglais, un jardin *à la* Truby King.

Tous les matins après le petit déjeuner il entrait dans le monde de son jardin. Il en faisait lentement le tour, examinant chaque coin, chaque perspective, préparant son travail de la journée. Puis il sortait les outils dont il aurait besoin, les longs manches de bois et de fer qui bientôt lui semblèrent des extensions de ses membres et de son corps.

Au fil des jours et des semaines, il découvrit dans l'appentis toutes sortes de petits trésors : une collection de clous, un marteau et une scie, une pile de caisses en bois. Il arracha les clous des caisses, puis s'en servit pour en bâtir une beaucoup plus grande au fond du jardin : haute, sans fond, avec une planche posée dessus et quelques trous percés à la base pour laisser entrer l'air. Il y disposa des couches d'herbes coupées, les cendres de la cuisinière et de la cheminée, les épluchures de légumes et de fruits que sa mère gardait pour lui dans un seau. La terre à la terre, la poussière à la poussière, les promesses du soleil et de la pluie.

Des pensées, des colchiques, des lys, de la lavande, des roses. De la rhubarbe, du persil et des choux. Pour cacher les cabinets, il construirait un treillage où il ferait pousser des plantes grimpantes. Du chèvrefeuille, avait suggéré sa mère, ou encore des clématites. Pourquoi pas du jasmin ? se demanda-t-il, mais il n'avait pas de préférence. Il voulait seulement des fleurs. L'éveil timide des bourgeons au printemps, la débauche de la floraison estivale. Il voulait leurs couleurs vives, éclatantes, leurs parfums ensorcelants.

L'hiver devint le printemps et le printemps l'été. La lumière se glissait autour des stores sur la peau ensommeillée. Si Robbie avait été un chat, il aurait ronronné. Couché dans son lit il ne savait pas où le rêve finissait, où l'éveil commençait.

Il mangea du porridge avec sa mère, mélangea le sucre en poudre et le lait, formant un épais tourbillon dans son bol. Il buvait du thé au lait avec deux sucres.

Sa mère faisait couler l'eau pour laver la vaisselle – il savait qu'elle allait prendre la bouilloire sur la cuisinière – quand il se pencha et l'embrassa légèrement sur la joue. Il prit le seau aux épluchures, ouvrit la porte, sortit dans le jardin. Dans la claire lumière du matin.

L'ananas

Katherine n'avait jamais acheté d'ananas, elle n'en avait même jamais goûté. La peau piquante lui semblait trop intimidante, comme un énorme fruit qui aurait fait semblant d'être un cactus, mais Mrs Newman lui avait accordé une augmentation de dix shillings par semaine et Katherine avait envie de fêter l'occasion. Elle marchait dans Tory Street, songeant à acheter des gâteaux – des gâteaux de la Reine, des beignets ou bien des sablés à la confiture –, lorsqu'elle vit les ananas dans la vitrine. Elle s'arrêta pour les regarder, et à l'intérieur elle vit Mrs Wong qui lui souriait et lui faisait signe d'entrer.

« Ananas très bon, lui dit-elle. Venez, je coupe pour vous. »

Katherine la suivit dans la cuisine à l'arrière de la boutique. Elle la regarda passer l'ananas sous le robinet puis en couper les deux extrémités. Les feuilles ressemblent à celles de l'aloès, pensa-t-elle en les voyant tomber dans l'évier. Maintenant, Mrs Wong retirait la peau, faisant tourner l'ananas peu à peu, maniant vivement le couteau.

Les couches orange et vertes partaient dans l'évier, reptiliennes. Elle observait la transformation, la chair jaune pâle encore piquée de verrues noires. Mrs Wong coucha l'ananas, y glissa le couteau et découpa dans la chair de longues tranchées en forme de V pour en extraire ces clous.

Katherine admirait avec quelle rapidité Mrs Wong travaillait. Le fruit devant ses yeux se transformait en un cylindre jaune creusé de spirales. Puis Mrs Wong coupa l'ananas en cercles, et chaque cercle en quartiers. Elle se lava les mains, prit sur l'étagère une coupe de porcelaine, et dans un placard un grand bocal.

« Qu'est-ce que c'est? » demanda Katherine en la voyant mettre une cuillerée de cristaux blancs dans la coupe.

« Du sel », répondit Mei-lin, versant de l'eau de la bouilloire sur le sel et remuant avec ses doigts. « Ça le rend plus sucré. » Elle trempa un morceau d'ananas dans cette saumure et le tendit à Katherine.

Elle n'avait jamais rien goûté de tel. Quand elle mordit, du jus gicla et lui coula sur le menton ; elle rit.

Mrs Wong remplit le bocal de conserve de morceaux d'ananas et Katherine pensa à Robbie qui travaillait au jardin. Depuis son retour, il n'avait jamais touché à aucun fruit – pommes, poires, oranges –, mais sûrement, avec de l'ananas, ce serait différent.

Mrs Wong et Katherine repassèrent dans la boutique. Un homme se tenait à la caisse, il rendait la monnaie à un client. Katherine sentit le sang se retirer de son visage. Il leva les yeux, la salua d'un signe de tête, et elle vit qu'il était très jeune. Ce n'était pas lui.

Ce soir-là Katherine sortit des morceaux d'ananas du bocal et les plaça dans deux bols à fleurs bleues. « De l'ananas», dit-elle à Robbie, savourant le mot sur sa langue comme s'il était magique. «Goûte. C'est délicieux.»

Elle avait du mal à mâcher sans que du jus s'échappât de sa bouche. Elle ferma les yeux. C'était comme dévorer la lumière du soleil transformée en nectar.

«Allez, Robbie. Essaie. C'est délicieux!»

Comme il n'y touchait toujours pas, elle piqua un morceau avec sa fourchette et le lui porta aux lèvres. *Prends un peu de douceur, Robbie. Mets-en un peu dans ta vie.*

Robbie connaissait ce parfum – le goût léger, sucré, tropical dans ses narines. Une fenêtre de lumière dans l'obscurité de l'hiver.

Il avait levé l'ananas vers son visage. Il l'avait respiré.

«Ananas très bon, avait dit le Chinois. Très sucré.»

Salaud, avait-il pensé. *C'est comme ça qu'il voit ma mère?* Il avait reposé l'ananas. À côté des pommes.

Il y en avait quatre exactement pareilles dans le compotier chez sa mère. Mais il refusait de les manger. Il avait entendu raconter que les Chinois crachaient dessus pour les faire briller.

«Pommes très bonnes, vous voulez goûter?» Le Chinetoque le regardait avec espoir. Sans y penser, Robbie avait passé le bout de ses doigts sur une pomme. Même à travers ses gants il sentait comme la peau était lisse et fraîche; elle était rouge cette pomme; sa mère rougissante. Il essuya ses doigts sur son manteau.

Mais voilà que le Chinois venait vers lui avec un couteau, coupait une tranche de la pomme qu'il avait touchée, le lui mettait quasiment dans la main, et retournait à son poste.

Robbie avait la bouche sèche, la gorge serrée. Ses lèvres s'écartèrent, il entendit des pas, des rires: un homme et une femme passaient sur le trottoir dehors. Il ferma les yeux, puis les rouvrit, laissa tomber la tranche de fruit, cracha, et l'écrasa du talon sur le linoléum. « Ne t'approche plus d'elle », fit-il.

Une vague de compréhension passa sur le visage de l'homme. Un nuage.

« T'as entendu ce que je t'ai dit? Fous-lui la paix! »

Le Chinois le regardait droit dans les yeux, impassible. On disait qu'ils étaient des cibles faciles, les Chinetoques, que jamais ils ne résistaient. Mais celui-ci le défiait.

Robbie entendait sa propre voix comme de loin, étranglée et séparée de son corps. Il tremblait. Il criait, mais toutes ses paroles semblaient étouffées.

Par la suite Robbie se demanda pourquoi ce type lui avait donné le couteau ce soir-là. Il l'avait négligemment posé devant lui. Une invitation. Une bravade.

Il se voyait agir mais ne ressentait rien, chaque geste détaché de son corps. La manière dont le couteau lui tomba dans la main, la manière dont il plongea dans le corps, dont brusquement il remontait. Il était surpris par tant de facilité: une baïonnette qui pénètre en glissant dans un sac rembourré. À l'instant où le couteau entra, Robbie remarqua que les yeux du Chinois soudain s'arrondissaient, ce qui, pendant une fraction de seconde, lui parut ridicule. La bouche s'ouvrit d'étonnement, mais aucun son n'en sortit. Il tomba en se tenant l'estomac, là où un petit cercle rouge tachait le tablier blanc.

Robbie regarda le couteau, la trace de sang sur la lame pointue, le manche de bois si bien ajusté qu'il ne sentait sa présence qu'à cause du poids dans ses doigts. Il vit une goutte de sang tomber, une seule, entendit le couteau claquer sur le linoléum.

Il était incapable de bouger. Un Chinois gisait à ses pieds, muet, le regard fixe, et l'odeur métallique du sang entrait dans ses narines. Il examina ses mains gantées, ces mains qui n'étaient pas les siennes. Que faire ? Que faire ? Il marcha vers la porte, les jambes lourdes, chaque pas prenant un temps démesurément long, comme s'il marchait sous l'eau. Il tira la porte vers lui, mais un coin du lino se prit sur le seuil. Il aurait voulu hurler, il s'entendait hurler, mais il ne pouvait pas ouvrir la bouche. Il tira encore, très fort, entendit le loquet céder. Un bruit de pas à l'étage. La femme. Seigneur, il ne voulait pas... Un cambriolage, il fallait que ça ait l'air d'un cambriolage. Tout le monde savait que les Chinetoques avaient de l'argent. Il s'empara de quelques paquets de tabac, les fourra dans ses poches, alla vers la caisse.

Il empocha les billets roulés, deux ou trois cylindres de pièces. Laissa la caisse ouverte et s'enfuit. Par l'arrière-boutique. Par la porte de derrière.

En face du portail, les fenêtres de la boulangerie projetaient de la lumière sur l'allée. Elle était large, assez large pour une charrette de boulanger, trop large et trop éclairée – et n'était-ce pas Mr Paterson qui passait ? La maison de l'autre côté était obscure. Robbie courut aveuglément, se cogna durement le genou contre la barrière en bois, l'escalada, entendit des pièces tomber sur le sol pierreux, franchit comme une flèche la cour du voisin et vomit contre la palissade. Parvenu dans Adelaide Road, il traversa la rue et prit la direction du Bassin.

Un ivrogne sortait en titubant du *Tramways Hotel*. Un couple marchait, se tenant par le bras, elle regardait l'homme dans les yeux, il riait. Dans le noir, personne ne parut rien remarquer.

Robbie regarda ses mains, les gants que sa sœur lui avait tricotés. Il fallait qu'il s'en débarrasse. Il ne voulait pas les toucher. Il fallait qu'il se lave les mains.

Un éclair zébra le ciel, illumina la rue, le *Caledonian* au coin. Le bruit du tonnerre puis le déluge. Robbie serra son manteau et courut. La pluie frappait le trottoir comme des balles, elle volait à ses pieds, l'eau s'abattait sur son chapeau, dégoulinait dans son cou. Déjà les caniveaux débordaient.

Une femme hurla. Il ne l'entendit pas.

De l'art de mourir

Il y a de nombreuses façons d'en finir. Certains le font rapidement, laissant leur corps comme un cadeau d'adieu, ou peut-être un acte de vengeance. D'autres, tout au long d'une vie, meurent doucement.

Katherine ne comprit pas ce qui se passait. D'abord elle entendit son cri – bas, profond, celui d'un animal –, puis elle sentit la fourchette en argent, le morceau d'ananas voler de sa main, et déjà Robbie s'enfuyait en battant des bras.

Plus tard il la fixa, les yeux creux, les bras pendant mollement à ses côtés, complètement relâché, presque comme si son corps avait oublié la signification des muscles, des ligaments, des os.

Elle le trouva dans l'après-midi. Une branche en surplomb, celle sur laquelle il s'asseyait toujours quand il était petit. Vêtu de son pyjama rayé bleu et blanc – le pyjama qu'elle lui avait acheté fièrement, le dernier cri en matière de vêtements de nuit masculins –, ses pieds nus à quelques centimètres du sol.

Sous l'arbre, il n'y avait rien. Seulement de l'herbe, des brindilles, des pissenlits qui devaient encore former une tige solide et fleurir largement. Pas de chaise ni de caisse renversée, rien qu'il aurait pu quitter d'un pas pour entrer dans un autre monde. Elle comprit qu'il avait dû grimper au tronc, les doigts et les orteils crispés autour des échelons. Qu'il s'était assis sur la branche en attachant la corde, une extrémité d'abord, puis l'autre. Combien de temps était-il resté assis là, tandis qu'elle tapait des lettres à la machine sur du papier à monogramme et classait des articles de journaux dans des chemises? Qu'avait-il pensé en promenant son regard sur le jardin: sur le chèvrefeuille qu'il avait entrepris de faire pousser contre le treillage, sur les rosiers dont les jeunes feuilles commençaient tout juste à sortir?

Elle n'avait pas voulu voir son visage, la longueur de son cou, la façon dont sa tête penchait d'un côté, comme si, incapable de rencontrer son regard, il détournait le sien. Dans son enfance il avait tiré la langue, lorsqu'il réfléchissait, qu'il attachait ses lacets ou même en lançant des pierres pour faire des ricochets. Elle espérait qu'il s'était envolé, de la même façon qu'une cigale s'envole en abandonnant sa peau transparente, laissant un souvenir fantomatique, pendant qu'elle-même se pose dans les arbres de l'été et rend le monde fou par son chant.

Il avait su la rendre folle. Peut-être était-ce son rôle, le rôle de tout enfant. De défier sa mère et son père. Et de les trouver désespérés…

Mrs Newman retire ses lunettes de lecture. Il y a une tendresse dans ses yeux – un ciel doux, voilé – que

Katherine n'a jamais remarquée auparavant. Sa lèvre tremble. « Le temps allège toute peine », murmure-t-elle.

Elle examine ses verres, puis replace les lunettes avec précaution sur ses yeux, qu'elle abaisse de nouveau vers le journal.

Le chagrin arrive doucement par-derrière. Elle ne sait pas quel visage il prendra. Elle peut être en train de taper une lettre, de laver un saladier blanc ou de regarder la rue du haut de l'impériale d'un tram. Elle peut se trouver à un spectacle au théâtre de Sa Majesté à Wellington, entourée de rires et de conversations distinguées. Et le chagrin viendra lui toucher le bras. Elle se retournera et il sera là. Il lui passera les bras autour du cou. Il lui demandera de l'étreindre.

Roman et réalité

Ce roman n'est pas l'histoire de ma famille ni celle d'aucune famille chinoise néo-zélandaise en particulier. Cependant, mes ancêtres venaient effectivement de La Melonnière et du Four à Tuiles, deux villages du comté de Tseng Sing, et certains passages reprennent des expériences réelles ou en sont inspirés. Bien que je me sois efforcée de respecter d'aussi près que possible la «vérité» historique et culturelle, on trouve dans *Les amants papillons* des visions différentes voire divergentes. Parfois, il m'a même été impossible de connaître la «vérité». En fin de compte, ce livre est plus une œuvre de fiction qu'un travail d'historien.

Au tournant du XXe siècle, Wellington était sans doute devenue l'une des villes où résidaient le plus de Chinois. La plupart étaient originaires des trois principaux comtés de Kwangtung (Guandong) au sud de la Chine: Tseng Sing, Pun Yu et Sei Yap. La communauté occupait surtout Haining Street et les rues voisines, Taranaki, Tory et Frederick Streets, mais de nombreux Chinois habitaient au-dessus de leurs commerces, dispersés dans toute la ville. La représentation des Chinois dans la presse et dans l'imaginaire se concentrait sur Haining Street, et en général elle était outrée, négative et gravement inexacte.

Le racisme et la violence endurés par les Néo-Zélandais chinois à la fin du XIXe siècle et au début du XXe, la législation anti-chinoise et sa mise en œuvre appartiennent à l'histoire. La fusillade à Naseby et le meurtre de Ham Sing-tong à Tapanui sont des faits authentiques. Mon arrière-grand-père paternel, Wong Wei-jung (Wong Way Ching), fut sauvagement assassiné à Wellington en 1914. Le crime ne fut jamais élucidé.

Véridiques aussi sont les sommes appréciables rassemblées par des Chinois néo-zélandais patriotes pour soutenir Sun Yatsen et la Révolution de 1911 (mon arrière-grand-père maternel y participa).

Les personnages principaux du roman sont fictifs et leurs histoires des produits de mon imagination; toutefois, certains personnages secondaires sont des figures historiques réelles. Le plus remarquable d'entre eux est (Edward) Lionel Terry qui, le 24 septembre 1905, assassina Joe Kum-yung dans Haining Street à Wellington. Ses rapports avec la famille McKechnie sont imaginaires, mais ses idées, sa poésie, ses publications, son procès et, par la suite, son incarcération dans des institutions pour malades mentaux, ainsi que sa popularité, ont bien existé. Durant plusieurs de ses séjours à l'hôpital de Seacliff, près de Dunedin, il profita d'une grande liberté, tandis qu'à d'autres moments il fut soumis à l'isolement à cause de ses évasions et de sa mauvaise conduite. Il mourut le 20 août 1952, toujours incarcéré à Seacliff, à l'âge de 80 ans. Certains des «faits» concernant Terry, tels qu'ils sont racontés dans le roman, par exemple qu'il ait étudié à Eton et à Oxford, ne sont pas véridiques, mais c'était ce que l'on croyait et ce que l'on écrivait dans les journaux de l'époque.

Le docteur Agnes Bennett avait été élevée en Australie et en Angleterre, mais elle fut remarquée en Nouvelle-Zélande où, en tant que pionnière de la médecine et farouche défenseur de l'instruction et des droits des femmes, elle gagna respect et popularité. Sa philosophie, dans la vie, était de donner plutôt que de recevoir et de «choisir le coffret de plomb». Les docteurs Frederick Truby King et Ferdinand Batchelor étaient aussi des figures médicales renommées, le docteur King est resté célèbre en Nouvelle-Zélande en tant que spécialiste des maladies mentales à l'École de médecine d'Otago et directeur médical de Seacliff, et surtout comme le fondateur de la Plunket Society qui venait au secours des mères et des nouveau-nés. (Elizabeth) Grace Neill était une infirmière de premier plan, à l'origine de plusieurs réformes dans le domaine social. Enfin, Kate Sheppard et Lily Atkinson occupèrent une position-clé dans la campagne en faveur du vote des femmes en Nouvelle-Zélande.

Mary Anne (Annie) Wong quitta Melbourne pour Wellington en épousant le missionnaire anglican chinois Daniel Wong. Il mourut quelques années plus tard mais elle resta dans la capitale pour travailler aux côtés des missionnaires qui succédèrent à son mari, avant de prendre sa retraite à Hong-Kong dans les années trente.

Yue Jackson, né d'un père chinois et d'une mère écossaise, a vécu en Nouvelle-Zélande et en Chine. Pendant de nombreuses années il fut le Secrétaire anglais au consulat de Chine à Wellington. Le Consul Kwei Chih a existé et l'incident raconté dans le chapitre intitulé *S'il n'est pas encore temps,* ainsi que la réaction de son fils, sont authentiques. En revanche, tous les autres noms officiels sont inventés.

Tous les personnages politiques, en Nouvelle-Zélande aussi bien qu'en Chine, sont historiques. La seule exception étant Alexander Newman, l'époux de Margaret Newman, une créature de fiction.

Sir Robert Stout a bien dirigé, en tant que Président de la Cour supérieure de justice, le procès de Lionel Terry. Il était membre de la Ligue antichinoise, bien que son épouse, Anna Paterson Stout, une femme alors très en vue, fût, quant à elle, bien disposée à l'égard des Chinois.

La romanisation du chinois dans ce livre a posé bien des problèmes car, alors que mes personnages parlent uniquement le cantonais, beaucoup de noms chinois célèbres, noms de lieux ou termes de vocabulaire sont connus du grand public en mandarin, grâce au système de transcription *pinyin* utilisé dans la Chine moderne, et au système Wade-Giles, plus ancien. Il existe de nombreuses méthodes, souvent non reconnues, pour transcrire le cantonais et les orthographes employées en Nouvelle-Zélande sont très différentes de celles utilisées ailleurs.

Puisque le *pinyin* n'existait pas à l'époque où le roman se déroule, j'ai généralement utilisé la romanisation Wade-Giles pour les personnages historiques célèbres, mais pour tous les autres j'ai conservé le cantonais (Sun Yat-sen est une exception parce qu'il était cantonais et donc connu par la transcription cantonaise de son nom).

Selon la coutume chinoise, les noms de famille sont énoncés en premier, mais quand les Chinois arrivaient dans des pays occidentaux, les fonctionnaires prenaient souvent les prénoms pour des noms de famille, et les nombreuses méthodes de romanisation aidant, beaucoup de Chinois ont vu leurs noms mal enregistrés; d'ailleurs les noms actuels reflètent souvent ces erreurs.

J'ai placé un trait d'union entre les deux prénoms pour que le lecteur puisse les distinguer du nom de famille. Cependant, les personnes étaient souvent appelées par l'un de leurs prénoms; ainsi, le frère aîné de Wong Chung-yung l'appelait Yung. Étant donné l'importance de la position dans la famille, Yung appelle son frère Shun Goh, Goh étant le terme pour grand frère.

J'ai adopté l'orthographe des journaux néo-zélandais pour le Consul Kwei Chih. Le « violon » chinois *erh-hu*, la déesse de la compassion, Kwan Yin et la femme guerrière, Mu-lan, sont tous transcrits en mandarin, mais la plupart des autres mots chinois, y compris les unités de mesure et l'argent, sont transposés en cantonais. Je suis reconnaissante à Janet Chan de Picador Asia qui m'a aidée pour la graphie cantonaise.

CET OUVRAGE A ÉTÉ ACHEVÉ D'IMPRIMER
SUR ROTO-PAGE
PAR L'IMPRIMERIE FLOCH À MAYENNE
EN OCTOBRE 2009

Édition exclusivement réservée aux adhérents du Club
Le Grand Livre du Mois

N° d'impression : 74966-1
Dépôt légal : janvier 2010
(Imprimé en France)